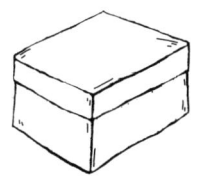

The Measure
人生不设"线"

[美]尼基·厄利克 著
Nikki Erlick

高歌 译

中信出版集团|北京

图书在版编目（CIP）数据

人生不设"线"/（美）尼基·厄利克著；高歌译. -- 北京：中信出版社，2025.5
书名原文：The Measure
ISBN 978-7-5217-5602-9

Ⅰ.①人… Ⅱ.①尼…②高… Ⅲ.①长篇小说 - 美国 - 现代 Ⅳ.① I712.45

中国国家版本馆 CIP 数据核字 (2023) 第 075938 号

THE MEASURE
Copyright © 2022 by Nikki Erlick
Published by arrangement with Creative Artists Agency,
through The Grayhawk Agency.
ALL RIGHTS RESERVED
本书仅限中国大陆地区发行销售

人生不设"线"
著者：　[美]尼基·厄利克
译者：　高歌
出版发行：中信出版集团股份有限公司
　　　　（北京市朝阳区东三环北路 27 号嘉铭中心　邮编　100020）
承印者：　三河市中晟雅豪印务有限公司

开本：880mm×1230mm 1/32　　印张：11.75　　字数：294 千字
版次：2025 年 5 月第 1 版　　　　印次：2025 年 5 月第 1 次印刷
京权图字：01-2025-0828　　　　　书号：ISBN 978-7-5217-5602-9
定价：59.80 元

版权所有·侵权必究
如有印刷、装订问题，本公司负责调换。
服务热线：400-600-8099
投稿邮箱：author@citicpub.com

致我的祖父祖母

满怀爱意与感激

告诉我,你将如何度过这狂野而珍贵的一生?

———
玛丽·奥利弗,《夏日》

目录
contents

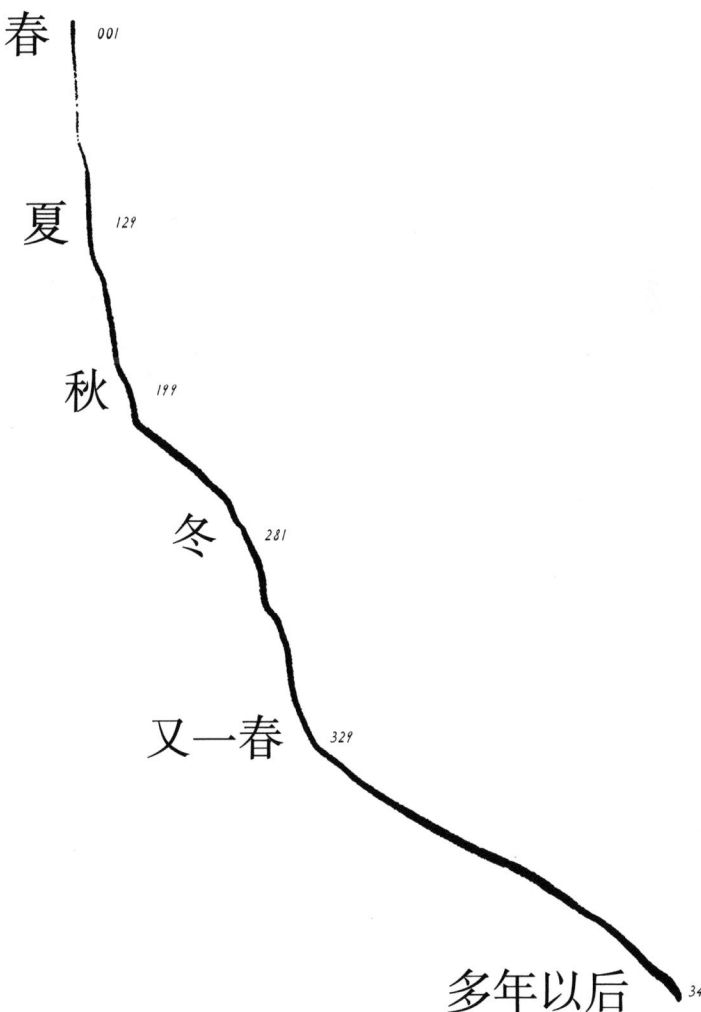

春 001
夏 129
秋 199
冬 281
又一春 329
多年以后 341

很难想象它们降临之前的日子，一个它们尚不存在的世界。

当这些古怪的小盒子在三月的春天接踵而至时，所有人都不知所措。

生命中出现的每一个盒子都被赋予了清晰的含义和用途。一个装着开学第一天要穿的闪亮新鞋的鞋盒，一个精心装饰着红色丝带的节日礼盒，一个藏有某人梦寐以求的宝石的小巧礼物盒，或是一个被胶带密封、贴上标签，再被搬上货运卡车车厢的搬家纸箱。就连深埋地下的棺木，被钉上的盖子也将永远不再打开。

每一个盒子都曾令人感到熟悉、亲切甚至期待。每一个盒子都曾拥有自己的使命和舞台，恰到好处地勾勒出一段独特的生命轨迹。

但这些盒子与以往不同。

它们在月初一个平淡无奇的日子不期而至，沐浴在一如往常的月光中，比三月的春分来得还要早。

它们不容分说地闯入千家万户的生活。

一夜之间，不计其数的小木盒——至少，它们拥有木质外观——出现在每个城镇、每个州、每个国家。

这些盒子出现在郊外精心修剪的草坪上，藏身于栅栏和风信子刚刚绽放的花蕾之间。城市住宅门前老旧的脚垫成了它们的落脚点，近在咫尺的门槛经年累月地见证着租客的脚步。它们在一顶顶帐篷外陷入温热的大漠沙海，形单影只地守候在每一间湖畔小屋旁,等待拂过水面的微风使它们挂满露珠。从旧金山到圣保罗,从约翰内斯堡到斋浦尔,从雄伟的安第斯山脉到广袤的亚马孙雨林,它们的身影无处不在,人们无一例外地收到了自己的盒子。

这颗星球上的每一个成年人仿佛突然被卷入了一场虚幻的奇遇,无处不在的盒子在传播恐惧的同时也令人感到一丝释然。

因为无论如何,没有人能够置身事外。这些盒子的外观几乎如出一辙。深褐色的表面泛出一抹淡红,触感冰冷而光滑。每个盒子上都用收件人的母语镌刻着一行神秘的文字,内容一目了然:

你的命运之线就在其中。

每个盒子里都放着一截绳子,它起初被藏在一块银白色的精美布料下。因此,即便有人打开盒盖,在掀开布料一探究竟之前也会三思而后行。盒子仿佛正在向人们发出警告,试图遏制一切迫不及待的幼稚冲动。它仿佛正发出无声的喝止,让收到盒子的人谨慎行事,因为那将造成无可挽回的后果。

所有盒子只有两处不同。

盒子外写着不同的姓名,盒子内的绳子长短各异。

当这些盒子在那年三月首次到来时,在恐惧和混乱的支配下,没有人了解它们真正的含义。

至少,当时的人不得而知。

SPRING
———————

春

尼娜

  当写有尼娜姓名的盒子出现在门外时,她还在床上沉睡,眼睑微微抽动,昏沉的意识正在梦中经历艰难的挣扎(尼娜回到了高中时代,老师正在向她索要一篇从未布置过的论文)。对于一个容易焦虑的人来说,这是个熟悉的噩梦,然而与她即将面对的现实世界相比,这简直微不足道。

  那天早晨,第一个醒来的尼娜像往常一样滑下床垫,没有惊动正在熟睡的莫拉。她溜进厨房,身上还穿着那套格纹睡衣。尼娜拧开炉火,炉子上坐着的,正是莫拉去年夏天在跳蚤市场发现的橙色大肚子茶壶。

  清晨的公寓总是弥漫着怡人的静谧,只有从壶盖中不时飞溅而出的水滴带着咝咝的声音划破宁静的空气,跌落在低矮的炉火中嗞嗞作响。很快,尼娜就对这个异常安静的清晨感到诧异。无论是喧哗声、警笛声,还是刺耳的电视声都凭空消失,这使她对公寓外逐渐蔓延的混乱一无所知。如果没有打开手机,或许尼娜依然可以徜徉在旧日时光中,享受片刻安宁。

然而此刻，尼娜正坐在沙发上，注视着自己的手机屏幕。每天早晨，她都是这样一边查阅邮件，浏览各种简讯，一边等待莫拉的闹铃声偃旗息鼓，然后两人为吃鸡蛋还是燕麦片进行一番争论。作为一名编辑，尼娜的工作要求她了解各种资讯，可工作相关的应用软件和信息渠道与日俱增，尼娜有时甚至绝望地认为，自己的余生都将淹没在这些没完没了的资讯中，她将陷入力不从心的挣扎。

那天早晨，尼娜甚至来不及开始工作，主屏幕刚一解锁，她便察觉到一丝异样。三位朋友的未接来电率先映入眼帘，同时涌出的还有数小时来堆积如山的各种短信，大多来自编辑同行的群组消息。

这到底是怎么回事？！
每个人都收到了吗？
它们无处不在。大有横扫世界的势头。真见鬼。
铭文的内容是认真的吗？
在获得更多信息前不要打开它。
但里面只有一截绳子，不是吗？

尼娜感到胸口阵阵紧缩，脑袋在眩晕中隐隐作痛，努力梳理着整个事件的来龙去脉。她先是点开推特，接着登录脸书，发现到处都充斥着疑惑的情绪和大写的恐慌。此时，各种图片开始被不断上传。成百上千名用户发布的照片中，褐色小盒子赫然出现在他们门前。不仅在她居住的纽约市，这些照片来自世界各地。

尼娜可以辨认出一些照片中的铭文。

你的命运之线就在其中。

这到底是什么意思？

她的心跳快得吓人，与此同时，无数疑问在脑海中飞舞盘旋。面对盒子上含糊不清的信息，互联网上的主流民意迅速汇聚成一个骇人听闻的结论：盒子里的东西决定了你的生命长度。冥冥之中，一股未知的力量正支配着每个人的人生。

自己和莫拉一定也收到了盒子，想到这里，尼娜差点儿失声尖叫，将莫拉惊醒。

尼娜将手机扔向沙发，手指颤抖着起身。走向公寓前门时，一阵眩晕向她袭来，尼娜深吸了一口气，透过猫眼向外张望，然而门外的脚垫不在她的视线范围内。尼娜只好慢慢地打开两道门锁，小心翼翼地推开房门，仿佛此刻门外正站着一个准备闯入屋内的不速之客。

盒子就在那儿。

脚垫是莫拉在搬入尼娜公寓时执意带来的，上面印着鲍勃·迪伦的名言："伙计，要么功成名就，要么隐姓埋名。"尼娜或许更喜欢简单一点儿的中性格子脚垫，但这句名言总能令莫拉欢欣鼓舞，在经过数周的抗拒之后，尼娜对它的好感也与日俱增。

脚垫上放着两个木盒，那句名言几乎被全部压住。显然，这正是自己和莫拉的盒子。

尼娜的目光顺着门廊望去，一个一模一样的盒子映入眼帘，它正静静地等候着住在3B的邻居，这位老鳏夫每天只在倒垃圾时才出门一次。尼娜不知道，是否应该向他发出提醒。然而，自己又能说些什么呢？

尼娜的目光依然停留在脚边的盒子上，因极度紧张而手足无措，又因过度震惊而呆若木鸡。当茶壶发出的尖锐鸣笛声将她从恍惚拉回现实时，尼娜这才想到，莫拉对发生的一切还一无所知。

本

当这些盒子从天而降时，本也在呼呼大睡，但不是在家中。

他正在自己狭窄的经济舱座位上扭动着身体，邻座乘客的笔记本电脑发出微弱的光线，映出本紧闭的双眼。此时本置身于三万六千英尺[1]的高空，数百万只盒子仿佛一场大雾，正在席卷他脚下的城市。

今晚早些时候，在结束了为期三天的建筑大会后，本登上了从旧金山飞往纽约的红眼航班。在此之前，湾区并没有出现任何有关盒子的蛛丝马迹。他乘坐的航班刚好在美国西部时间午夜来临前起飞，又赶在东部时间日出之前到达，乘客和机组人员都对夜色下发生的一切浑然不觉。

伴随着安全带指示灯熄灭，乘客们纷纷打开手机，他们立刻

---
[1] 英尺等于 30.48 厘米。——编者注

发现了异常。

机场内，人群聚集在巨大的电视屏幕下，各种报道充斥于不同的网络频道。

世界各地惊现神秘小木盒。
它们究竟来自何处？
号称可以预知未来的盒子？！
你的绳子究竟隐藏着什么奥秘？

所有待机航班全部处于延误状态。

本身旁不远处站着一位父亲，只见他一边努力安抚自己的三个孩子，一边在电话中争辩着。"我们刚下飞机！"他说道，"现在怎么办？打道回府？"

一位女商人正紧盯着自己的 iPad，开始与乘客们分享最新网络动态。"显然它们的目标只有成年人，"只见她旁若无人地大声宣布，"至今还没有一个孩子收到。"

而几乎所有人都手握电话，声嘶力竭地抛出同一个问题："我是不是也收到了盒子？"

本依旧眯着眼睛望向头顶的电子屏幕，睡眠不足的双眼感到干涩和酸痛。对本来说，飞行旅程是他习以为常的逃离时刻，每一趟航班都意味着一段超然物外的空中时光。然而，这个他曾无数次短暂逃离的世界，从未变得像今天一样如此陌生。

本一边快步走向开往地铁的机场摆渡车，一边拨通了女友克莱尔的电话,但无人接听。他随即将电话打给家中的父母。

"我们很好,一切都好,"母亲宽慰道,"不用担心我们,路上注意安全。"

"可是……你们也收到了吧?"本问道。

"是的,"母亲低声说,仿佛担心被人听到一般,"盒子被你爸放在门厅壁橱里了。"她稍作停顿,"我们还没有打开。"

那天,开往市区的地铁上,空荡荡的车厢格外扎眼,特别是在早晨的高峰时段。车上只有五名乘客,包括本在内,他将自己的手提行李箱夹在两腿之间。难道今天没人上班?

他意识到,这一定是人们出于安全考虑采取的防范措施。每当这座城市面临重大危机时,忐忑不安的纽约市民总是避免乘坐地下交通工具。再没有比随时可能被困在地下狭小而憋闷的车厢里更糟糕的情况了。

其余几位通勤乘客一言不发,在彼此相隔甚远的座位上,心神不宁地摆弄着自己的手机。

"只是一些小盒子而已,"一名蜷缩在角落中的男子说道,他朝本望去,看起来像是嗑嗨了,"没有必要大惊小怪!"

距离这名男子最近的一位乘客起身离开。

这名男子随后开始在癫狂中放声歌唱,双手仿佛正在指挥着一支看不见的交响乐团。

小盒子,小盒子,破破烂烂的小盒子……

男人刺耳的歌声和怪异的曲调传入耳中的瞬间,本的心头开始升起一丝真正的担忧。

带着忧虑,他在下一站匆忙迈出车厢,冲上中央车站地铁站的阶梯。当本重新回到街面上的人群中时,心中的释然随即被庆幸覆盖。车站的人流比地铁中稍显密集,许多人正在登上开往城郊的地铁列车。他们要去往何处?本心中暗想,不会真的有人相信,这些神秘盒子的答案隐藏在郊外吧?

或许他们一心只想回家。

本在一条空旷轨道的入口旁停下脚步,努力整理思绪。在他周围,大约四分之一的行人都在胳膊下夹着自己的棕色盒子,他意识到,在一个个背包和拎包中可能还隐藏着更多盒子。他意外地感到如释重负,幸好盒子到来时,他没有躺在家中的床上,在阵阵鼾声中呼呼大睡,与那只不请自来的盒子中间只隔着一层可怜的薄墙。逃离现场的他仿佛获得了一丝喘息之机。

往常,车站中总能看到大批四处游荡的旅客,他们一边收听语音讲解词,一边向上凝视著名的星空穹顶。然而今天,没有人驻足停留,也没有人抬头观望。

本的母亲就曾指向头顶那褪色的金色群星,向儿时的本逐一讲解每个星座。难道也是她告诉年幼的本,这些正反颠倒的星星其实是画匠有意而为之,是为了迎合天神,而非人类的视角?本一直认为,这个美丽的传说只是后世为了掩盖某位工匠的失误而编造的托词。

"你的命运之线就在其中。"一名男子一字一顿地对着头戴式耳机说道,沮丧之情溢于言表,"没有人知道这是什么意思!我能怎么办?"

你的命运之线就在其中。这个谜团仅仅出现了几个小时，却已有人开始揣测其中玄机：盒子中的绳子预示着你生命的长度。

可这又是什么天方夜谭？本心中暗想。这意味着整个世界已经乾坤颠倒，就像自己头上的穹顶一样，人类现在获得了上帝的视角。

本靠向身后冰冷的墙壁，感到一丝眩晕。他想到了飞行途中惊醒自己的那股乱流，飞机上下颠簸，差点儿弄翻邻座的饮料。仿佛周围的大气突然受到了某种震荡。

本很快就会明白，这些盒子并非同时出现，而是趁着夜色来到每一块陷入黑暗的大地。然而，站在中央车站，前夜的种种细节依然一片朦胧，本不禁浮想联翩，自己在空中度过的那段黑夜是否见证了盒子从天而降的时刻。

尼娜

尼娜从没动过打开盒子的念头。

每天她都像往常一样浏览新闻，关注着推特上的最新动态。她告诉自己，这只是日常工作。但她寻找的不只是新闻。

她开始寻找答案。

众说纷纭的网络舆论试图破解这些绳子的来历。上帝的信使、政府的秘密机构，以及外星生物入侵等各种说法不一而足。一些最为笃定的怀疑论者已经开始涉足灵异或超自然领域，为这些只有六英寸[1]宽、三英寸高，突然出现在世界各地家家户户门前的小盒子寻找佐证。就连那些旅行者和无家可归、整日露宿街头的流浪汉，也在那天清晨醒来后发现自己的盒子静静地守候在昨夜酣眠的枕边。

然而，最初很少有人愿意承认，这些绳子居然可以代表一个人的生命长度。人们不敢相信，任何天外来客可以拥有这种超越自然的全知能力，即便那些曾宣誓信仰全能上帝的信徒也难以理解，他的行为在数千年后的今天为何突然变得如此极端。

然而盒子依然不断出现。

二十一岁以上的成年人无一幸免，而此后的每一次日出，都会为当天年满二十一岁的人带来装有绳子的木盒，作为他们迈入新世界的成人礼。

就在三月接近尾声时，流言开始蔓延，绳子的预言成为现实。特别是那些长度较短的绳子，每当它们的主人意外去世时，消息总是不胫而走。在脱口秀节目中，形形色色的家庭为各自死于离奇事故的年轻亲人悲痛欲绝，这些遇难者都曾收到一根短绳；在电台节目专访中，那些曾经生无可恋的病人，在收到装有长绳的盒子后，突然发现自己成了最新实验疗法的候选患者。

与此同时，没有任何确凿可信的证据表明，这些看似普通的绳子有任何不同寻常之处。

---

[1] 英寸约等于 2.54 厘米。——编者注

甚嚣尘上的流言和层出不穷的证据，都无法让尼娜做出打开盒子的决定。她认为，在获得更多信息之前，她和莫拉的盒子应该保持原封不动。她甚至不想在公寓中看到它们。

然而，莫拉比尼娜更爱冒险，也更冲动。

"拜托，"莫拉埋怨道，"你是担心它们会起火，还是会爆炸？"

"你可以取笑我，但没有人真正知道究竟会发生什么，"尼娜说，"天知道大规模炭疽邮包事件会不会再次上演？"

"我还没听说有人因为打开盒子而感到身体不适。"莫拉说道。

"也许我们可以先把它们放在消防梯上？"

"那会让小偷有机可乘！"莫拉直言道，"至少会被淋满鸽子粪。"

于是两人商定将盒子放在床下，并等待更多信息。

然而，等待让莫拉坐卧不安。

"如果这一切都是真的呢，"莫拉问尼娜，"有关'生命长度'的所有传闻？"

"绝不可能，"尼娜斩钉截铁地答道，"用一截绳子预知未来没有任何科学依据。"

莫拉一脸认真地看着尼娜。"这个世界上总有一些事情无法用事实和科学解释，不是吗？"

尼娜一时不知如何作答。

"再说，如果这个盒子真的可以告诉你自己的生命还剩多久呢？我的天哪，尼娜，你难道就一点儿都不好奇吗？"

"我当然好奇，"尼娜承认，"但是好奇并不意味着我们就要贸然采取行动。如果传闻是无中生有，我们就不必为了子虚乌有的谣言大惊小怪，而如果确有其事，那我们就需要确定自己想要的是什么。盒子里等着我们的也可能是无尽的痛苦。"

尼娜与她的编辑同事和几位记者在会议室的桌子旁开会讨论新一期的杂志选题，此时首席政治记者的话道出了众人的心声。"我认为我们现在必须推翻一切，从头再来。"

按照原定选题，他们将对各位新任总统候选人展开系列专访，此前大多数候选人已经在那个冬天宣布参加竞选。然而，民众的兴致在这个多事的三月被消耗殆尽，总统大选似乎在一夜之间变得遥遥无期。

"我的意思是，绳子的出现让我们别无选择，不是吗？"通讯记者问道，"这种全民热议的话题，正是我们需要的头条新闻。现在距离大选还有一年半时间。谁知道那时的世界会变成什么样子？"

"同意，但如果我们没有掌握确凿的事实，就难免有哗众取宠之嫌。"尼娜说道。

"或者成为散布谣言的帮凶。"另一个声音接着说道。

"外面早已人心惶惶，"一位作者加入讨论，"有人试图查看盒子出现当晚的监控录像，但镜头中并没有留下任何清晰的影像。视频似乎一片模糊，当画面恢复正常之后，盒子已经出现。这简直不可思议。"

"至今未满二十一岁的年轻人还没有收到盒子，不是吗？这是据我所知最小的年龄。"

"确实，我也发现了。这似乎有些不合情理，年轻人并不能逃避死亡的结局，他们只是被剥夺了提前知情的权利。"

"好吧，但这依然无法证明，它们可以预知生死。"

"至少我们也和公众一样一无所知。"只见通讯记者高举双手做投降状，"或许我们可以在采访中了解民众的反应，看看他们是在为迎接世界末日建造掩体，还是对身边的一切置若罔闻，这种文章想必手到擒来。"

"我记得读过一篇报道，讲述一对夫妻因对绳子观点相左而分道扬镳。"

"我们是新闻杂志，不是八卦周刊。而且，我认为大多数人已经厌倦了身边的闹剧，他们不需要了解别人的遭遇，"尼娜说道，"他们需要的是答案。"

"如此说来，我们就不能无中生有地捏造答案。"主编狄波拉·凯恩说道，平静的口吻一如往常，"但是公众有权知道自己的领袖为此正在付出的努力，而这正是我们可以为读者提供的信息。"

从第一批盒子出现开始，世界各国各级政府机构就毫无意外地被铺天盖地的来电狂潮淹没。

盒子出现短短数日后，美国联邦储备委员会、国际货币基金组织，以及全球各大银行和跨国公司的金融领袖小组立刻举行会晤，以期共同挽救全球经济走势，寄希望于通过一套屡试不爽的组合拳——降息、退税和银行贴现贷款——化解这一陌生风险带来的任何不稳定因素。

与此同时，面对与日俱增的问题，政治家们开始向科学界寻求答案。由于盒子的身影遍布世界各地，科学界也展开了跨国合作。

位于世界上不同大陆板块的医院和大学对绳子的样本进行了化学分析，同时外表酷似红木的盒子也接受了材质检测。然而，实验室数据库中没有发现任何与之相符的已知材料。虽然这些绳子的材质与普通纤维类似，但它们拥有着匪夷所思的弹性，即便使用最锋利的工具也无法将其割断。

结论的匮乏助长了沮丧的蔓延，实验室开始召集绳子长度不同的志愿者进行医学比对测试，不安的情绪随之开始在科学家之间蔓延。在一些案例中，在随后很快被统称为"短绳公民"和"长绳公民"的测试者之间，并未发现明显的健康差异。然而，在其他案例中，那些短绳公民的测试结果不容乐观：深藏不露的肿瘤病灶、毫无征兆的心脏问题，以及各种未经治疗的疾病。尽管长绳公民同样面临相似的健康问题，两者之间显著的差异却触目惊心：对于长绳患者而言，他们的疾病都是可以治愈的，而那些短绳患者却没有如此幸运。

就像依次倒下的多米诺骨牌一样，这一结论在全球各地的实验室中陆续得到证实。

长绳意味着更加长久的寿命，而短绳则预示着即将落幕的人生。

就在政客们忙于呼吁公众保持冷静、遵守秩序时，国际研究机构率先选择正视全新的现实。无论多少保密协议，也无法掩盖如此石破天惊的内幕。一个月后，真相如液体一般，开始从实验室的缝隙向外渗漏，知情者就像小小的水洼，聚少成多，最终化成广为人知的事实。

一个月后,人们开始接受现实。

本

"这么说,你真相信这是一种命运之线?可以预知生死?"一位女士问道,只见她眉梢上挑,"你不觉得这听起来就很离奇吗?"

本正坐在一家咖啡店的角落,审视着自己公司的最新风险项目蓝图,那是一座光鲜亮丽的科学中心,位于纽约上州的一所大学内。早在二月,这个项目就一直盘踞在本的脑海中,令他对未来充满憧憬,他不时想象着学生们在自己参与设计的教室和实验室中学习与工作的场景。或许这座建筑还将见证这些年轻人改变世界的发现,而它的第一张草图就诞生在本的魔力斯奇那(Moleskine)笔记本背面的某页纸上。

然而,三月的世界已经天翻地覆。如今,本甚至难以将注意力集中在自己面前的图纸上。在无意中听到邻桌女子的质问时,他不禁侧耳倾听。

这名女子显然是一位坚定的反对派,就像大多数人开始时一样。

然而,反对阵营的规模正在日益萎缩。

"我不知道,"她的同伴说道,语气中透出一丝迟疑,"我的意思是，它们就这样凭空出现在世界各地，这一定得益于某种……魔术戏法。"只见他摇了摇头，似乎就连自己也无法相信这场正在进行的对话。

"一定还有别的解释。某种现实原因。"女子说道。

"好吧，我猜有人依然对那些曾经大出风头的民间黑客念念不忘，"男子低声附和道，"但我从不相信那帮呆头呆脑的家伙可以干出这种惊天动地的勾当。"

当初确实有一条谣言广为流传，声称某个邪恶的国际天才犯罪团伙联手制造了这桩震惊世界的恶作剧。本毫不费力地发现了其中的奥秘：假如这一切只是一场人为的闹剧，人们就不用违心地承认上帝、鬼魂、巫术的存在，以及任何甚嚣尘上的离奇猜测。而最为重要的是，人们再也无须与那个奇怪的盒子朝夕相伴，被迫面对任由一截绳子摆布的命运。

但这已经远远超出了人类恶作剧的范畴，本心中暗想。况且，似乎没有人因为盒子的到来获得收益，除了使所有地球居民陷入恐惧和混乱，找不到任何明显动机。

"所以你就自以为是地得出了魔术戏法的结论？"女人问道。

将绳子的出现归咎于"魔术"的说法让本感到陌生。对他而言，魔术是祖父在五月海角沙滩上度假时展示的纸牌和硬币戏法。魔术是一种熟能生巧的手法，它总是伴随着"挑一张牌，任意一张"的开场白。或许看上去令观者目眩神迷，但背后的规律总是有迹可寻。

而这些绳子从来就不是魔术。

"也许是上帝的安排。"男人耸了耸肩膀说道，"也许是众神的杰作。古希腊人就有信奉命运的传统，不是吗？"

"处死异端也是他们的传统。"女人说道。

"这并不意味着他们一无是处！难道不正是古希腊人发明了代数学，还有民主制度？"

女人翻了个白眼。

"好吧，短绳市民不断去世的报道又该如何解释？"男人问道，"发生在布鲁克林的那场火灾呢？三位遇难者全都收到了短绳。"

"如果你在世界范围内采集样本，一定可以找到支持任何理论的奇闻异事。"女人说道。

本好奇地想，这该不会是他们的第一次约会吧，如果是，那两人的进展看来不太顺利。

仿佛条件反射一般，本想起了他和前任克莱尔的初次约会，差不多是在两年之前，当时那间咖啡屋中的情形与今天相似。当时他紧张极了。然而回忆中那些初次约会时的手足无措，诸如生怕打翻咖啡杯的顾虑，或是对牙缝里塞着韭菜叶的担心，似乎突然变得微不足道。如今，人们对绳子的话题充满期待，急于弄清面对这个因过于奇特而无法回避的敏感问题时，对方的观点是否与自己不谋而合。

"你看过自己的绳子吗？"男人低声问道。

"是的，没错，但这并不意味着我深信不疑。"只见女人靠向身后的椅子，双臂交叉摆出一副防御姿态。

男人迟疑着。"可以告诉我里面情况如何吗？"

第一次约会就问这个问题过于唐突，本心想。或许应该等到第四次或第五次。

"我的绳子很长,我想。但再次声明,这无关紧要。"

"我还没有打开自己的盒子。我的哥哥还在犹豫不决,我希望和他同时打开盒子。"男人说道,"他是我唯一的家人,如果我们的绳子长度不同,我真不知道自己该怎么办。"

他的无助似乎对女人产生了一丝触动,让她的表情柔和起来。只见她伸手温柔地抚摸着男人的胳膊。"全是谣言,"她说道,"耐心一点儿,时间将证明一切。"

本试图将注意力集中在眼前的图纸上,但他只能想到被打开的盒子,以及其中一直等待着自己的那截短绳。

也许这个女人说得没错,本心想,自己那截短短的绳子并不意味着匆忙结束的人生。他暗中祈祷她说的一切都是对的。

但是他的直觉给出了相反的答案。

尼娜

四月,狄波拉·凯恩是尼娜办公室里第一个从官方渠道获得确认的人。她召集一小群编辑进入会议室,和大家分享了美国卫生与公共服务部门消息人士刚刚向自己透露的内幕。

"这不是谣言,"她缓缓说道,"对于这件事的来龙去脉,我们一无所知,但事实上,绳子的长度似乎确实与每个人的预期寿命有关。"

整个房间陷入沉默,所有人都在座位上一动不动,直到一名男子开始起身踱步。"简直是无稽之谈。"话音未落,他就转过身去,对狄波拉的反应毫无察觉。

尼娜的大脑和身体同时陷入麻木,但她还是可以听到自己正在说话,她的声音出奇地镇定。"消息可靠吗?"尼娜问道。

"好几个国际工作小组都得出了相同的结论,"狄波拉说道,"我知道这是……将之称为'突发事件'听上去似乎过于轻描淡写了。我知道,对大家来说,这或许是一个改变人生的消息。据信,总统将于明天发表声明,我相信联合国安理会同样正在制定对策,但我想第一时间告诉大家我所听到的一切。"

尼娜的情绪似乎逐渐平复。她开始在自己的左手拇指指甲盖上抠来抠去,淡粉色指甲油不断剥落,她感到自己快要哭了。她只想在泪水夺眶而出之前冲进洗手间。

尼娜身后的男人停下脚步,注视着他们的老板。"我们现在该怎么办?"

"关于这个月的选题?"狄波拉问道。

"关于所有这一切。"

狄波拉宣布散会后,众人纷纷离开房间,尼娜把自己关在厕所隔间内失声啜泣,她将身体倚在贴着瓷砖的墙壁上保持稳定。太多情绪涌上心头,一时令她无所适从。

一周前的那个瞬间,此刻依然历历在目。她和莫拉最终一起打开了各自的盒子。

尽管尼娜坚持让盒子原封不动，莫拉最终还是沉不住气了。一天晚上，她不动声色地来到尼娜面前。"我要打开我的盒子。"莫拉平静地说道。

尼娜知道莫拉已经下定决心。她们本可以互不相让。但这不像挑选沙发一样简单，没有任何折中的余地。除了看或不看，两人面前没有任何中间选项。

尼娜不敢打开自己的盒子，但她同样清楚，独自面对打开的盒子将更加令人不安。尼娜是家中的长女，身为大姐，她拥有与生俱来的强烈保护欲。而此刻那种想要保护和关怀身边所有人的熟悉情感也投射到了莫拉身上。尼娜不允许莫拉独自面对自己盒子中的宿命。

"我们一起来吧。"尼娜说道。

"不，这并不是我的本意。"莫拉摇了摇头，"你不用为了迁就我而勉强自己。"

"我知道，"尼娜说，"但也许一觉醒来所有人都已经打开了自己的盒子，这是我无法改变的事实。我宁愿和你一起迎接这一刻的到来。"

于是，两人盘坐在客厅的地毯上，小心翼翼地打开自己的盒子，揭开里面那块微微发亮的布料。

两人一时无法准确解读自己绳子长度的含义，但她们将两根绳子搭在指尖，彼此靠近。一个骇人的事实立刻呈现在眼前：莫拉的绳子只有尼娜的一半长。

同居不久的她们刚刚迎来相恋两周年的纪念日。尽管两人还没有把结婚提上日程，但就在纪念日晚餐前，尼娜看到了莫拉偷偷瞄向自己梳妆台抽屉的眼神。两人都非常清楚，尼娜讨厌惊喜，热衷于计划，因而或许她们早已心照不宣，尼娜将会是求婚的那个人。

就像大多数情侣一样，尼娜感觉自己和莫拉相识的时间远远不止两年，而实际上她们的共同生活却刚刚开始。

此时的尼娜毫不怀疑。自己所爱的女人将提前迎来生命的终点。

站在办公室狭窄的淋浴间里，尼娜甚至无力回味长绳给她带来的喜悦和释然，尽管她知道，一幅完整的人生画卷正在自己面前展开。可莫拉令人痛心的命运让尼娜无法独自庆祝。

尼娜的胸膛开始上下起伏，身体在急促地努力呼吸。莫拉的绳子看上去很短，但这究竟意味着什么？她们到底还剩下多少时间？至少，最初令全世界为之困扰的问题已经有了答案：绳子的预言是真实的。然而，太多问题依然悬而未决。

尼娜听到一个女人走进隔壁淋浴间，她捂住嘴巴，想要掩盖自己的抽泣声。她知道，没有人会因为情绪崩溃责怪她，然而她为自己在公共场合的失态感到尴尬，仿佛这个世界还和之前一样，尚未变得面目全非。

尼娜必须当晚告诉莫拉，让她从自己的爱人口中获知真相，而不是侃侃而谈的新闻节目。

她必须收回那天晚上在她们打开盒子之后自己对莫拉说过的一切。所有关于绳子纯属子虚乌有的断言，尽管她曾经对此坚信不疑。

"不可能有任何含义，"尼娜一边努力平复着自己的声调，一边说道，"它只是一截绳子而已。"

"别人可不这么认为。"莫拉喃喃道。

"别人知道什么？我们生活的世界还没有疯狂到要靠魔术盒子占卜未来的地步，"尼娜说道，"我们生活在真实的世界中。而这些盒子，只不过是一场幻觉。"

然而尼娜的话无法驱散自那一刻开始就笼罩在两人之间的紧张，无形的压力在日夜交替中萦绕不散。三月中旬以来，她们就再也没有过肌肤之亲，几乎所有的日常交流中都弥漫着一股无声的焦虑。

仿佛从那时起，两人同时产生了一种不祥的预感。

隔壁的女人刚一离开，尼娜就溜出自己的淋浴间，将一张纸巾送到水龙头下。她用沾水的纸巾擦拭着脸颊和后颈，努力恢复四肢的力量，试图平复沉重的喘息，唯恐自己在这里晕倒。

在把真相告诉莫拉之后，尼娜也需要给家人一个交代。

她必须给依然住在波士顿郊外的父母打个电话，那里是尼娜姐妹俩出生的地方。这让全家每逢节日都可以团聚，同时，偏爱独立的女儿们又能与她们的父母保持适当的距离。她必须告诉自己的妹妹艾米。

艾米已经决定不打开自己的盒子。每当谈及这个话题，她总是对自己的选择坚定不移。然而，如今绳子的预言已既成事实，艾米还会回心转意吗？

尼娜扔掉纸巾，透过玻璃表面的斑斑水渍，看向镜中的自己。尼娜很少化妆，此时她的脸庞比往常更加自然，粉嫩的皮肤透出一种澄澈的氛围。

每当注视镜中的自己，尼娜的目光总是不由自主地飘向眼角皮肤不起眼的褶皱和前额那两道不易觉察的细纹。"如果不是整天摆出一副一本正经的样子，你也能像我一样青春永驻。"莫拉的语气中透出一丝戏谑，她调皮地用手轻抚着自己黝黑光滑的脸颊。尼娜刚满三十岁，只比莫拉年长一岁，但岁月在她的脸上留下了清晰的烙印。此刻她知道，盒子里的长绳意味着，终有一天她将要面对镜中那个苍老的女人和她凝视的目光。直到今天之前，尼娜一直单纯地认为，莫拉将会一直陪伴在自己身边。

然而，绳子的到来令人们惊慌失措，它一夜之间摧毁了所有幻想。尼娜的未来突然变得如同镜子中的自己一般，悲伤、无助而又形单影只。

本

自从绳子出现以来，这是本第一次走进时代广场地铁站。

他穿过一条潮湿的通道，准备从1号线换乘Q线，即便不是雨天，这里的天花板也在渗水，行人通道上永远摆放着一排用来接水的深黄色垃圾桶。走出通道，他站在一个庞大的地下交通枢纽中，来自数十条地铁线路的乘客同一时间从列车中一拥而出。

作为全纽约最繁忙的地铁站，时代广场站永远都是一幅嘈杂混乱的景象：川流不息的人群为福音派、末日派，以及任何想要宣扬主张的个人和团体提供了最佳临时舞台。而此刻，在一如既往的纷乱之中，还涌动着一股狂躁的气息。

两名穿着半身长裙的女郎向路人发出呼吁："信上帝！得救赎！"她们高亢的嗓音在话筒中被成倍扩大，释放出两人娇小身躯无法承载的巨大音量。"上帝自有安排！你的绳子并不可怕！"

当晚与这两位女信徒争夺听众的布道者至少还有四名，但是在扩音器的帮助下，她们成功占据上风。本礼貌地躲开他们的小册子，向自己的轨道入口走去，此时他耳中清晰地传来其中一位布道者的声音。一个中年男人穿着满是污渍的老式衬衫，正在发表令人沮丧的宣言："天启即将降临！绳子只是开始！末日就在眼前！"

本努力将目光投向地面，直到走到离那个男人很远的地方，然而当他望向头顶的屏幕以确定下一班列车的到达时间时，碰巧与演讲者的视线不期而遇，此时他正在向人群发问。

"你为末日做好准备了吗？"

他口中所指的，无疑正是世界的末日、时间的尽头。但他的话语让本感到一阵不适。此刻身处车站的本，正要前往刚刚加入的互助小组，参加首次讨论，今天小组讨论的话题正是准备迎接末日。

"迎接短绳人生"是这个互助小组传单上的口号。本无奈地想道，这个标题非但无法鼓舞人心，反而充满讽刺意味，因为拥有一根短绳，本身就意味着人生已经所剩无几。

紧随盒子而来的是各式各样的互助小组，它们面向收到短绳的市民及其家庭成员。本参加的小组每周日在康纳利学院的一间教室聚会一次，时间是晚八点至九点。康纳利学院是一所位于上东区的私立学校。

第一个晚上他提前到达，此时的走廊依然出奇地安静。

本的父母都是高中教师，在他心中涌动着一股对校园生活的强烈眷恋，一看到五彩斑斓的布告板——这一期刚好是太空主题，每位学生的照片都被粘贴在一个个黄色的星星中——他的思绪立刻飘回跟随着父母来到学校的童年时光。在父母任教的学校中，年幼的本总是用腼腆的目光注视着如巨人般伫立在自己面前的高中学生。

亲眼看见父母在班级中发号施令总是让本产生一种奇怪的感觉。看着其他孩子同样不得不聆听他们的声音和教诲，本时常感到嫉妒和抗拒，心有不甘地和这些陌生人分享着自己的父母。但每次来到学校，最令本开心的事情莫过于坐在教室后排，在自己随身携带的速写板上胡乱涂画各种奇形怪状的小房子，一些年长几岁的小姑娘还会趁机哄他开心。

"谁住在那座小房子里呀？"小姑娘们柔声问道，"是精灵，还是仙子呢？"

孩子特有的虚张声势让本忍不住想要辩解，自己早已过了相信精灵和仙子的年龄，然而小姑娘们的关注让他心满意足，不愿冒任何受到冷落的风险。

本自己的校园生活却缺少如此温馨的回忆。当晚，在前往互助小组的路上，本从几排储物柜旁经过，他突发奇想，其中有没有柜锁被银色胶带贴住而没有关上的储物柜呢？这个窍门曾经在总是忘记密码的学生中风靡一时。本只给自己的柜锁贴过一次胶带,那是九年级时。当看到一群橄榄球运动员这样做之后,本向他们索要一块同样的胶带,如今在他看来,那只是当年的自己试图在强壮的同类中获得认同的可怜尝试。仅过了不到一个钟头,本的手机和夹克就从他没有上锁的储物柜里不翼而飞了。

他来到204教室门口,只见课桌下的塑料椅子已经被人抽出,重新围成一圈,但教室中只有一个男人。

本带着早到的尴尬神色退入走廊。

"太晚了!我已经看到你了。"

本重新走进教室,刚刚听到的声音中洋溢着一股欢快的气息,他挤出了一个与之相衬的笑容。

"你好,朋友,我叫肖恩,是这个小组的发起者。"男人说道,"你一定就是今晚的新人之一。"

本一边与肖恩握手,一边努力揣度这个看上去将带领他走向平和与接纳的男人。眼前的男人年近四十,胡须浓密,穿着一身宽松的牛仔服。尽管坐在轮椅上,他的身高依然令人印象深刻。

"很高兴认识你,我的名字叫本。没错,这是我第一次参加小组讨论。"他说,"也就是说,今晚还有其他新人?"

"嗯,除了你,本周还有一位年轻女士报名。"

"听上去不错。"本一边说,一边将汗湿的双手藏进裤兜。他可以感觉到自己天生的害羞快要占了上风,他暗自祈祷,但愿加入这个小组不是一次错误的决定。

作为大学时代的朋友,达蒙是为数不多知道本短绳身份的人,正是在他的劝说下,本做出了加入互助小组的决定。(尽管达蒙本人幸运地收到一根长绳，他的父亲正是在戒酒互助会中成功摆脱了酒瘾，而达蒙更是互助疗法优点的忠实信徒。）

本开始后悔没有带上达蒙参加第一次小组聚会。本向来不擅长对陌生人敞开心扉，在经历了与已经成为前女友的克莱尔分手的打击之后，本担心自己千疮百孔的信任感已经再也无法修复。

"那么，我有一个冒昧的问题，你是否也有……"本一时找不到合适的措辞结束这次问话。

"哦，我没有。"肖恩答道，"我的绳子比各位组员稍长一点儿，但是作为一名一线职业社会工作者，帮助人们走出困境是我一直以来的愿望。"

本默默点了点头，这时一名肤色浅黑的女郎走上前来，将他从即将无话可说的窘迫中解救出来。

"你好，肖恩。"她一边说，一边把自己的手提包放在最近的椅子上。

"本，这位是莉娅。莉娅，这位是本。"肖恩在两人间来回转身。

"欢迎加入我们。"莉娅露出甜美的笑容。

其余组员很快来到教室。最年长的是一位四十岁出头的医生。（至少在本看来，他是一名医生，因为其他几位组员纷纷对他以"大夫"相称，尽管他只是轻描淡写地称自己为"汉克"。）其他人看上去都与本年龄相仿，大抵在二十到四十岁之间。

切尔西，一位看上去刚从美黑沙龙出来的草莓金发色女郎，一边查看手机，一边走进教室。在她身后跟着几位男士：体格魁梧的大胡子卡尔，棒球帽下的五官让人难以分辨；身材瘦长的尼哈尔，穿着一件普林斯顿大学卫衣；衣衫整洁的特勒尔，他闪闪发光的黑色牛津鞋让本羞愧地瞟了一眼自己脚上灰头土脸的帆布运动鞋。

最后出现的是和本一样的新组员，一位名叫莫拉的女士，只见她在本身边落座，带着似笑非笑的表情勉强冲他点了点头。本在她无声的致意中捕捉到一股所有组员心照不宣的情绪：没有什么比我们更糟糕了。

但至少每一个人都不再孤单。

莫拉

莫拉从没想过参加互助小组。加入互助小组仿佛意味着举手投降，而莫拉从来不是一个失败主义者。她的妥协只是为了安抚自己的女友。

自它们第一次出现以来，尼娜从未动过查看绳子的念头，这毫不令人意外。小心谨慎是尼娜一贯的风格。

而当她们最终在莫拉的不断催促下打开盒子后，莫拉自己立刻陷入后悔之中。

为了打消莫拉的顾虑，尼娜想尽办法让她相信这些绳子只是一种幻觉。但自从谜底揭晓的那一天起，莫拉就一直生活在如影随形的恐惧之中，饱受恶心和厌食的困扰。

大约一个星期后，尼娜从办公室回到家中，她让莫拉坐下，因为自己有话要说。

"狄波拉今天接到一个电话，"尼娜缓缓说道，"是来自美国卫生与公共服务部门的消息。"她目光空洞，努力在脑海中搜寻合适的词汇。

但莫拉已经明白。

"说吧，尼娜。别绕弯子了！"

尼娜咽了咽口水。"它们不是幻觉。"

莫拉跳下沙发，冲进卫生间，瘫倒在冰冷的瓷砖上。当对着马桶呕吐时，她感觉到自己的黑色卷发被尼娜挽住，莫拉知道尼娜正在强忍泪水。

"没关系，"尼娜一边不断说着，一边用手上下抚摸着莫拉的脊背，"我们都会没事的。"

然而在她们两年的关系中，尼娜的话语第一次无法让莫拉感到宽慰。

两人整晚坐在电视机前，紧握对方双手，总统正在屏幕里发表演说，敦促民众保持冷静。美国卫生与公共服务部部长介绍了研究人员的发现，世界卫生组织负责人和联合国秘书长分别发表讲话，号召全世界同心协力共同面对这场前所未有的危机。

就连教皇也出现在位于梵蒂冈城的阳台上，向数百万惊魂未定的民众讲话，人们显然已经对他的金玉良言期盼已久。

"我想提醒诸位，不要忘记每次弥撒时反复诵念的话语：'信仰的奥秘'。我们知道，信仰——真正的信仰——要求我们接受，在这个世界上，总有一些奥秘将会超越人类的认知。"教皇大声宣讲，他的教谕被翻译转述给所有听众，"我们对造物主的认识永远都是不完美的。正如《罗马书》第11章第33节中所述，'啊，上帝的智慧和知识多么深奥。他的判断多么不可捉摸，他的行踪多么无迹可寻'。今天，我们正面临未知之谜。我们应该相信，这些盒子中蕴藏着只属于上帝的神谕。"

然而，莫拉并不把自己的盒子视为馈赠。

每天，都有成千上万人在铺天盖地的盒子中，迎来自己的二十一岁生日，形势变得愈发紧迫。他们无法在永无止境的猜测中破解关于自己绳子的预言。

一个美日合作分析团队率先推出了解决方案：一家政府出资的网站，将为用户提供有关绳子长度的解读。

研究人员收集了数千根绳子的尺寸数据，精确到毫米级别。他们根据新鲜出炉的数据得出结论，每个人的绳子长度并不像最初的猜测一样代表着他们在这个世界上剩余的寿命。结论是，绳子的长度代表了完整一生的长度——从呱呱坠地开始，直到生命结束。

假设现存最长的绳子可以换算成大约一百一十年的原始生命长度，研究者们反向追溯，逐渐建立了绳子长度和相应生命长度之间的换算指南。他们无法给出一个确切的日期，因为尚无法达到这种精确程度。但用户可以登录网站，输入各自的绳子长度，然后再依次点击三个页面，确认操作纯属自愿，并同意不对任何噩耗予以起诉之后，最终结果将以一目了然的新罗马印刷字体呈现在他们眼前。他们告别人生的日期将被定位到一个只有两年的狭窄时间窗口之内。

莫拉的绳子没有尼娜长，最初模糊不清的意识迅速凝结成为令人窒息的现实。

莫拉的绳子预示着，她将在年近四十岁时迎来人生终点。

她的人生还剩下不到十年时间。

整个四月初，尼娜都想和莫拉谈谈正在发生的一切。她时常和莫拉谈心，但让她担心的是，自己无法像一位短绳拥有者那样提供感同身受的支持。

"你知道，我会一直在你身边。"尼娜说道，"但没准儿，你可以在一群陌生人中找到新的寄托？我妹妹说她的学校甚至开办了一些短绳互助小组。"

"你的好意我心领了，"莫拉回答，"但我并不确定自己想要加入一群为自己未竟人生而哭哭啼啼的陌生人。"

"好吧，据说有各种不同的互助小组，根据……嗯……剩余的时间。有的小组面向还剩下一年时间的人，有的小组面向可能还剩二十年生命的人，还有的小组面向介于以上两者之间的人，就像……"尼娜看上去对自己是否应该继续说下去犹豫不决。

"就像我一样。"莫拉抢先说道。

"当然，你只需要做让你觉得舒服的选择，无论如何我都会支持你。"

莫拉看向尼娜，她单薄的身体在她们位于三层的无电梯公寓昏暗的灯光下显得更加虚弱。莫拉同意参加互助小组，只为抹去尼娜说话时眼中泛起的一缕内疚和悲伤。

不到一周之后，莫拉已经走在了通往学校的路上，她的互助小组讨论将在那里进行。

街道上的景象似曾相识：每个街区如今至少可以看到一家刚刚关门歇业的店铺。这些商店和饭馆往往大门紧锁，店主大多在落锁的金属闸门上留下真情流露的告示牌，上面用潦草的字迹写着"动身追寻人生啦"、"要把时间留给家人"或是"要去创造一些回忆"。莫拉在一家曾经的珠宝店铺前停下脚步，贴在店门上的纸上写着："本店打烊。店主有去无回。"

然而，比各种告示牌更加触目惊心的是不经意间——尽管少见，但并非完全难得一见——撞见一只被陌生人丢弃的盒子。它们仿佛正从垃圾桶的边缘或堆在路边的破旧家具中鬼鬼祟祟地探头张望。

在绳子出现后的数天乃至数周里，被真相震惊的人们想尽各种办法处理这些不受欢迎的、突然闯入自己生活的盒子。有人故意选择视而不见，希望获得神赐的福佑，他们选择扔掉盒子以逃避诱惑。有人大张旗鼓地将盒子扔进河流、湖泊或者将之锁在家中不起眼的角落。更加轻率的做法是将它们直接扔进垃圾堆。

还有人在愤怒中试图消除盒子的存在，然而这些顽强的盒子，就像客机上的黑匣子一样，无论是反复焚烧、撞击，还是猛踩，都无法将其摧毁。

每当行人与被遗弃在路边或附近居民丢出窗户的盒子不期而遇时，往往会转过头去，加快脚步。打开的盒子就像路边乞丐如影随形的目光，让人们避之唯恐不及。

所幸，当晚在莫拉走进学校入口时，视线中没有出现任何被丢弃的盒子。上东区安静的街道上铺着褐色砂石，到处弥漫着高雅而拘谨的氛围，与当下汹涌的情感宣泄格格不入，她心想。

这是一座与周围环境融为一体的建筑，集古老与浮华于一身，仿佛一位老态龙钟的慈善家衣着光鲜地兜售着自己的善举。它那常常为房地产商津津乐道的战前建筑外观之上装饰着一个个做工精美、形似狮鹫的滴水兽首。

她走上宽大的室内台阶，身边的大理石板上镌写着柏拉图和爱因斯坦的名言警句。莫拉的手指悄悄地伸向脸颊，触摸着那个小巧的宝石绿鼻环，自己大学时代的饰物显然与这种场合的着装规范格格不入。尼娜的妹妹艾米，已经在这所学校任教数年，然而在今晚之前，莫拉却从未踏入这里半步。

来到二楼平台时，耳边传来一阵低语，她跟随人群走向204教室。谢天谢地，她是最后一位。

艾米

显然，她还没读完《赎罪》。

艾米吃力地将胳膊伸向床下，张开五指，摸索着一支似乎已被遗忘的笔，这时她的拇指无意中蹭到一条书脊。她拽出那本平装书，只见上面覆盖着一层薄薄的灰尘，艾米看到自己的书签——

这枚镀金的书签来自前男友，上面的姓名缩写早已无法勾起她对两人短暂爱情的回忆——依然夹在书页间，停留在全书的三分之二处。

三月间，艾米一直在读这部小说，她不敢相信自己居然已经毫无印象，书中的故事曾令她如痴如醉。然而在盒子出现的当晚，她在床上打了个盹，身边就放着这本小说。在第二天清晨的骚动中，这部小说想必从被褥上滑落，坠入过去，瞬间被遗忘在旧日时光中。

旧日时光。

艾米将书捧在手中，思绪又回到了那个早晨。她像往常一样睡得很晚——这个习惯让姐姐尼娜永远无法理解——迟迟不愿从昨夜的梦境中醒来，这无疑要归功于阅读带来的灵感。在梦中的世界，她回到了二十世纪三十年代，化身一名剑桥学子，与她相伴左右的年轻男子有着媲美影星休·格兰特的谈吐，艾米仍然记得，当她在床上独自醒来时那股淡淡的失落。

那天早晨，当艾米翻身下床时，尼娜已经留下了两条惊慌失措的语音邮件。（尽管只比艾米年长一岁，她向来以家长自居。）

"收到立刻回电！"留言中传出尼娜的叫声，"现在不要出门，待在原地。立即回电！求你了！"

尼娜一直都对盒子上的铭文不以为然，她本想等到与新闻团队的同事碰面后再做打算。而事实上，艾米自始至终都无意打开盒子。这些盒子无处不在，猛烈的势头显然令人难以置信。世界不知何故跌跌撞撞穿过了镜子，进入了一个颠倒的世界。艾米意识到，正如千篇一律的小说情节，在众人一筹莫展之际，书中的角色做出冒失的决定，而由此产生的后果只能等待答案揭晓。

所幸绳子出现时春假刚刚过半，因此康纳利学院没有宣布临时停课。当天停课的学校确实屈指可数，可艾米听说大部分教室只有一半的出勤率，老师和学生全都不知去向。

"毫无疑问，你们的学生将提出各种问题。"接下来的周一，校长面对全体教职员工发表讲话，"事已至此，我相信各位都有自己的看法。但我们不能向学生透露任何自己无法确定的消息。"

艾米身边的老师凑过来小声说道："所以……到头来还不是什么也不能说？"

随后又过了一个多月，世界仿佛恢复了原来的样子。然而，学校的形势似乎毫无进展，管理人员依然想方设法对学生们隐瞒真相。当一名教师发现食堂内有半数学生正在 YouTube 观看一位中学生想尽各种办法破坏父母绳子的视频后，校园范围内的 YouTube 访问路径遭到了封禁。随后，老师们在休息室观看视频中的一些片段，艾米不安地看着画面中的男孩时而尝试用修枝剪刀割断绳子，时而将它们浸入咝咝作响的自制混合酸液中，时而拉住绳子一端与他那只死死地咬住另一端的斗牛犬进行拔河比赛。

"看看吧，我可不想让孩子们从这些把戏中得到任何暗示，也不想看到这一幕出现在我的课堂上。"艾米回忆起一位同事的话，"但我们不能装作什么也没有发生。我做不到一边向他们讲授历史，一边带领他们逃避现实。"

艾米心想，这多少有些不可思议吧？

她很清楚绳子造成的痛苦——尼娜的女友——莫拉，就是一位短绳受害者。然而，艾米尚未打开自己的盒子，因此她眼中的世界没有先入为主的干扰，尽管她不会告诉任何人，盒子的出现给她带来了一种近乎……兴奋……的感觉。惶恐与困惑自不待言，然而，其中或许还掺杂着一种惊喜？从儿时起，她就幻想踏上冒险之旅，钻进神奇的衣橱，漫游巧克力工厂，穿梭时空隧道。一次在外面玩耍时弄破了膝盖，她甚至将手指压住小小的伤口，用血滴涂抹脸颊，幻想自己化身为遥远国度中一身戎装的公主，这让有严重洁癖的尼娜心烦意乱。如今，她的世界在一夜之间变得荒诞离奇、不可思议。而她正亲眼见证一切的发生。

艾米缓缓从卧室的地板上站起身来，手中拿着《赎罪》。她还有一些试卷没有批阅，却迫不及待地想要读完这本小说。然而，当艾米把小说放在梳妆台上时，她蓦然发现，小说之外的世界第一次呈现出小说中才有的跌宕起伏。

尼娜

尼娜和同事们一脸惊愕，目光紧盯着开放式办公室中央的电脑屏幕。镜头中的地点似乎是一处中世纪村落，只见一队集结在桥梁附近的警察，正在用警戒线将拍照者和好奇的围观人群隔离开来。

一起发生在维罗纳的事故正在纽约媒体上掀起波澜：一对新婚不久的年轻意大利夫妻手牵着手从桥上纵身跳下。起因是他们在新婚之夜打开各自的盒子，发现新娘收到了一条令人生无可恋的短绳。新郎在这次殉情事件中幸免于难，而他的妻子却在三天后离世。

这出悲剧发生在美丽的维罗纳，势必在小报上掀起一场对莎士比亚俏皮话的庸俗追捧[1]，这令尼娜面露难色。

"太可怕了。"一位记者说道。

"但你知道真正蹊跷的是什么吗？"一名校对员问道，"男方事先知道自己无法成功自杀。两人都看过自己的绳子，知道新郎的绳长，而新娘的绳短。尽管男方的行为充满危险，但他早就知道自己会平安无事。"

"好吧，也许他知道自己不会死，但他当时显然头脑发热，还是冒着瘫痪的风险从那座该死的桥上跳了下来。"

"哦，没错，当然。但想想就觉得奇怪。"

"我不知道，在我看来，这再次证明人们不该打开盒子。"那位记者说道，"显而易见，两人就是在看到绳子后才变得精神失常。"

他们没有精神失常，尼娜心想，他们只是感到心碎。

但她并不指望自己的同事可以理解。他们无法领悟日常表象光怪陆离之下掩盖的痛苦。

原本就数量不多的职员，与同病相怜的杂志预算一道逐渐减少。据尼娜所知，自己是整个办公室里唯一与公开身份的短绳人

---

[1] 莎士比亚有多部戏剧以维罗纳为背景，其中最著名的是《罗密欧与朱丽叶》。——编者注

士保持亲密关系的人。

起初，她的同事总是欲言又止，心照不宣且小心翼翼地维系着工作和生活的边界。但一直以来，融洽的团队关系让大家养成了畅所欲言的习惯。最终，短绳也和悲欢离合、生老病死一样，成为公开谈论的话题。

三分之一的职员还没有打开自己的盒子，其余的人似乎对他们的发现相当满意。在得知莫拉的情况后，许多同事甚至自告奋勇在尼娜需要请假时，为她代班。

然而尼娜并不这么想。

尼娜无法对整日充斥四周的新闻视而不见，绳子无处不在。她开始恳求狄波拉为自己分配其他报道任务，任何报道都行，但那似乎只是她的一厢情愿。"总统候选人的阵营初具规模"，"全球温度持续升高"，然而没有什么比绳子更能吸引读者的眼球。尼娜几乎无时无刻不在冥思苦想，对自己能否找到真相心存疑惑。

在莫拉眼中，尼娜一直是个迷人的控制狂：储藏室中的特百惠保鲜盒必须扣上合适的盖子；如果不是已经拥有一件可搭配的上装，她就从不添置新裙子。规则是尼娜热爱编辑工作的原因之一，她喜欢手握红笔将那些浅显易懂的语法和语言规则付诸实际的力量。在升职之前，在努力证明自己的记者生涯中，她就曾沉迷于追寻事实，埋头进行大量研究，胸怀捕捉真相的使命。关于绳子的一切愈发勾起她对真相的深切渴望。真相的匮乏——绳子来自哪里？为什么现在出现？它们果真能够决定未来，还是仅仅预知未来？——让尼娜夜不能寐。一切都过于模糊不清和苍白无力。她需要黑白分明的结果。

尼娜只能无助地看着莫拉在痛苦中挣扎，因为她对此无能为力。两人的生活已经完全失去控制。

尼娜的无力感仿佛将她带回高中四年级的时代，这种感觉再次唤醒了那段不堪回首的人生记忆。那天早晨，她花了一个小时向学校辅导员咨询如何宣布出柜，完全没有发现一位心怀不轨的同班同学一直在门外偷听。当尼娜走出办公室时，她已经不需要为合适的出柜时机发愁了。她的隐私已经尽人皆知。

时至今日，步入成年的尼娜依然记得当时体育馆更衣室内的情境：充满好奇的目光、不易觉察的点头和令人尴尬的耳语。对于一个连校报上的每句话都必须经过彻底确认才能刊登的人来说，她的生活已经在劫难逃。尼娜精心的计划，持续数周的内心斗争，在瞬间化作泡影。她的力量和克制被洗劫一空。她原本只想和几位朋友分享的消息，却迅速在各个年级中不胫而走。

当然，两天后橄榄球队半数队员因为在场外吸食大麻而遭到禁赛的事件让她的新闻黯然失色。几乎没有人还记得之前那些流言蜚语，除了尼娜。

她永远无法释怀。

直到十多年后，生活在她和莫拉合租的公寓中，尼娜依然能够感受到那种愤怒和屈辱，依然能够想起发过的誓言：不再让自己深陷痛苦，永远不再失去控制。

艾米和莫拉总是劝她适度收起自己的控制欲，放松下来，顺其自然。

然而，尼娜无法顺其自然。在这个充满背叛和心痛的世界上，神秘的盒子和痛苦的短绳无处不在，尼娜无法释然。

如果尼娜选择顺其自然,那么她努力守护的一切——她年轻的自我,她和莫拉的未来——都将变得孤立无援、不堪一击乃至脱离她的掌控。

盒子如今成了她生活的一部分,尼娜无力改变现状。但她决心重新找回自己的力量和清醒。因此,在难以入眠的凌晨,或是莫拉不在公寓时,尼娜开始在互联网上寻找答案。

起初,她简单地在谷歌搜索——盒子来自哪里?当她点击进入 Reddit 网站,并登录近来人气高涨的子页面 "rt/ 绳子" 之后,很快便沉迷其中。她立刻在这里发现了上百条讨论,无一不在试图破解盒子的秘密。

尼娜一直以来的内敛和自律令她无法享受沉湎于各种社交媒体的乐趣,然而这一次,她融入网络话题的轻松自如让自己大吃一惊,不知不觉间两个小时过去了。

尼娜点开一张用户 "gordoncoop531957" 发布的照片,照片中是一个紫外线灯光照射下的盒子,盒子表面的指纹闪着微光。照片的配文是 "证据"。

用户马蒂发布于 1 小时前

能证明什么?你是个白痴吗?

用户守望者发布于 1 小时前

一定是外星生物。难怪肉眼看不到这些指纹。

用户忍者兄弟44发布于2小时前

老伙计,这说不定就是你自己的指纹。

另一位用户"offdagrid 774"发布了一张自己的盒子被放在微波炉中的照片,怂恿人们效仿自己的行为,并配文:"对美国国家安全局的窃听行为说'不'!"

用户ANH发布于一天前

说得对,盒子里肯定装有窃听器。美国政府不仅对美国人进行监听,全世界都是他们的目标。不然他们怎么知道你的名字和住址?把它扔出屋去!!

用户Fran_M发布于一天前

offdagrid 774,你觉得盒子里会不会还藏着一个摄像头?

宗教势力在互联网上势单力薄,但他们的声音却丝毫不落下风。用户"红丝绒老妈"分享的一段《圣经》语录最近在网上疯狂流传,成为这些盒子神圣起源的所谓佐证。

你们不要论断人,免得你们被论断。因为你们怎样论断人,也必怎样被论断;你们用什么量器量给人,也必用什么量器量给你们。

——《马太福音》第七章

尼娜对自己看到的内容不以为然,那不过是人们的猜测。但令人欣慰的是,成千上万,甚至数以百万计的民众和她一样惴惴不安,一心只想找到真相,如果真相真的存在。

周日晚上,莫拉还在参加互助小组,尼娜突然想到了那名维罗纳的男子,还有同事说过的话。有人在绳子到达尽头之前一直拥有不死之身的念头令人感到不安,对拥有长绳的人群来说感觉尤为奇怪,比如尼娜。

坐在床上,尼娜抽出笔记本电脑,输入关键词组"长绳+死亡",开始搜索可能的结果。

她带着疑问登入一个名为"不要在家尝试"的论坛网站。当她进入论坛后,发现其中充斥着长绳人士的各种言论,他们仿佛正在不计后果地向绳子的极限发起挑战。

我的绳子够长,几天前我服用了过量止疼药,但被室友发现,捡回一条命!感谢绳子!

女友和我一直想玩窒息游戏,我们的绳子都很长,所以我想时机到了。10/10,值得推荐;)

祝我 22 岁生日快乐!收到一根长绳!想来点儿 K 粉庆祝一下。

尼娜再也看不下去了。为什么人们会想把自己的生命视为儿戏?

然而,他们的故事只会为盒子蒙上一层更加令人不安的神秘感,为绳子赋予更加强大的魔力。仿佛绳子早已识破你的意图,仿佛它们在决定你人生的长度时就已预见了你所有可能的冒险倾向。就好像它们可以事先知道哪些成瘾药物、孤注一掷和纵身一跃将会带来致命后果,而哪些只是网上供人随意消遣的病态谈资。

尼娜感到一阵恶心。她合上笔记本,在被褥下蜷缩双腿,只想莫拉早点儿回家。

莫拉

尽管做出加入互助小组的决定曾令她勉为其难,但第一次讨论结束时,莫拉已经开始期待下一个周日的到来。她知道尼娜在自己面前刻意回避任何有关绳子的话题,努力在她们的生活中营造出一切正常的假象,莫拉一直对此心存感激。但实际上,一个真正畅所欲言的环境的确可以让置身其中之人感到无拘无束,不再患得患失。

"我太郁闷了。"切尔西的开场白拉开了讨论的序幕,那是四月末的一个夜晚。

"因为你的绳子?"莫拉问道。

"不是。"切尔西叹息道,"好吧,是的。但是今晚《实习医生格蕾》突然停播,同样让我心烦意乱。"

"不是正在热播吗?"特勒尔问道。

"这正是蹊跷之处!停播之前毫无征兆。名人消息网认为这部剧的某位高层一定收到了一条短绳，然后退出了。"

"好吧，欢迎你来我们医院实习。"汉克笑道，"但我可不敢保证有艳遇发生。"

"听说辣妹组合可能要重组复出？"莉娅问道，"据说一位辣妹成员收到了一条短绳，她想要重温旧梦，趁着……你知道。"

尽管对大家的谈论对象充满好奇，莫拉还是无法抑制内心的愧疚。当然，娱乐大众的生活方式是演艺明星自己的选择，但娱乐难道就应该毫无底线？当流言和猜测甚嚣尘上，演员和歌手并非唯一的受害者。在商店结账的队伍里、电影首映式上，或是任何一家餐馆的邻桌旁，对他人绳子长短的猜测已经司空见惯。辞职、订婚、派对上的异常举止，任何情况都可能被解读为绳子或长或短的证据。"他们自称没有打开盒子，但我根本不信。"这句话也成为风靡一时的口头禅。这让莫拉好奇那些没有打开盒子的人——那些尚不知情的人，是如何看待自己的。

更糟的是，莫拉意识到，人们正在为自己的错误付出代价。他们正在自食其果。早在盒子出现之前，个人隐私的传统屏障已经土崩瓦解，她生活在一个娱乐至死的时代。莫拉，与周围的人一样，不断在互联网上发布照片——堕落的美食、办公室外的风景、和尼娜在海滩共度的每个周末。每一张照片都撩拨着人们窥探他人生活的欲望，对隐私期待也随之水涨船高。直到最终，就连查看自己的绳子——原本应是最私密的个人时刻——也沦为一种毫无隐私可言的共享体验。

莫拉认为，假如绳子出现在此前任何一个世纪，都没有人会贸然打探别人盒子中的情况。每个家庭都可以在紧闭的房门和垂下的窗帘背后，安静地面对独属于自己的悲伤或喜悦。但今时不同往日，在这个现代社会，互联网上充斥着纷争与暧昧，家族往事、职业成就和个人悲剧已成为公开的秘密。知名人士在专访中回避关于自己绳子的问题；运动员的"职业前景"成为公众窥探的目标；歌词中有关绳子的暗示受到无情审视；欢乐的时光中隐藏着令人防不胜防的危险——朋友和同事往往旁敲侧击，诱使当事人酒后吐露真言；王室成员、儿童明星、政客子女，任何不幸年满二十一岁的年轻人，命中注定要在某个清晨醒来时面对狗仔队贪婪的偷拍镜头，他们的一举一动在有备而来的狗仔眼中都价值连城——公众需要新闻。

"今晚我有一个新提议，"肖恩说道，莫拉的思绪被拉回现实，"请大家敞开心扉听我解释。"

莫拉瞥了一眼坐在身旁的本。"打起精神。"她低声道。

"随时待命。"他笑着说。

"我在其他小组的同事曾经谈到，不是每个人都愿意当众分享心事，这很正常。"肖恩说道，"可我希望这间教室成为一个安全的空间，每个人都能敞开心扉，畅所欲言，我认为尝试一种新的方法处理情绪也许会对我们有所帮助。"

只见肖恩从挎包里抽出两本黄色稿纸本和一打蓝色水笔。

"请每人取一支笔、几页纸，然后开始写信。"

"有特定收信人吗？"尼哈尔问道，他一直都是一位好学生。

"没有。"肖恩摇了摇头，"你可以写给现在的自己、曾经的自己、将来的自己，或是寄给一个你有话要说的人。你也可以不假思索地写上十分钟，看看有什么收获。"

"听上去好像在浪费时间。"卡尔嘟囔道。

稿纸本在众人手中转了一圈。莫拉瞪着膝头空白的稿纸心想，尼娜会喜欢这种练习的，她更擅长文字游戏。

"亲爱的尼娜——"她写道。

不出所料，下一行几乎无从下笔。在这个谣言纷飞和好事之徒无处不在的陌生世界，只有尼娜有资格了解莫拉的全部生活。两年来，莫拉几乎从未对她有所隐瞒。

两人共同经历过每一次深夜告白。

莫拉漂泊不定的天性从未令尼娜感到不安。事实上，七年中，她更换过五份不同的工作。莫拉从一家位于市中心的美术馆跳槽到市长竞选团队，还曾在一家突然倒闭的创业公司中短暂任职。她更换女友的速度也和换工作一样频繁。

在莫拉蹉跎在一份又一份工作之间，流连于一段接一段露水情缘的时候，尼娜从未被这种浮躁的情绪所左右。大学以来，她一直在同一家杂志社默默耕耘；在遇到莫拉之前，尼娜只经历过两段波澜不惊的感情，即便在空窗期也从未在一夜情中放纵自己——这些经历几乎让尼娜羞于启齿，仿佛自己会因此被贴上乏味、保守的标签。然而，莫拉对此情有独钟。尼娜的专一如今看来弥足珍贵。

当盒子被打开后，莫拉曾给过尼娜离开自己的机会，但尼娜拒绝了。

"我知道你爱我，"莫拉说道，"但我的人生只剩下不到十年时间，而你值得拥有一个可以共度余生的人。"

尼娜满脸错愕。"我真的爱你，所以我永远不会离你而去。"

莫拉建议尼娜认真考虑。"你不用为此感到内疚。"她温柔地握着尼娜的手,"我不会怪你。"

但尼娜不为所动。"我不需要时间来确定自己的感受。"

因为迟迟找不到灵感,莫拉开始环顾204教室。这里显然是一间英语教室,装饰有众多著名作家的黑白画像。它们让莫拉想起自己以前贴满海报的单身公寓,一张床几乎占去了半个房间,她收藏的老式名人刑事档案照海报为低矮的白色墙壁增色不少。

那是两人的第四次约会,尼娜第一次来到莫拉的住处,在莫拉的注视下,尼娜全神贯注地研究那些照片:身处罗切斯特辖区、眼神坚毅的大卫·鲍伊;年过三十岁的弗兰克·辛纳屈,他蓬乱的头发垂下前额,散发出一股青涩的性感;简·方达在克利夫兰高举紧握的拳头;比尔·盖茨就像一位满头金发的披头士乐队成员,正在他二十世纪七十年代的照片中咧嘴大笑;还有一九六九年的吉米·亨德里克斯,他面容平静,松开纽扣的衬衫中露出一条吊坠项链。

"其中大多数都是涉嫌嗑药的罪行,"莫拉解释道,"比尔·盖茨是因为无证驾驶遭到逮捕。"

"我觉得这些照片令人着迷,"尼娜说道,"我几乎忍不住想把他们作为下一期杂志人物印在四开插页上。"

"所以,你在和我约会时,还满脑子想着工作?"莫拉坐在床上,充满挑逗地交叉双腿,"你考虑过我的感受吗?"

"实在抱歉。"尼娜笑道,她俯身轻轻亲吻莫拉,"其实,我是不好意思承认,我还不知道这么多名人都有过被捕经历。"

"这或许就是我把他们挂在墙上的原因，"莫拉一边环视自己的展品，一边说道，"他们提醒我，也许我们一事无成，也许我们时运不佳，但如果你能以饱满的热情和勇气迎接生活，它们就将成为你留给这个世界的记忆，而不会沦为那些让你不堪回首的往事。"

十分钟快过去了，莫拉的信纸还是一片空白。

她环顾教室，发现大部分人从拿到笔的那一刻起就奋笔疾书。本的信已经临近结尾，此刻他正在随手画一张纽约天际线的草图。还好，汉克似乎也正在苦思冥想。

亲爱的尼娜：

还有什么是尼娜不知道的呢？

答案只有一个，但莫拉现在还不能告诉她，在她们已经讨论并做出决定之后。尼娜以为警报已经解除，然而情况并非如此。

莫拉已经说服自己相信，事情解决了。即便尼娜得知莫拉依然心存疑虑，又能有什么帮助呢？

汉克

五月的第一天，纽约纪念医院里没有人知道，两个星期后，一场惨剧将在这里上演。时值月初,医生、护士和患者一如往常,忙于应付周围接连发生的不幸事件。

仅在那个早晨,汉克就看到三个人眼含泪光走进医院,苍白的面孔写满恐惧。他们不顾一切地祈求,只希望能和医生谈谈自己的短绳。

当时间回到数周之前的三四月间,汉克和他的同事会将那些短绳患者请进医院,安排他们接受一系列检查,包括血象监测、核磁共振、超声波扫描以及心电图。有时他们会发现一些令人担忧的状况,当病人回家时,即便不能满怀希望,至少可以知道症结所在。没有什么比不做解释就打发患者回家更令人感到棘手。

然而,短绳患者的就诊频率与日俱增,越来越多的民众开始对绳子的真实性深信不疑。因此,五月一日前,在公众的恐惧获得官方证实之后,医院董事会决定,不再"迁就"那些没有任何症状的短绳患者。当然,病患和伤者并不会被拒之门外,但其他健康人群将不能仅凭自己的短绳入院就诊。因为绳子可能预示着即将发生的事故,也可能是某种疾病。急诊室已经人满为患,法务团队担心,那些为短绳患者开具健康报告的医生可能会因此惹上官司。

汉克走进急诊大厅,准备与患者家属讨论病情,就在这时,他看到一名男子来到入口,手拿盒子向正在询问患者的分诊护士走去。

"我叫乔纳森·克拉克,"男子失魂落魄地说道,"请救救我。"

"能说一下您哪里不舒服吗?"护士警惕地看着他的盒子问道。

"没有,只是……它太短了,"乔纳森哀求道,"这太突然了,一定是搞错了。"

"您现在有什么症状吗，先生？"

"我不知道，不，我想没有。"乔纳森支支吾吾地说，"但你不明白，我已经没有时间了。救救我吧！"

"先生，如果您没有出现任何症状，我必须遗憾地请您离开。"护士向出口处做出手势，"我们还有很多需要立即救治的患者。"

"我就需要立即救治！"乔纳森大吼道，"我一刻也等不及了！"

"先生，我同情您的处境，但遗憾的是我们无能为力。请您预约自己的主治大夫。"

"你怎么能这么说？这是家该死的医院！救死扶伤是你们的工作！"

几位等候在急诊室的患者和家属转身看着眼前的一幕，像路边的好事者一样目不转睛。但大部分人都头也不抬地看向地板，在感到尴尬的同时，也为他的遭遇而痛心。

"先生，请您冷静。"护士不容置疑地说道。

"别跟我废话！"乔纳森在空中挥舞着他的盒子，"我就要上天堂了！"

附近的保安，一名退役摔跤运动员，此时正在赶来支援。

"你怎么能这样对我？"乔纳森嘶吼道，"你怎么忍心看着我送命？"

"先生，我们知道你很难过，"保安说道，"我们不想惊动警察。但如果你拒绝离开，我们别无选择。"他的手伸向腰间的警棍。

乔纳森安静下来，他环顾大厅，最终目光停留在汉克身上，那是屋内唯一一身穿白色制服的身影。

"好吧,"乔纳森说道,"我现在就走。"

他回头看着身后的护士和高大的保安。"我不想把最后的生命浪费在该死的牢房里,"他说道,"也许别的医院会可怜可怜我。"

身为一名急诊室医生,汉克感到一幕幕悲伤的场景正在自己眼前的世界渐行渐远,接受现实逐渐成为某种习以为常的新生观念。在他眼中,仿佛每段旅程都有人不断掉队,他们被留在不同的时空,无力穿越眼前的困境。

有人沉浸在之前对现实的否定中苦苦挣扎:距离汉克的公寓几个街区之外,经常有十几名示威者成群结队地大呼小叫,他们断言绳子的出现是一场骗局,是政府的阴谋诡计。这些人认为,任何绳子的准确预测,都只是自我实现的预言,证明了人类意志的软弱和摇摆不定。

有人和上帝讨价还价,祈求主施舍给他们一根长绳,并承诺以后会洗心革面。或许,那些依然拒绝打开盒子的人是在用另一种方式讨价还价,汉克心想,只要没有亲眼看到自己的绳子,他们就能继续编织逃避现实的借口。

但那些深陷情绪泥潭,挣扎在愤怒和绝望之中的人,往往一望便知,令人不忍直视。乔纳森·克拉克就是其中一员。

汉克等着这个闷闷不乐的男人走出急诊室,一股在心中滋长已久的情绪——致命的无力感——仿佛在那一刻沸腾。

在自己的轮班时间结束时,汉克告诉主管,他准备在月底从医院辞职。

艾米

那年的五月异常温暖,清晨的阳光预示着一个闷热的夏天即将到来,艾米决定不等城市公交,而是穿过中央公园,步行前往位于东区的学校。

这座公园是为数不多的让人察觉不到变化的场所之一。短跑爱好者和自行车手依然往来穿梭,步道上推着婴儿车的慢跑者与艾米擦肩而过。游乐场中的孩子们一会儿爬上运动设施,一会儿滑下黄色塑料滑梯,他们的父母和保姆守候在附近的长椅上。

艾米的学生们也不合时宜地发现了窗外怡人的天气。

"今天我们能在室外上课吗?"

艾米刚一走进教室,一名问题学生就毫不意外地提出了意料之中的问题,这个早熟的男孩脸上洒满雀斑。他总是没完没了地提出问题,比如:"今天可以在上课时间吃午饭吗?""今天可以在教室看场电影吗?"这总能令大家群情激昂,他的执着让艾米暗中钦佩。

她看着这群五年级学生渴望的眼神。"我不认为这是个好主意,因为外面的花粉会让有些同学打喷嚏和咳嗽,那可不是我们想要的结果。"她说道。

她的解释已经足以打消大多数人的念头,但依然有少数人对之报以冷笑或白眼。

说实话,她并不介意进行室外教学。她有时还会幻想成为一名大学英语教师,就像电影《蒙娜丽沙的微笑》中的朱莉娅·罗伯茨那样点燃学生心中的热爱。她想象着自己被一群求知若渴的学生环绕其中,大家坐在院子里,手捧着打开的小说,笔记本和咖啡杯散落在四周的草地上。

然而,带领一群叽叽喳喳的十岁孩子来到户外只能是另外一番场景。

"好吧,现在有谁想来谈谈小说《赐予者》[1]的结局?"艾米问道。

被点名的女孩名叫梅格,她像往常一样坐在窗边,尽管身边的课桌曾经属于梅格最好的朋友薇拉,但此时那里空无一人。校长告诉艾米,薇拉的母亲在得知自己陪伴女儿的时间只剩下短短几年之后,就从学校接走薇拉,开始了一段归期不定的海外休假之旅。

"我想我感觉到了……希望。"梅格说道,"乔纳斯的世界充满了恐惧、不公和混乱,但他最终得以从中逃离。尽管我们不知道山脚下等待他的将是怎样的命运,但那里的灯光还是点燃了我的希望。所以,也许,我不知道,每当生活让人感到恐惧、不公和迷茫时,同样有一片更好的天地等待我们去发现。"

艾米不知道该说些什么。她的学生尚未成年,他们不会使用华丽的辞藻和修辞手法,更不会引用哲学家或历史学家的名言警句,但有时他们总是让她无言以对。

"太棒了,梅格,谢谢。还有谁要发表感想吗?"

---

[1] 《赐予者》(*The Giver*),美国作家洛伊丝·洛利于 1993 年出版的一部反乌托邦小说,是美国许多中学的必读书目。——编者注

在从学校走回住处途中,艾米拨通了姐姐的电话。无论多忙,尼娜总会接听艾米的电话。

"忙什么呢?"艾米问道。

"嗯,赶一篇关于航空业对绳子反应的报道。"尼娜心不在焉地说道。

"现在不方便说话?"艾米能感觉到姐姐语气中的敷衍,她的目光在桌子上的书页间跳来跳去。艾米心想,业界究竟会如何看待绳子?或许航空公司将会深受其害,太多短绳的主人对火光冲天的空难场景闻之色变;又或许绳子会刺激更多人踏上旅途,在有生之年探索这个世界。

"抱歉,没有,现在可以。"尼娜说道。

但飞机依然占据着艾米的思绪。"还记得那时我一心想要约会的飞行员吗?"

"当然,"尼娜笑道,"你和那个三角洲航空的家伙约会了两次来着?"

"因为我原本希望第三次约会是在巴黎。"艾米不甘地说道。

"我猜你打电话来不是要说这个吧。"

"我正在给孩子们物色一本暑假阅读的课外书。"艾米解释道,"最好是历史题材,但要有可读性。"

"嗯,好吧,我们五年级时都在读些什么?关于塞勒姆镇女巫大审判的?说实话,现在也许是探讨人类面对未知事物时反应的最佳时机。"

"我想自己只是有点儿担心他们被灌输太多有关绳子的信息,"艾米说道,"我知道他们接触的信息远超我们的想象,但……他们毕竟还是孩子。"

"明白。"尼娜说道,随后两人同时陷入沉默。

"你,嗯,如果改变主意会告诉我,对吗?"尼娜小心翼翼地试探道。

"当然,你会是第一个知道的人。但我看不看或许都无关紧要。"艾米兴奋地说道,"你的绳子那么长,而你我的DNA又大体相同,因此,我的绳子一定不会和你相差太多。"

"噢,对,当然,"尼娜附和道,"老爸、老妈还是闲不下来。"

想到父母,艾米面露笑容,感谢上帝,他们在六十岁出头的年纪依然拥有健康的身体,并和艾米一样,他们选择让盒子原封不动,转而追寻晚年的幸福:在园艺、读书俱乐部和网球中消磨周末时光。那些简单的快乐为这个多事之秋注入了更多平凡的喜悦。

"好吧,不打扰你工作了。"艾米说道,"我要去书店看看有没有意外的收获,代我向莫拉问好。"

艾米走进公寓附近的那家书店,一阵铃声在她进门时响起。装在头顶的小电视正在播放最新总统候选人之一——安东尼·罗林斯的专访片段,这位来自弗吉尼亚州的议员能言善辩,相貌英俊,他正在高谈阔论为何自己应该成为带领全美共克时艰的不二人选。这台书店老板去年安装的电视一直让艾米心烦意乱,她来书店就是为了躲避没完没了的新闻联播和外部世界的纷繁压力。

她努力忽略头顶明亮屏幕中的男人,溜过摆满世界名著的桌子,最近几周《伊利亚特》和《奥德赛》成了那里的常客,这要归功于再次兴起的希腊神话和命运女神热潮。旁边还有一堆励志书籍以及医生、哲学家和神学家关于死亡的哲思之作。《你在天堂里遇见的五个人》再次跻身畅销书之列。

走进书店主屋,置身四周高大的木质书架之中,呼吸着上千页纸张熟悉的气味,艾米感到身心舒畅。很少有地方比书店更能让她感到心满意足。她时常不由自主地沉浸在自己的白日梦中,因此,艾米在他人同样丰富多彩的梦境中——那些永远流淌在铅字中的梦境——找到了慰藉。

在她和尼娜的童年时代,母亲经常在放学后带她们光顾当地的书店,店主毫不介意两人购买之前在地毯上花一个小时尽情阅读。从那时起,艾米心中就埋下了幻想和浪漫的种子,尼娜则对关于玛丽·居里或阿米利亚·埃尔哈特(尽管后者神秘的消失令尼娜在数周内耿耿于怀)的女性纪实传记偏爱有加。当她们一起阅读时,尼娜习惯于得意地发现并指出出版物中的每一处印刷错误,这令艾米不胜其烦。她希望自己的姐姐不要总是吹毛求疵,而应该在文字的世界中忘记自我。

长大后,艾米和尼娜甚至养成了一种习惯,她们会把自己读完的书第一时间交给对方。这个最初来自艾米的提议缓解了她们对随着年龄的增长,彼此的人生开始出现分歧的担忧——尼娜出柜,随后她们各自奔赴不同的大学——两人之间出现的新差异可能威胁到她们的亲密关系。在分开生活的五年中,姐妹两人通过邮件包裹向对方寄送了很多书,那些最受喜爱的段落都被贴上了便签,空白处随手写着各种玩笑。尼娜取笑艾米的多愁善感,当她收到妹妹那本《别让我走》时,发现结尾皱巴巴的书页上沾满泪痕;艾米则抱怨尼娜发来的《局外人》中无处不在的标注段落令人心烦意乱。

书店中，艾米在反乌托邦小说区停下脚步，一月时她就是在这里发现了《赐予者》，这让她沉浸在自己五年级时在读书俱乐部的美好回忆中，并决定向全班布置阅读这本小说的课后任务——在那个改变一切的春天到来之前。继续向前，《使女的故事》紧靠在《饥饿游戏》旁边，她记得这两本小说曾给十几岁的自己带来喜出望外的阅读体验。深夜无眠时，她不止一次幻想自己化身游戏中的祭品，在脑海中生长的黑暗密林里奋力前进。

至少学生们面对的未来看上去比艾米面前书架上的那些更加光明。在那些虚构的文学世界中，女人的身体沦为被剥削的对象，只为满足繁殖后代的功能；电视上的孩子在政府的怂恿下自相残杀。每本小说似乎都凭空勾勒出一个更加黑暗的世界。如果可以选择，艾米心想，或许人们应该为自己只是收到一根绳子感到庆幸。

然而，艾米几乎每天都在思考，拒绝打开自己的盒子，拒绝接受这个信息是不是一个错误的决定。如果是，那么同时被她拒之门外的还有那个给众多朋友和同事（他们几乎全部收到了一根长绳）带来的前所未有的内心平静，这是他们所能收到的最好馈赠。尽管对莫拉的担忧经常令她不堪重负，尼娜曾向艾米坦白，在看到自己的长绳时，她还是不禁松了一口气。

艾米的大脑不停运转，为自己描绘出各种不同的场景。她生动地幻想出各种可能的结果——一条长绳、一条短绳、一条不长不短的绳子，她甚至曾经幻想过盒子里空无一物——她考虑再三，发现最好的选择就是把盒子塞进衣柜深处，放在那双专门为暴风雪天气准备、盐渍斑斑的冬季长靴身后。

周一早晨，艾米带着二十多本《永远的狄家》来到学校。

"打扰一下，您是威尔逊小姐？"

艾米转过身，看到一位学校保洁员从口袋中摸出一张折好的黄色稿纸。"昨天晚上打扫卫生时，我在您教室的地板上发现了这个，我不知道该把它扔掉，还是放在哪里。也许是您的学生写的？"

"哦，谢谢你。"艾米接过那张纸，只见背面画着一幅纽约天际线的草图。她扫了一眼纸上的名字。并不是她的学生。

"你刚才说在哪里发现的？"

"就扔在一把椅子下面，在书架旁边。"

"我想可能是有人落下的，"她说，"感谢你代为保管。"

男人点了点头。"乐意效劳。"

艾米面带微笑走进204教室，在一张课桌前坐下，在她面前杂乱地堆着两本笔记、一小株仙人掌（来自尼娜，一份"比鲜花更加实用"的礼物）、两个空马克咖啡杯、一台书钉所剩无几的订书机和一本来自历史系的"禁书"主题台历——五月的主题是《麦田里的守望者》。尽管现在还是三月，艾米的台历就已经翻到了五月，那是因为她在学生们纷纷打听《洛丽塔》的内容。

她把那张纸放在一小摞论文上，犹豫着是否应该看看上面的内容。

艾米将自己的注意力转向当天关于逗号和分号的语法课，但她的目光不断飘向那张稿纸，直到最终把它拿下纸堆，摆在自己面前的课桌上。

肖恩让我们写一封信，就是这样。

句号之后几处模糊的墨迹暴露出作者曾用笔尖烦躁地敲打纸面。

卡尔还是把这当作一次愚蠢的练习，他好像正在用自己的笔尖在信纸上戳来戳去，这让肖恩有点儿失望。切尔西不知道正在画些什么，看不清楚。

艾米一个名字都不认识。

没想到十分钟如此漫长。我已经很久没有这样用笔在纸上写信了。我就像一名战争史诗剧中的士兵，蜷缩在记事本前给家乡的姑娘留下信物。

其实，这让我想起自己在前往南方的公路旅行途中造访第二次世界大战博物馆的经历。墙上挂满了装裱的士兵书信。当然，我花了整整二十分钟将它们一一读完，如今只有一封信还留在我的脑海中。那个家伙在写给妈妈的信中，请她帮自己转告格特鲁德："无论发生什么，我心依旧。"

我莫名其妙被打动了。或许是因为看到如此私密的情绪被如此公开展示所产生的违和感。我几乎在尴尬中将它读完。也可能只是因为那个名字——格特鲁德的缘故。

读着这位陌生人的心事，艾米突然感到一阵内疚。但这封信是在她教室里被发现的。写信人一定是自己的学生，对吗？只是，她无法想象自己班里哪个十岁孩子能有这种水平的自我认知——或者拥有如此工整的笔迹。而且，作者听上去仿佛正在完成一项课堂作业？然而她所认识的老师中，没有人叫肖恩。

这时艾米记起一位同事上个月曾经提到，学校会在晚间和周末开设短绳人士互助小组。

在意识到自己刚刚读到了什么时，她的胃部一阵紧缩，一股对作者的同情涌上心头，他的文字一定是某种治疗手段诱导下的产物。

她依然紧抓稿纸的边缘，不知如何是好。于是艾米将思绪转向格特鲁德。较之那个仅仅几个小时前还坐在她的教室中、留下这封信的短绳人士，一个遥远博物馆中的名字更加适合想象。因此，她转而想到格特鲁德和她战场上的心上人，就像《赎罪》中的塞西莉亚和罗比——那个可怜的女人焦急地查看信件，等待着远方军舰上的男孩被泪水打湿的来信。不管发生什么，他始终初心不改。

本

一周之后的星期天晚上，就在小组讨论开始前，顺着莫拉手指的方向，本看到：一张黄色稿纸，折成整齐的四方形，躺在204

教室书架旁边的地板上。朝上的那面可以看到一张纽约天际线的手绘图。

"那不是你的信吗?"莫拉问道。

"哇哦,是啊,"本说道,"我一直在想是不是落在哪儿了。它居然一直在这里,没被丢掉?"

莫拉似乎同样感到惊讶。"大概他们看到了那幅画,以为失主可能会回来找它。其实你很有创作天分。"

"其实?"本笑道,莫拉笑着拉出了她的椅子。

本将纸塞进牛仔服的口袋,直到讨论结束,回到家后,他才将它展开再读一遍。

在他最初的信下面,还写着一些别的东西。

一封回信。

你知道格特鲁德和那个士兵的结局吗?我之所以这么问,是因为我一直在思考这些问题,我开始对他的言外之意感到好奇。

起初,我把他的信解读为最后的浪漫承诺——不管战场上将会发生什么,他对格特鲁德的爱永不褪色。但这有没有可能只是一种错觉?因为没有读过全文,我也无法断言,而如果他果真只是写"无论发生什么,我心依旧",那么或许他在字里行间传递了截然相反的意思?也许他已经拒绝了可怜的格特鲁德,无论肉体和情感即将面对怎样的浩劫,他都不会改变自己的感情。他依然无法爱她,就像她爱他一样。他需要请母亲传话,因为自己没有勇气亲口告诉格特鲁德。

当然,这只是我的大胆猜测。(或许我该担心自己正在为一场近乎唯美的示爱寻找悲伤的理由？）但我很好奇你是否还知道有关格特鲁德和她的士兵的更多消息。

——A

汉克

汉克没看到男人走进医院，但当他在浅绿色帷幕后听到几声枪响时，他正在纽约纪念医院为一名因重度胸痛被送入急诊室的老年患者进行检查。

作为一名医生，汉克拥有超过十五年的执业经验。他在描述自己症状或等待诊断结果的病人脸上看到过强烈的焦虑。但在那一刻之前，他从未见过恐惧从一个人的脸上如此清晰地掠过。五月十五日的早晨，枪声在两人耳边响起。最糟糕的是，汉克随后就会发现，他们丝毫没有感到慌乱。新闻镜头和各种报道已经让他们对这种特殊的恐惧习以为常。他们都很清楚发生了什么。

汉克瞬间全身紧绷，他不知道自己是否还在呼吸。

随后他想起了 A.B.C 课程。

数月前，一位纽约警察局的警官曾来到医院，向他们传授枪击事件发生时的注意事项。"A""B""C"三个字母分别对应着躲藏、障碍和对抗。按优先顺序排列，躲藏是最佳选择，在必要时构筑障碍，而对抗——最好集体行动——只是迫不得已的选择。

当第三和第四次射击声先后急促地响起时，汉克根据声音推断它们来自急诊室靠近街道的入口处，这段距离足以为他赢得疏散后方患者的时间。

几十位身穿蓝色纸质手术服、惊慌失措的病患冲向急诊室的各个出口，医生和护士手忙脚乱地推着轮椅和滑轮病床紧随其后。第五和第六声枪响在室内回荡，一只只手臂本能地扬起，护住头部和面部，尽管众人和嘈杂声之间实际上还隔着一组紧闭的双扇门。

汉克一边迅速转移，一边帮一位女士滚动输液杆，她还来不及拔掉正在从输液袋向自己手腕静脉输入药剂的管子。

第七枪，紧接着是第八枪。

他将那位女士安顿在出口处的门后，旁边还有一位全身黑色装扮的年轻人，来自现场的恐惧和体内高浓度的冰毒让他不住地眨着痉挛的双眼，而后者正是他被送入医院的原因。汉克将两人藏在门后，随后转身向嘈杂声跑去。

但他已经错过了最为血腥的一幕，赶到现场的汉克只看到了这场惨剧的尾声。

地板上的中枪者在血泊中浑身颤抖，纷纷被抬上最近的病床。四周回荡着救助人员的呼喊声。一位保安在袭击者最终被保安一枪击毙的现场捡起凶手的武器，那是一把小手枪。在汉克的想象中，自己会看到一把突击步枪。

当他蹲下身子用双手压住受害者的伤口进行止血时，忍不住将目光扫向这起惨案制造者的脸。

汉克一眼就认出了这张脸的主人。

尼娜

两天前，狄波拉·凯恩冲出自己的办公室，提醒员工关注发生在纽约纪念医院的枪击事件。

那天早晨，尼娜和几位记者正在讨论朝鲜传来的最新消息，那里所有的盒子都被要求上交政府。任何尚未打开的盒子将不再允许被打开，那些年满二十一岁的国民收到的每一个新盒子将被原封不动地移交官方。

这是此类法令的首次颁布。

时间回到三四月间，世界各国政府过度专注于确认绳子的真实性，以及防止全球经济陷入螺旋式下降，以至于忽视了他们并非完全束手无策的事实。他们无法控制盒子的出现，但或许他们可以控制人们对待盒子的方式。

那年春天，几个欧盟国家已经不动声色地向最有争议的边界地区增派部队，届时惊恐万分的短绳移民可能涌向那些医疗保险更加普及的国家，寻找最后一丝残存的希望。报道称，美国边境巡逻队同样已经严阵以待。然而这次朝鲜颁布的法令却特立独行，超出了通常的范畴。这一法令的出台据说归咎于动荡不安的局势和最高领导层对一无所有的短绳激进分子团体可能煽动暴乱的恐惧。

"这显然是一种极端策略，但也许他们发现了什么不可告人的秘密。"一位作者说道，"如果人们不再打开盒子，生活就可以回归正常。"

"除了那些已经打开盒子的人，"尼娜说道，"他们已经无路可退。"

"好吧，也许我们只能希望这里的短绳人群不会成为一种威胁。"

这句不怀好意的评论让尼娜感到惊愕。"他们怎么会变成一种威胁？"

还没等作家回答，狄波拉就出现在他们的桌前，脸上带着紧张的神色。"据说纽约纪念医院发生枪击事件，"她说道，"多人伤亡。"

四十八个小时后，最终遇难人数，不包括枪手本人，被确认为五人，受害者年龄分布在二十三岁到五十一岁之间。这五位遇难者或许还不知道自己的短绳身份，或许他们正是为了寻求帮助来到医院，浑然不觉自己希望逃避的宿命已在急诊室门后等候多时——枪手成了命运的化身。这位短绳枪手的身份被确定为乔纳森·克拉克，来自纽约皇后区。

犯罪组记者在上午的圆桌会议上说道："各位对这篇医院的深度报道有什么想法？'纪念医院悲剧内幕'？"

"好像不错。大家觉得悲剧这个词怎么样？"

"之前有过争论。大家不是商定应该以死亡人数为准吗？我记得有人说过，只有造成十人或以上死亡的才能被称为'悲剧'。这次遇难人数还不到十个。"

"可我记得两周前的那起私闯民宅案就被称为'悲剧'，当时只有一人遇难。"

"没错，或许我们不该把个人的悲剧和悲剧新闻混为一谈。"

"不过,这种大规模枪击事件,显然是场悲剧。"

"你确定这次是大规模枪击事件吗?"

"如果按照至少四人遇难的标准,那么是的。"

"这当然是一场悲剧。这种枪击事件通常都可以被阻止。案发前那些变态浑蛋几乎整天都在互联网上吹嘘他们的歪理邪说。悲剧就是放任这种本可以被我们阻止的事情在眼前发生。"

"各位是在偷换概念。这里没有什么散布网络谣言的新纳粹枪手。短绳才是这一事件的幕后真凶。"

"据说好像是因为医院拒绝收治这位枪手,尽管当时他宣称自己快要死了。"

"我听说医院只是没钱继续为每位看上去非常健康的短绳患者进行 CT 扫描了。"

"我很好奇,如果医院事先知道候诊室里挤满了走投无路的人,医院是否会有一种不祥的预感。"

整张桌子一时陷入沉默。

"看吧,唯一的赢家只有那些枪支游说团体和对他们唯命是从的政客。"有人说道,"这是他们第一次可以轻易与发生在这个国家的枪击事件撇清干系:不要迁怒枪支、法律或者医疗体系。短绳群体才是罪魁祸首。都是绳子惹的祸。"

"这就是我们的切入角度。"狄波拉终于插话道,在冷眼旁观她的编辑们为悲剧的本质和法定死亡人数进行一番争论之后。曾有一次,在节日派对上喝下第三杯酒后,狄波拉曾向尼娜透露,每当她的团队为枪击事件或自然灾难争论不休时,他们轻描淡写的说话方式都令她印象深刻。在她三十年的记者生涯中,新闻标题变得越来越严峻，狄波拉似乎见证了文字的重量日益消失，那些掷地有声的名词和形容词已经消失殆尽。但那是继续工作的唯一方式，尼娜想，保护人们的灵魂不受伤害。

"这是世界迎来新秩序后的第一起大规模枪击事件，"狄波拉对整桌人说道，"这将带来什么不同？人们的反应将因此发生怎样的变化？"

她起身准备离开房间，但随即短暂转身。

"一次死了五个人，"她说道，声音中带着疲惫，"这就是一场不折不扣的悲剧，真该死。"

那晚在家，尼娜盯着笔记本上打开的文档，那是一篇等待编辑的报道。但她脑中一直想着乔纳森·克拉克。

如果莫拉现在进了医院，等待她的会是什么？她们两人经常租自行车沿河边骑行。如果莫拉与一辆出租车相撞，被送往急诊室呢？医生会被允许问及她绳子的情况吗？

尼娜知道，作为一名黑人女性，莫拉已经成为医疗体制下的高危人群，妇女和黑人的病痛在漫长的历史中饱受误诊和无视。当今又是如何？这种不公总能让她感到震惊。

莫拉当然无须与医生谈起自己的绳子。她可以谎称自己从未打开盒子。但如果他们发现真相，她是否会被区别对待？

这也许不是一个故意的决定，尼娜意识到，但如果医生不得不在一名八岁儿童和一名七十八岁的老人之间做出选择，儿童无疑将会成为他们优先抢救的对象，不是吗？或许莫拉也不能例外？长绳人群将会享有某种优先权？

一想到莫拉可能仅仅因为自己的绳子而沦为无助的、被抛弃的对象，尼娜就感到不寒而栗。但真正令尼娜条理清晰的大脑陷入混乱的是由此而来的问题：一名患者是因为收到短绳才得不到充分治疗，还是因为得不到充分治疗才获得了短绳？

这个该死的问题让人想起了那个有关鸡和鸡蛋的世界悖论。

尼娜关闭文档，点击 Outlook 图标，收件箱里堆着几封新邮件。她删除了来自安东尼·罗林斯总统竞选活动的募捐邮件。她甚至不知道自己怎么会出现在他的收件人列表中。她的一些同事一直对罗林斯品头论足，抱怨他徒有其表，以及家族财富显然为他铺平了通往权力的道路。尼娜觉得他过于自负，早在二月，她就看到过一次专访，采访对象是安东尼大学时期的一位老同学，在他口中，这位同窗不仅在一个臭名昭著的兄弟会担任主席，还是一名性别歧视主义分子。

但是，当然，那都是绳子出现之前的事情。尼娜现在有别的事需要考虑。

她回复了几封工作邮件，然后一股无法抑制的冲动涌上心头。她在搜索框中输入"短绳持有者+医院"。然而她到底在寻找什么？一些莫拉不会被拒之门外的证据？

大部分热搜结果指向最近发生的枪击事件，但在第二页，尼娜偶然发现了一个名叫"绳子原理"的新网站。它看上去就像一个公共贴吧，但这里的评论似乎有所不同。这里没有任何关于外星人、上帝或是美国国家安全局的帖子。所有问题都更加紧迫，也更加现实。

还有其他短绳持有者的健康保险受到影响吗？我向保险公司报告了自己的绳子，他们刚刚拒绝支付我承保范围内的检查。还有小道消息称一些短绳持有者的保费突然升高了。

请帮帮我的兄弟：他是一位优秀的厨师，梦想在纽约开一家自己的餐厅，他只剩下三年时间了。但银行拒绝了他的贷款申请，因为他的盒子里装着一根短绳！请登录我们的爱心捐助页面帮他募集捐款。

我私下和一位同事透露过自己的短绳，就在刚刚我收到了裁员通知。也就是说，我的人生在公司看来不够"长期"，因此我就要被扫地出门？如果有律师看到这条留言，我的情况符合不正当裁员诉讼的条件吗？

尼娜不断地向下滚动列表。

政府为帮助短绳持有者做了什么？好像他们的所有研究都是为了证明绳子的真实性，然后留下我们自生自灭。我们需要法律保护！

有人收集过绳子长度和人口统计学的对照数据吗？有色人种或低收入群体中短绳出现率会不会更高？这一事实可能证明了这些居民群体正在为代代相传的体制暴力和机会缺失付出生命代价！

一条对上一篇帖子的回复正在获得关注。

不要迷信那些数据。它只会扭曲真相，将你反噬。拥枪团体已经将医院枪击事件归咎于绳子的出现。接下来呢？"你的贫穷、疾病和失业都不是我们的过失——是绳子！我们对此无能为力！"

或许莫拉是对的，尼娜想，或许绳子来自哪里无关紧要。就算它们来自天堂、外太空，或是遥远的未来，现在只有人类才能决定如何处置它们。

一旦绳子的真相获得大部分人承认，新世界随即拉开帷幕。伊甸园中的很多居民已经吃下了苹果，而其他人依然因为过于恐惧而犹豫不决。

这一启示，带着曾经无法想象的真相的重量，不断在人们心头和脑海堆积。它的重量与日俱增，不断释放压力，直到最终，裂痕无可避免地出现了。

房屋被大举抛售，工作职位被弃如敝屣——一切只为追求生命最后的意义。一些人想去旅行，想在海滩上生活，想要陪伴在孩子身边，想去画画、歌唱、写作、跳舞；也有一些人坠入了愤怒、嫉妒和暴力的深渊。

在得克萨斯州，纪念医院事件发生后一周，又一位短绳枪手在商场里大开杀戒。

这两起短绳分子制造的枪击事件在媒体中引发热议。"我们应该担心更多来自短绳群体的袭击吗？"屏幕下方的字幕抛出了一个问题。

在伦敦，三位生命进入倒计时的电脑科学家侵入一家大型银行，将1000万英镑洗劫一空，他们大概幻想着在一个没有引渡法的孤岛上度过余生。

　　社交媒体上流传着各种新闻，有的情侣在得知各自的命运后临时取消婚礼，还有人私奔到拉斯维加斯，他们匆忙举行的婚礼就像对自己门前的盒子竖起的中指。

　　少数短绳持有者决定利用他们剩下的时间对自己的仇人展开报复。当复仇对象拥有一根长绳时，任何谋杀的努力都难免无功而返，于是在痛苦面前，理智落荒而逃。普通民众继承了黑手党的衣钵。他们砸碎窗户、焚烧住宅、残害无辜、偷盗钱财。愤怒的暴民知道自己短暂的生命可以免除漫长徒刑带来的折磨，因而愈发胆大妄为。一些短绳分子甚至产生了自己不可战胜的幻觉。对于将死之人来说，死刑已经不再可怕。

　　那些绳子最长的人也和绳子最短的人一样选择铤而走险。在安度余生的保证下，他们有恃无恐地跳伞、赛车，体验各种强力毒品。他们忘了，一根长绳只能确保他们活着，但无法使他们免遭伤病的困扰，也并不意味着他们可以逃过任何惩罚。播音员、医生、脱口秀主持人还有政客纷纷提醒长绳持有者还没有达到刀枪不入的地步。在获得终极长寿大礼的同时，没有人会想在昏迷中或牢房里度过漫长的一生。

　　然而，抛开那些长绳持有者的荒诞行径，短绳持有者带来的恐慌依然无人能及。那些暴力分子在整个短绳群体中所占的比例无疑微乎其微，但急剧攀升的犯罪率引发了公众的焦虑。尽管全世界大多数长绳持有者对短绳持有者的愤怒和悲伤深表同情，可他们还是不由自主地感到恐惧。

　　人们开始悄悄地议论那个拥有"危险短绳"的群体——这个

命运多舛的特殊人群,成员遍布每个国家的每座城市。他们发现自己的未来是如此短暂,以至于几乎不用为自己的行为承担任何后果,生命的列车正在飞速驶向终点,宣告着一个生硬而残酷的事实。高尚的行为不再获得上天眷顾,余生的福报变得虚无缥缈,行善积德失去了现实的动机。

短绳极端主义分子无视公共法律和道德秩序的过激形象开始渗入教室、董事会、医院和家庭,最终渗入世界各国最高政治领导人的办公室。

在美国,事实反复证明,民众极易受到影响,不祥的预感迅速在这个国家生根、发芽。据推测,短绳群体的人数——那些将在五十岁前死去的人——在全美总人口中所占比例徘徊在 5% 到 15% 之间。这是一个微不足道的数字,但还没有小到足以让人视而不见。

一些短期措施已经颁布,尽管只是杯水车薪。一些州开通了专门热线,打着"不要一个人看"的旗号,鼓励民众在打开盒子时与一位受过训练的专业人士进行通话。美国国会就面向短绳群体的特别援助展开辩论——是颁布驱逐禁令,还是支付一次性补助——最终都因细节难以敲定而陷入僵局。(一根绳子要多短才算短?为打开盒子的人提供经济奖励,以此向做出不同选择的人施压是否存在风险?)

但在一次次暴力事件的推波助澜下,没有什么可以阻止甚嚣尘上的流言,市长、州长和参议员终于开始悄悄讨论新的方案,有别于此前提供帮助的努力。直到六月十日的事件发生,总统最终做出决定,认为"短绳问题"已经达到沸点,重大行动势在必行。

安东尼

绳子在三月出现时，大多数美国人暂时忘记了来年的总统大选，刚刚拉开帷幕的竞选活动也被抛在脑后。许多主流杂志和报纸甚至取消了原定对候选人的报道。

但安东尼·罗林斯没有忘记。

这名来自弗吉尼亚州的美国国会议员拥有显赫的身世，面对令人失望的民调数据，安东尼将绳子视为一根来自上帝的救命稻草。

二月快要结束时，绳子还没有出现，安东尼那时刚刚宣布参加竞选，一位前大学同学就不失时机地出现在CNN上，声称自己曾无意中听到安东尼酒后在他的兄弟会派对上对女性发表带有性别歧视意味的粗鲁言论。她还回忆称，大一女生被告诫不要在安东尼兄弟会的地盘上喝酒，曾有数名女性在派对后失忆，一名男性学生甚至死于酒精中毒。

安东尼的团队很快做出回应，并特别指出，身为数名杰出女性的后裔，安东尼一直以来对异性给予最大程度的尊重。声明确认，安东尼参加过大学兄弟会主办的各种活动，在那种场合下每个人都难免喝上几杯，但他对鸡尾酒被动过手脚的事情毫不知情。

就在更多老同学在某个全美新闻频道现身说法之前，这些盒子神秘地出现了，对安东尼在大学期间荒唐往事的关注一夜之间烟消云散。

差不多三个月前的那个早晨，安东尼和他的妻子——凯瑟琳，把两个小盒子拿进客厅，商量该怎么办。安东尼给自己的竞选经理打去电话，后者建议他不要打开盒子。安东尼是一位公众人物，如果关于盒子的消息确有其事，那么安东尼私人生活的敏感信息将面临被公开并流入媒体的风险。

凯瑟琳教堂的朋友在接到她的电话后给出了同样的建议，并警告世界末日无疑就要到来。

"你认为这一切都是真的吗？"凯瑟琳向自己的丈夫问道，手中抓着詹姆斯国王钦定版《圣经》，"《启示录》这样说，看啊，上帝的圣所与信众同在，他将与他们同住，他们是他的子民，上帝将与他们同在，做他们的上帝。没准这些盒子就是某种神龛？上帝就住在我们中间？"

安东尼对此表示怀疑。"它是不是还提到了毁灭的巨浪、滚滚的洪水？一个全新的世界正在冉冉升起？"

"好吧，不然，你还有别的解释吗？"

安东尼从妻子手中拿过《圣经》，放在桌子上，紧挨他们没有打开的盒子。

"几天前，我们的竞选运动还遭到攻击，"安东尼说道，"如今人们已经不再关心那个女人自以为是的回忆。我相信这些盒子是上帝发出的信号，他正在关注这场竞选，并保护我们免受伤害。"

凯瑟琳依然半信半疑，但她还是吸了口气，让肩膀放松。"我希望你是对的。"

安东尼微笑着吻了吻妻子。"而且，即便世界末日来临，"他说，"我们还有挪亚方舟。"

不久，安东尼和凯瑟琳，就像大多数人一样，发现了自己绳子的真相。当他们最终打开盒子，发现里面长度可观的绳子预示着两人至少还拥有八十年的生命时，他们知道，自己被赐予了一份梦幻般的礼物。

接下来的周日，他们来到教堂为自己的好运表示感谢，并为未来漫长的竞选求方问药。凯瑟琳还穿上了她的幸运套装——深红色短裙和配套的夹克，这和安东尼最喜欢的领带颜色相得益彰。这套衣服让她看上去就像年轻的总统夫人南希·里根。一月那个寒冷的早晨，安东尼在美国国会宣誓就职时，她就穿着同一套衣服，每当他们在床上扮演总统夫妇时，她这身套装总是被粗暴地脱下。

布道坛上的男人信誓旦旦地宣称上帝将带领自己的信众度过这个动荡的时代，凯瑟琳虔诚地不断点头。安东尼则发出了自己的祈祷——两人的长绳只是开端，它预示着一个更加伟大的未来。

整个三至五月，安东尼的小型竞选团队马不停蹄地拉票，发布推文，开展民调。与此同时，几乎整个世界都疲于应对周遭发生的各种变故。尽管投票率差强人意，但安东尼始终坚持继续举办集会和活动（毕竟，大部分开支都由妻子的家族负担）。

大约二十五年前，安东尼在女方家族位于弗吉尼亚州占地三百英亩的庄园中迎娶了自己大学的恋人——凯瑟琳·亨特，当时他只是地检署一名年轻的公诉人，凯瑟琳则是美国革命之女协会的新任董事会成员，两人都渴望着成就一番事业。

如今，他们即将美梦成真。

安东尼和凯瑟琳没有孩子，但自从二月竞选活动开始以来，亨特家族的成员几乎参与了安东尼的所有竞选活动。（特别是凯瑟琳说服自己羞于面对镜头的侄子——杰克·亨特与他们一起登台时，这名二十二岁的军校学员笔挺的制服总能发挥得天独厚的作用，时刻提醒着选民们，安东尼对军队的支持是多么坚定。）

然而，即便获得了亨特家族的帮助，安东尼知道，面对绳子引发的骚动和其他知名度更高的候选人发出的声音，自己的竞选运动依然要在苦苦挣扎中吸引关注。春天的脚步日益临近，安东尼在等待着什么，什么都行，他尤其渴望一剂令他的选情起死回生的强心针。

在五月接近尾声时，他终于得偿所愿。

竞选志愿者中，一位名叫莎朗的老妇人告诉自己的主管，她需要与安东尼和凯瑟琳面谈。

当众人来到办公室后，莎朗解释道，她的女儿是小韦斯·约翰逊的大学同学，后者正是俄亥俄州议员老韦斯·约翰逊十九岁的儿子，而老韦斯刚好就是那位在民调中领先安东尼的总统候选人。

"世界真小。"凯瑟琳饶有兴致地说道。

"说来也巧，我女儿认识小韦斯的女朋友，她听说小韦斯父亲的绳子已经快到头了，"莎朗说道，"韦斯很受打击。我说的是儿子，不是父亲。尽管我猜那位父亲一定同样万念俱灰。"

安东尼眯起眼睛，脑海中已经打起了算盘。"这可真是晴天霹雳。"他冷冷地说道。

"人间悲剧。"凯瑟琳说道。

"但我们还是要感谢你提供的消息。"安东尼握了握莎朗的手。

莎朗和她的主管刚一离开，凯瑟琳就转向丈夫。"我不知道你有什么打算，但我认为我们有责任通知选民，如果韦斯·约翰逊当选总统，那他很可能在任期内去世。"

"我们必须谨慎行事，"安东尼警告道，"一旦走漏风声，韦斯只能退出竞选。"

凯瑟琳得意忘形地用胳膊揽住丈夫的腰。"你说得对，亲爱的，"她说道，"上帝与我们同在。"

本

本终于成功地将注意力集中到工作上。

或许他的朋友达蒙是对的，互助小组为他提供了必要的发泄渠道，一种在生活中转换角色的方式。每到周日夜晚，本才恢复自己的短绳身份，而周一到周五之间，置身于办公室玻璃幕墙的包围中，他依旧安然无恙地扮演着盒子出现之前那个前途无量的建筑师的角色。

周一早晨，本走过那座即将破土动工的大学科学中心建筑模型，坐在自己的私人办公室里，成功人士的光环随处可见：人体工程学座椅、高度可调节的办公桌、二十七楼的风景。本手下有一个由年轻工程师组成的工作团队，这些年轻人迫不及待地希望在五年时间内复制他的成功。他为了爬到这个位置所经历的一切——和父亲一起在厨房钻研乘法表，晚上十点前离开酒吧完成研究生申请，甚至还有童年时代在素描本上花费的大量时间——全都得到了回报。如果本在采访中被问起自己三十岁前希望取得的成就，那么眼前的一切就是他的答案。

然而，在他早已分崩离析的生活中，残存的圆满和成功难免令人感到奇怪。他的办公桌上空空荡荡，如今他和克莱尔的合影相框早已不知去向。有时，本觉得那张照片像幽灵一样出现在自己的余光中：两人在科尼岛的码头上露出天真的笑容。

本向办公桌俯下身去，从自己的公文包里层抽出一张纸，按在大拇指下。这是昨晚他和莫拉在教室后排发现的信纸，一封来自"A"的神秘回信。

直觉告诉本，这可能是一场恶作剧。中学时代的回忆让他不禁怀疑，这封信可能只是互助小组中某位成员的恶意作弄，就像那次几位曲棍球手在数学联赛前偷走了本和队友计算器中的电池一样。但本已经不再是那个笨手笨脚的宅男。办公室中的情景将他拉回现实。他只是无法相信哪位互助小组成员会和自己开这种玩笑。他们之间的关系是如此特别。

本因此断定，唯一的解释就是，某位校内员工发现了那封信，并决定给他回信。

当他这样自圆其说时，一切似乎都变得合乎情理。

这让本对自己回信的决定感到释然。

亲爱的A：

很抱歉让你失望了，但我知道的和你一样少。我愿意相信你的第一次解读是正确的。没有什么，就连战争，也无法改变这位士兵对格特鲁德的爱。然而在经历了过去数月的煎熬之后（包括一次糟糕的分手，说来话长），我知道自己并不是谈论爱情的最佳人选。

老实说，我更愿意谈谈战争。你有没有想过，如果绳子出现在第二次世界大战前夕会是一番怎样的景象？或者任何一次世界大战前夕？如果全世界数千万人，一些国家中数代人，同时看到了自己的短绳，他们能够预感到即将到来的战争吗？世界能够因此免遭战火荼毒吗？

或许他们只是将它当作瘟疫暴发的前兆，战争依然无法避免。但我不禁感到疑惑。为什么绳子不在那时出现，而是现在？

当然，这些答案都不是我最关心的问题。

我只想知道为什么是我？

——B

在纸上袒露心声让本感到出乎意料地轻松，远比在互助小组中当众发言更加容易。然而，直到重读时，他才发现信中的内容无异于承认了自己的短绳身份，他开始纠结是否应该重写一封，并把最后一段删除。素未谋面的陌生笔友当然不需要了解本的绳子。然而，笔尖划过信纸带来的莫名亲近感，让他体内升起一股真诚分享的冲动。如果本的绳子能让这位匿名来信者望而却步，那就顺其自然好了。

况且，如果本打算在这个周末向家人坦白一切，那么他现在就需要试着说出真相。

和绳子给本带来的挣扎同样艰难的，是和父母坦白一切的决定。几个星期以来,他对这个秘密守口如瓶,不愿让可怕的真相使他们金色的晚年蒙上阴影。

是莉娅,互助小组的同伴,说服他改变了想法。

"我完全理解你的顾虑,"她说道,"你担心真相会毁了你们剩下的时光。但保守秘密带来的内心煎熬,以及将家人蒙在鼓里,对他们隐瞒重大变故的内疚,才是摧毁你们最后时光的罪魁祸首。"

"你的父母接受得怎么样?"本问道。

莉娅沉默片刻。"他们大哭了一场。"

本点了点头,表示同情。

"小时候,"她说道,"感觉看到父母落泪是世界上最糟糕的事情。我只在葬礼和为数不多的国家危机中见过几次,父母的泪水中流淌着如此深重的忧伤,让人永远无法释怀。"

莉娅拉下毛衣,裹住拳头,擦拭眼角。

"但我还是觉得你应该告诉家人,"她说道,"这种巨大的压力已经超出了你的承受能力。"

当黑暗降临,苦海无边,我将与你共度

萦绕不散的旋律回荡在车站中,这媲美雷·查尔斯的歌声让听者无不为之默然。本心烦意乱地站在地铁站台上,歌手低沉的嗓音随呼吸沁入身体。

我愿化身为桥,跨过忧伤河流

在他身边，一位老妇人闭上双眼，摇晃着身体。

我愿化身为桥，跨过忧伤河流

男人的歌声最终淹没在列车不断驶近的呼啸声中，老妇人将几枚硬币投入卖唱歌手脚边的棒球帽，跟在本的身后走进地铁车厢，在一张空位上坐下。

火车在隧道中飞驰，本的目光从一名乘客飘向另一名乘客，又重新回到对面的老妇人身上，只见她正在喃喃自语。

本转过头去，不想给人无礼的感觉，但他依然可以听到她平静而混乱的话语，她似乎正在不断增加的笃定中加快了语速。他也发现了其他乘客诧异的目光。

"现在的疯子比以前还多。"本身边的男人感叹道。

然而，本为这个女人感到难过，她含糊不清的自言自语一直到他下车时还在继续。

在本跨出车厢时，他飞快地向女人膝头瞟了一眼，她的双手一直藏在钱包后面，躲开了众人的视线。

只见她用手指不断拨弄着一颗颗念珠，正拿着《玫瑰经》祈祷。

本的父母住在因伍德的一套一居室公寓中，那里位于曼哈顿的最北端，有着更低廉的房租和更缓慢的节奏，正是他们理想的退休生活。四十多年来，他的父亲一直担任十二年级的微积分课程老师，而他的母亲一直教授九年级的历史课程。他们常常打趣称，儿子用成为一名建筑师的方式同时完成了两人的夙愿：建筑是城市留下的物理记忆,终将成为历史,而准确无误的数学知识是它们屹立不倒的必要条件。

当本和父母一起坐在餐桌前时,他痛苦地意识到,自己上一次在这座公寓吃晚饭是和克莱尔一起,大约在两人分手前一个月,在绳子出现之前,在让一切分崩离析的灾难从天而降之前。但此时他将回忆抛在脑后,专注于面前的食物。

本的父母都选择不打开自己的盒子。直到意大利千层面吃完,最后一勺咖啡冰激凌在碗里化成一摊冰水,本才鼓足勇气准备向他们坦白自己的秘密。

他放下勺子,抬起头来,此时他的母亲却抢先开口。

"哦,本,有个不可思议的消息,我们忘了告诉你!"她说道,"你还记得住在走廊尽头的安德森一家吗?"

本的母亲在中西部小镇长大,她不愿成为那种邻里之间形同陌路的城里人。

"就是儿子得了罕见血液病的那对夫妻。"她提醒本。

"哦,对,当然记得。"本点头道。他想起上个月母亲还烤了一个酥粒蛋糕带给他们,"他还好吗?"

"嗯,准错不了。他上周刚满二十二岁,那个可怜的孩子不敢打开自己的盒子,但他还是决定面对现实,结果……盒子里是一根长绳!"本的母亲激动地紧握双手。

"那可真是……哇哦。"本说道,努力掩饰着自己的惊讶,事实上,是他的嫉妒。

"医生告诉他们不要放弃治疗,坚持才能看到奇迹,现在他们知道医生没有说谎!"

本的父亲心满意足地向后靠去，木质椅子在他的重量下嘎吱作响。"周末他们家准备隆重庆祝一番，我们也收到了邀请。"他说道。

"这就是证据，"本的母亲补充道，"奇迹无处不在。"

当她微笑着起身清理空盘子时，本发现自己想起了那个手拿念珠的女人。他知道自己的父母信仰上帝，但在他的成长过程中从未受到过特殊的宗教熏陶，也没有人在晚餐时进行祈祷。父母曾经虔诚的宗教狂热显然随着后代的成长逐渐消失。然而，或许父母比他所看到的更加虔诚。

"你真的相信这些吗？"本问道，"奇迹？"

将最后一个碟子送入洗碗机后，他的母亲直起腰来。"我相信，"她说道，"我的意思是，或许没有飞檐走壁那么神奇，但是……无法解释的奇迹确实每天都在上演。还记得以前你从自行车上摔下来却毫发无损吗？"

本笑着对母亲点了点头。但他突然重新考虑了向他们坦白一切的决定，白发人送黑发人的残酷真相对父母来说无异于晴天霹雳。

本心想，最好还是相信奇迹。

莫拉

很久以来，莫拉很少想到孩子。她甚至无法想象自己作为母亲的样子。

直到二十九岁，她依然认为自己只比那个偷偷溜出父母家去参加地下音乐会，还让朋友给自己打耳洞的青春期少女稍微成熟一点儿（那次感染持续了几个星期）。那个不负责任的固执少女不太有可能为人父母。她不愿为了每个清晨的母乳喂养，放弃在酒吧流连忘返的深夜时光。她也一定不愿忍受漫长的十月怀胎和没完没了的辛苦操劳，这些年来，她从不希望自己任何一个女友忍受这种折磨。她所向往的自由，是可以整日穿着运动裤在家无所事事，也可以辞去工作环游世界，有朝一日在伦敦或马德里拥有第二套公寓。

而且，任何类似母性本能的悸动都很少见——只有看到一个特别可爱的宝宝或得知某位朋友怀孕的消息才能激发这种罕见的情绪——以至于莫拉可以将这种微不足道的感受轻而易举地抛在脑后。如果真的想要孩子，她一定早有预感。毕竟，她已经年近三十。

当莫拉第一次遇到尼娜时，她担心自己缺乏母性本能会给她们的关系带来裂痕，但所幸一心只想成为主编的尼娜与她不谋而合。她的童年不像妹妹那样在过家家游戏中度过，她很少对自己未来的家庭充满憧憬，尤其在她发现电视屏幕中幸福的一家——情景喜剧中的丈夫和妻子——无法让自己感同身受之后。她真正渴望的是一位可以在生命旅途中共享人生的伴侣，尼娜说。这让莫拉心满意足，她们的未来方向一致。

直到她打开自己的盒子。

阵阵悸动变得愈发频繁和猛烈。莫拉原以为女人对孩子的渴望是一种纯粹的情感需求，但对她来说，这种渴望正演变成一种生理症状，一种身体内部的真实感受。

每当产生怀孕的念头时，她就会感到胃部不断收紧，蜷缩在一片虚空周围。伴随着双手和胳膊的隐隐刺痛，一股不安的情绪开始向手指蔓延，渴望触摸不存在的东西，抓住不存在的物体。

那是一个春天的夜晚，莫拉走在回家的路上，她转过街角时，一个年轻的母亲刚好带着自己的儿子走出一栋褐色砂石建筑。小男孩有四五岁，肩膀上背着一个小小的蓝色背包。只见他从台阶跳上人行道，一把抓住母亲的手。这一幕就发生在莫拉眼前。

他歪着脑袋抬头看向母亲："今天玩得真开心，对不对？"

他的母亲表示同意。

男孩沉默片刻，终于鼓足勇气问道："下次可以让他来我们家吗？"

也许是小男孩格外高亢的声音，也许是他腼腆而胆怯的语气，仿佛他不知道大家是不是都和他一样意犹未尽，或者他的母亲是否还会允许他参加下一次玩伴聚会。不知道是出于什么原因，但莫拉的双脚突然停止了移动，站在人行道上，她感到自己的眼泪夺眶而出。

小男孩和他的母亲毫无觉察，继续向前走去，莫拉站在原地放声大哭，除了她亲眼看见的天真一幕，无事发生。

夜色渐深，当莫拉尝试入睡时，强烈的悸动让她辗转反侧，差点儿就拍着尼娜的肩膀，问她是否可以改变不要孩子的决定。两个母亲，不同肤色，这必然是一个复杂的问题：她们应该领养，还是接受精子捐赠？她们应该选择孩子的性别吗？还有种族呢？

然而，所有这些迫在眉睫的问题在莫拉的绳子面前突然变得如此微不足道。想到这里，她感到一阵恶心。

当她的孩子七八岁时，莫拉已经不在人世。

在这个不眠之夜，她思考着这种渴望的源头。这是一种无私的行为吗，为了不丢下尼娜，让她一个人无依无靠？她是否期待着，每当尼娜看到她们的孩子就会想到自己？是虚荣心在作祟，还是为了传宗接代？让自己的血肉得到延续？她是否已经沦为男权谬论的受害者，将自己视为生儿育女的工具？或者我们只是本能地渴望拥有不属于自己的人生？

这些问题在她的脑海中不停游弋，最终答案自己浮出水面。在这种人心惶惶的环境下，莫拉知道自己无法迎接一个孩子的降生。她无法确定。

然而她知道，悸动将永远不会彻底消失，当她看着尼娜熟睡时起伏的背影，莫拉不知道对尼娜隐瞒这些心事是不是一种欺骗，这是她曾经发誓要分享一切的女人。

可无论是自己的阵阵悸动，还是那个背着小小背包的男孩，都令莫拉难以启齿。

尼娜永远无法理解她的挣扎。

次日清晨，莫拉在情绪波动和睡眠不足的双重消耗下毫无精神。尼娜已经开始刷牙时，莫拉在床上翻了个身，睡眼惺忪地看着浴室中明亮的灯光。

"你没事儿吧？"尼娜问道。

"只是早晨有点儿不舒服。"莫拉回答。

"我该怎么办？要给医生打电话吗？"

"不，不用，我很好。"莫拉向她保证。自从两人发现莫拉的短绳以来，任何轻微的不适，都会让尼娜手忙脚乱。

"你确定吗？"尼娜问道，只见她皱起眉头，脸上写满担心。

"是的，我要请个病假，睡上一天。"莫拉说道。她环顾四周寻找自己的手机，但一无所获，随后看向尼娜放在床脚的笔记本电脑。"我可以用你的电脑发封工作邮件吗？"她问道。

"当然。"尼娜边说，边转过身在盥洗盆中洗漱。

莫拉从被子上拖过电脑，将枕头垫在身下。在给老板发去一条消息后，她打开脸书，开始了漫无目的的浏览。但她很快就被淹没在一连串从未见过的奇怪广告中。

一家旅行社正在推销自己的"短绳人生旅行清单"，只需短短数月带你环游世界；一对面容猥琐的律师正在兜售民事诉讼中的短绳折扣："你曾蒙受不白之冤吗？还自己一个公道，趁一切还为时不晚！"

为什么尼娜会收到这些显然为短绳人士量身打造的可疑广告？她是在搜索这些俗不可耐的短绳旅行，还是在寻找一名律师？

通常，莫拉对伴侣的网上活动尽量睁一只眼、闭一只眼。她对自己不在时她们是否浏览色情网站，或者是否偶尔与前任联系不以为意，只要她们在被问起时不要说谎就够了。但这些广告有些蹊跷。

尼娜正在壁橱旁穿衣服，莫拉的鼠标光标在尼娜笔记本电脑的"浏览历史"选项旁不断徘徊。她还在犹豫不决，明知这是侵犯隐私，却又无法控制强烈的好奇。仿佛时光倒流，她再次打开了自己的盒子。

尼娜最近的访问链接涵盖了一系列常见的新闻网站,但随着列表不断下拉,内容开始出现变化。几十个 Reddit 论坛的网页映入眼帘,明显散发着程度各异的古怪气息,一个名为"绳子原理"的页面被多次访问,这里似乎是一个为心怀不满的短绳人士量身定做的论坛。这些浏览历史中,没有一个像是人们日常会浏览的网页,尤其对于尼娜而言。

一切就绪后,尼娜回到床边。"你确定自己没事儿吗?我很愿意在家陪你。"

"什么是'绳子原理'?"莫拉向她质问道。

"你指的是,某种,物理学原理?"

"我指的是这个网站,"莫拉说着,转过电脑把屏幕对着尼娜,"还有所有那些你访问过的网页。"

"这没什么。"尼娜耸了耸肩膀。

"这看上去可不像没什么。"

"我知道这看上去有些奇怪,"尼娜说道,她的脸上泛起一抹潮红,"但我只是用谷歌搜了一下,可能是一时好奇。"

或许是希望躲避盘问,尼娜转过身背对莫拉,开始整理背包,再次确认自己的常用物品:几支备用笔、纸巾、一个记事本。

莫拉起身面对自己的女友。"搜索这些需要花上好几个小时,尼娜,你好像已经走火入魔了。"

尼娜的目光离开背包,只见她扬起脸,不耐烦地挥手拨开脸上的头发。"我觉得你有点儿小题大做。"她说道。

"话说,作为一个绳子很长的人,"莫拉说道,"你对短绳人士的困境过于好奇。"

尼娜吃了一惊。"这话是什么意思？"

"没什么，"莫拉说道，突然惊觉自己正滑向危险的边缘，"我想我只是奇怪你从没提起过这种……嗜好。"

"这不是什么嗜好，"尼娜坚持道，"我只是……我不知道……我在寻找答案。"

"那你找到什么了？"

尼娜翻了翻白眼，没有说话。

"我早就知道会是这样。"莫拉用刻薄的语气说道，转身离开尼娜，往门口走去。

"你去哪里？"尼娜在她身后大喊。

见莫拉没有回答，尼娜冲上走廊，伸手拉住莫拉的胳膊，扳过她的身体，两人就这样在墙壁之间的狭窄空间陷入僵局。

"这件事为什么让你如此介意？"尼娜问道。

莫拉紧盯着尼娜。她知道自己伤害了尼娜，她也不想这样。但她筋疲力尽，焦头烂额，依然沉浸在昨晚的思绪中。当莫拉面对自己人生中最大的挑战时，尼娜却在迫害妄想狂的阴谋论中迷失了自我。

"我只是无法理解为什么你一直对这些绳子念念不忘，被彻底毁掉的又不是你的人生！"莫拉咆哮道。

尼娜的呼吸变得急促起来，刚刚因难堪而泛起的潮红瞬间消失不见，她的手无力地从莫拉胳膊上滑落。

"我或许没有一根短绳，"她平静地说道，"但你我如今分享着彼此的生命，我无法对你的遭遇置身事外。"

"真不敢相信你会干出这种事。"莫拉冷冷地说道。

"这不是我的本意!"尼娜沮丧地挥舞着双手。她正在努力克制自己的愤怒。莫拉感觉自己仿佛看到了尼娜正在努力寻找缓和气氛的方法,在一切都无法挽回之前。

"听我说,我知道有时自己会变得有点儿神经质,没错,不知道绳子的真相让我感到抓狂。"尼娜说道,"或许这就是一切的起因,但我发誓这只是因为你的安危让我牵肠挂肚。我总是担心你。我一直对你放心不下。"

"好吧,你在这些网站上发现了什么根本无关紧要,因为它什么也改变不了,"莫拉一字一句地说道,"该来的……终究会来。你是在浪费自己的时间。"

莫拉看着尼娜的眼泪在眼眶里打转。

"我不需要你每时每刻的关心。"莫拉叹了口气,最终决定让步,"它只会让我们失去理智。我需要你保持清醒。为了我。你能做到吗?"

尼娜点了点头。

"很好,"莫拉说道,"因为在这间公寓中只能有一个人失去理智,考虑到眼前的情况,我希望那个人是我。"

亲爱的B：

真希望我有你想要的答案。我的一位同事（实不相瞒：一位长绳人士）在整个午餐时间试图让同桌就餐的人相信，这些绳子实际上是送给人类的礼物。他说无处不在的歌曲、诗和精美的绣花枕头时刻都在提醒我们铭记生命的短暂。我们要把每一天都当作生命的最后一天，然而从没有人真正做到过。

或许他是对的，这些绳子确实提供了一个让生命不留遗憾的机会，因为我们准确地知道自己的时间还剩下多少。我不记得在幻想中经历过多少种不同的人生——马术骑手、小说家、演员、旅行者——但我知道大部分梦想都无法成为现实。

我想现在应该告诉你，我还没有打开自己的盒子，我也没有这个打算。

自从绳子出现以来，我们的话题大多离不开这些宏大而沉重的主题，无时无刻不将生死挂在嘴边。我怀念那些被人们津津乐道的生活琐事，特别是在一个充斥着美好生活点滴的城市中。

就像昨天晚上，我正在公寓外等出租车，就在街对面，我看到一位老人从自己的窗户探出身来，向楼下人行道上的老妇人挥手道别，当时她正在走出大楼。他一直向她渐渐远去的身影挥手，而她也不断转过身来向他挥手。就这样，他们像孩子一样不停挥手，直到那女人几乎走到街区的尽头。

甚至当女人不再转身，继续向前走去时，男人依旧将头探出窗外，目光久久地停留在她消失的那个街角。

久别重逢之后，格特鲁德和她的士兵或许在曼哈顿过上了幸福的晚年生活。

——A

亲爱的 A：

　　有这样一件小事：大约一年前，我正走在深夜回家的路上，这时一首老歌《顺其自然》("Que Sera Sera")不知从哪里传入我的耳朵，那是多丽丝·戴的原唱版本。歌声越来越大，我转过身去，看到一个人骑着脚踏车出现在空旷的大街中央，身穿一件不合时宜的紫色夹克，车后绑着一台立体声音响。他就这样在音乐声中缓缓从我身边骑过，就像任何一个骑行者一样。

　　他已经成为我模糊的记忆，直到一个月前，我在午夜的街头再次听到了相同的旋律。"顺其自然吧，一切顺其自然。"又是他：同一个男人、同一首歌，甚至连夹克也一模一样。

　　在一些人眼中，纽约是一个贪婪、自私、咄咄逼人的城市，他们并非无中生有，但这里同样充满了慷慨的人们，愿意向这个世界敞开心扉。或许这个男人总是日复一日地出现在某个固定时间，在安静的夜晚将音乐洒向这座城市的不同角落。而每隔几个月，我们总能不期而遇。

　　自从绳子出现以来，他才选择了这首歌曲。如今未来在我们眼前一览无余，至少暂时如此。可我更愿意相信他依然做着相同的事。或许他相信，音乐中存在着治愈和凝聚的力量。或许他知道，我们一直都需要音乐，而现在我们比以往任何时候都更需要它。

——B

杰克

杰克有一位热爱音乐的母亲。这是他关于母亲所剩无几的记忆之一，她会独自在厨房吹起口哨，也会在夜晚唱歌给他听，母子二人一起沉醉在她温柔而舒缓的歌声中。

母亲走后，父亲以杰克已经长大为由，拒绝满足他想听摇篮曲的要求。至少还有姑姑凯瑟琳愿意给杰克哼唱睡前歌曲，但她只会重复几首从教堂听来的赞美诗，最后杰克放弃了尝试。

然而正是记忆中的姑姑，礼貌地坐在他的床边，用有些刺耳的嗓音低声吟唱着上帝的慈爱和耶稣献身的歌曲。这些回忆让杰克感到无法拒绝她拜托自己参加竞选集会的请求。

"如果你能和我们一同登台，安东尼姑父和我将感激不尽，"她早就说过，"你在台上身穿军校学员制服的样子神气极了。"

尽管心中仍在纠结，杰克还是满口答应。在亨特家族中，"好的"是唯一可以接受的答案。

几位堂亲或他们的配偶时常与他一同登台亮相，但穿着军靴的杰克手足无措，他似乎是亨特家族中唯一一位在台上感到浑身别扭的成员。他本能地试图藏在姑姑或姑父的背后，躲开那些无孔不入的相机镜头，尽量不引人注目。

与家族中的其他人不同，杰克对站在聚光灯下成为全美关注的焦点毫无兴趣。他只想努力熬过军事学院的最后一年，告别万众瞩目的生活。而安东尼·罗林斯公开争夺权力的行为对此毫无帮助。

杰克的室友哈维尔是他唯一的倾诉对象。

"我就是不知道如何拒绝。"杰克抱怨道,两人走进体育馆准备练习。

"为什么不直接告诉他们你对此感到不舒服?"哈维尔问道,将两条摇晃的绳子拉向两人,"你不能承认自己怯场或者找个别的借口?"

两个男孩纵身抓住绳子,开始向上攀爬。

"害怕对他们来说不是借口。"杰克气喘吁吁地说道,绳子上带刺的纤维扎进了他的手掌。

"可你们是一家人啊。"哈维尔说道。

杰克叹了口气,抬头看到哈维尔顺着绳子不断上升,他已经爬到杰克头上两英尺的位置。"没错,所以我知道他们不会理解。"

哈维尔跳下绳子,登上顶部的木质平台,他向杰克点头示意,这时两名橄榄球队员从下方走进体育馆。

"嗨,亨特!别往下看!"一个男孩奚落道。

"没错,真可惜你姑父还没当上总统,"另一个男孩说道,"没准他能帮你搞定绳索课程。"

杰克的怒火开始燃烧,他双拳紧握绳索,但哈维尔从高高的落脚处投来制止的目光,仿佛在说:不要和他们一般见识。

这已经不是杰克的家族第一次为他惹来麻烦,也一定不是最后一次。亨特家族在校园内外声名远扬。杰克的家庭拥有一份殊荣,他们以货真价实的独立战争老兵——开宗立祖的亨特上尉后裔自居,自十八世纪七十年代开始,每代家族成员中至少有一人参军报国。只有杰克的父亲,因为在高中橄榄球赛中髋骨粉碎无缘入伍。

事实上，亨特家族历史中唯一的污点就是拜杰克离家出走的母亲所赐。根据在家族中捕捉到的蛛丝马迹和自己的记忆碎片，杰克推断母亲一向过于独立自由的性格为亨特家族所不容。她或许曾经爱过杰克的父亲，甚至可能抚平了他的棱角，但他无法给她想要的生活。一次意外的怀孕和仓促的婚礼成为她无法摆脱的宿命。当她最后把自己离开的决定告诉他时，杰克的父亲拒绝放弃自己的后代，而她的律师无法与亨特家族的专职律师相提并论。杰克的父亲获得了完整监护权，杰克的母亲获得了自由。杰克最后听到的消息是，她在西班牙某地和一位移民男友共同生活，正努力成为一名音乐家。杰克的父亲明确表示，自己的儿子将毫无悬念地被军事学院录取。

一直以来，亨特家族在弗吉尼亚社区和军界广受尊敬（那些没有参军入伍的家族成员都成了美国国会议员和董事会主席），但安东尼和凯瑟琳在全美政治舞台上的亮相将家族声望提升到前所未有的高度。尽管安东尼在家乡之外赢得广泛认可之前就出人意料地宣布参选总统，亨特家族依然一致承诺协助他成功当选。

"我知道我向凯瑟琳姑姑保证过自己会去，但我必须一场不落地出席所有集会吗？"当晚杰克在电话中向父亲问道，"我担心这会耽误学业，"他解释道，"我保证这学期要多去体育馆，而且——"

"这是你家人的事，杰克。家人之间要互相支持，"他的父亲说道，"特别是我们这样的家族。"

杰克对姑姑的爱让他想要支持她，但他永远无法理解姑姑看中了安东尼什么，除了彬彬有礼和一个强壮的下巴之外。是安东尼无意中透露了自己的出生源自一场意外，当时小杰克在楼梯顶端听到了姑姑、姑父和父亲之间的对话，就在母亲离开之后。那是唯一令杰克至今念念不忘的儿时记忆，随着时间的推移，在他的不断回想中变得愈发突兀。

"家丑不可外扬，最好不要声张，"杰克的父亲坚持道，浑然不觉自己的儿子正在偷听，"我不想听到闲言碎语。"

"说实话，没有她，你会越来越好，"凯瑟琳说，"她总是……格格不入。至少你还有可爱的小杰克。"

"希望他不要可爱过头。"安东尼笑着说道。凯瑟琳对丈夫发出不满的啧啧声。

"你说得对。我相信杰克会没事的，"他接着说道，"谁又能想到这个女人唯一的用处居然是传宗接代？我们过去还担心她是个累赘，没想到……现在你已经后继有人了。"

那时杰克太小，还无法理解，但后来堂兄弟的解释让他明白了安东尼的言外之意。之后的岁月，每当自己的家族让杰克感到陌生时，他总能在那种感觉的指引下回想起当年的楼梯。当时安东尼漫不经心地嘲弄杰克，将他的存在诬陷成一场意外。

杰克一直对自己的姑父怀恨在心。

事实上，杰克总是嫉妒安东尼甚至没有动过入伍的念头就赢得了以挑剔著称的亨特家族的接受——甚至是认可——而杰克却要在他一天也不想多待的军事学院中度日如年。

随着姑父的政治声望不断升高，杰克发现他变得愈发粗鲁和虚伪，他的自大膨胀到了不可控制的地步。每当他前来为竞选造势，或者，更多时候，让凯瑟琳转达他的请求时，杰克就会想起那天夜里他在楼梯下和自己父亲的对话，还有他的笑声。

春天到了，两簇希望的火苗在杰克心中燃起：学院毕业季近在眼前，还有最近从天而降的绳子。

尽管绳子的出现可能分散选民的注意力，冲淡安东尼铺天盖地的负面新闻，但杰克相信，这也预示着姑父的竞选将以失败告终，并同时为杰克聚光灯下的生活画上句号。面对这场巨大的灾难和可怕的未知，白宫亟需一位熟悉的面孔——一位获得广泛认可、久经考验的候选人，拥有足以掌控非常局面、安抚国民情绪的能力。这显然需要一位阅历丰富的国务卿，或者前任副总统，凭借他们几十年的经验，应对这场危机四伏的时代变局。

安东尼·罗林斯搭上了亨特家族的顺风车，成为美国国会中的新面孔。可他从未上过战场；也从未面临过危机。现在的他毫无胜算。

想到这里，杰克如释重负。

哈维尔

杰克·亨特和哈维尔·加西亚在进入学院的第一年就成了室友，两人一见如故，与其他学员相比，他们更加不善交际，而且无论在身高还是体重方面都稍显逊色。

起初，哈维尔离开杰克的指导寸步难行。哈维尔是家族中的第一位大学生，而杰克家谱中的战斗勋章多得像装饰品一样。杰克的远房堂姐刚刚从这所学院毕业，杰克对那些只有世家子弟才能接触的历史传统和校园内幕了如指掌。

直到成为室友的第三或第四周，哈维尔才开始看到杰克真实的一面，并意识到，那些家谱上沉甸甸的装饰几乎令他不堪重负。

当一些新学员宣布要在小臂文上"宁死不屈"的字样时，杰克对他们嗤之以鼻。

"不喜欢文身？"哈维尔问他。

"不喜欢装腔作势。"杰克回答。

在日常训练中，与大多数学员相比，杰克既不够敏捷，也不够强壮，更不够自律，大家迫不及待地要在赫赫有名的亨特家族成员面前找回自己的优越感。

一个初秋的夜晚，一个肌肉发达的家伙在校内一块纪念杰克祖父的牌匾上认出了他的姓氏，并以此挑衅杰克。

"来啊，亨特！"他奚落道，"不要让你伟大的爷爷失望，让他以为你是个胆小鬼！"

打斗一共持续了两分钟，杰克被三记重拳击倒。然而幸灾乐祸的笑声比挨揍更加难以忍受。

随后，哈维尔带着垂头丧气的杰克走回宿舍，然后溜进厨房，为室友肿胀的鼻子找出一个冰袋。

"谢谢你，哈维尔。"杰克呻吟着，把冰袋按在自己迅速瘀青的脸上。

"没什么。"哈维尔耸了耸肩膀。

"不单指冰袋，"杰克说道，"我说的是这一切。你把我当作一般人。"

"你的意思是我从没让你当众出丑?"

"因为你对我和学校里的其他学员一视同仁,你从未打听过我的出身,"杰克说道,"这让我意外。感觉很好。"

"好吧,抱歉,伤了你的自尊,但你和他们没有任何不同。"哈维尔说道,"当然,你比我更了解这里的规矩。但我们来自不同的世界,你家族的名望对我来说毫无意义。"他露出友好的笑容。

他说得对。哈维尔无法理解,祖辈的功勋为什么能让杰克高人一等。但他并没有对杰克的特殊身份视而不见。杰克吞吞吐吐的坦白和周围的流言蜚语足以让哈维尔拼凑出这个家族的历史。亨特家族成员自美国建国开始就为国家而战,他们年复一年收获了无数荣誉,做了不少捐赠。

哈维尔可以理解室友背负的重担——变本加厉的监督、审视,感觉自己除了成功,别无选择——这让他想到了自己特有的压力。学院中的拉丁裔学员只占总人数的 10%。失败将带来他们无法承受的代价。

"大家为什么这么关心你的室友?"父亲在电话中询问哈维尔。

"嗯,因为他的家族在某些圈子中声名显赫,"哈维尔努力解释,"我想他们自视为肯尼迪家族。"

"如今我的儿子和这些人进了同一所学院。"父亲说道。哈维尔可以听到他声音中的诚惶诚恐。

哈维尔的父母对儿子的一切成就和他即将获得的地位感到不可思议,同时又引以为豪。尽管申请军校是哈维尔自己的决定,但他无疑受到了十八年来在教堂整理捐赠食物时,聆听父母阐述美国自由美德的影响。他的父母在家里的杂货店没日没夜地工作，即使周末也不休息，用省吃俭用换来的积蓄供他们的孩子享受自己从未接受过的教育。但他们总能挤出时间参加周日的弥撒，利用一切闲暇在施粥所从事义务劳动，身体力行地营造出一种虔诚、勤劳的家庭氛围，一种更好的生活。尽管这个国家存在诸多缺陷，但在这里像哈维尔一样的男孩可以无拘无束地学习、玩耍、成长和选择。

哈维尔想要选择一条让父母感到欣慰的道路，以此向他们的言传身教和生活方式致敬。

当哈维尔告诉他们自己被录取——并获得全额奖学金——的消息时，多年来他们首次用全家度假的方式进行庆祝。

杰克和哈维尔就这样忍受着人生中最难熬的四年时光，但他们一起挺了过来。到了五月，距离他们正式成为一名美国陆军新兵只剩下几周时间，这意味着这个让人一言难尽的学期即将成为过去。杰克的姑父早在二月就宣布参选总统，这让杰克和哈维尔不约而同地感到沮丧。（哈维尔只在亨特家族见过他一面，但他立刻嗅出了安东尼对权力的渴望。）随后的三月，两个棕色小盒子出现在杰克和哈维尔的宿舍外。

两人都不敢掀开盒盖，在看到盒子上的铭文之后，他们以为这是来自学院的某种测试，为了检验在毕业前的最后一个月，他们是否会成为诱惑和好奇心的俘虏。然而，即便在他们得知这不是一项测试，整个世界都收到了同样的盒子时，两个小伙子依然拒绝打开盒子。他们从事的是一个危险的职业，如果能够这样看待的话，就会更容易接受未来的风险，如果那只是一种风险，而不是一种绝对。

毕业前最后的时光在五月里欢快地流淌着，当他们在草地上抛掷飞盘，举杯庆祝期末考试结束时，杰克和哈维尔还对六月改变一切的事件一无所知。

汉克

五月剩下的日子已成为汉克脑海中模糊的记忆，他告别医院的日子终于到来。他一度以为直到自己满头白发，饱受关节炎困扰的手指无法缝合伤口时才会到来的那一天，已经近在眼前。汉克的同事阿妮卡医生，邀请他共进午餐庆祝。

"这可不是什么值得庆祝的事情。"两人在餐厅落座后，汉克说道。

"好吧，我们不是要庆祝你离职，而是要为你一路走来取得的所有成就干杯。"阿妮卡微笑着端起咖啡。

让汉克高兴的是，自己和阿尼卡分手后可以做回朋友。考虑到两人的陈年往事，他们本应对对方避之唯恐不及。然而，眼下他即将离开这家医院，汉克不知道自己能不能再见到她——阿妮卡·辛格，这位他眼中天赋异禀的外科医生，同时也是他生命中的第二个挚爱。（第一个是露西，那位与他在医学院度过三年时光的女友，在汉克搬去纽约时，露西接受了圣地亚哥的住院医师职位。）在汉克心中，自己和阿妮卡是天生一对。他们理解对方的需求，他们同样野心勃勃，他们彼此激励成为更好的医生。或许汉克有些急于求成，因为阿妮卡最终发现自己无法像对待事业那样对汉克不离不弃。

至少她的决定似乎达到了预期的效果。假以时日，阿妮卡有望成为接替外科主任的人选。而且，她对汉克还没有彻底死心。

自从两年前分手后，汉克和阿妮卡之间藕断丝连的关系总会为他们至少每月一次的幽会提供掩护。这对他们来说轻车熟路。所有难堪、拘束和尴尬早已成为过眼云烟，两人都不会因为对方接到医院的紧急出诊电话临时离开感到不快。

然而此时，他和阿妮卡坐在餐桌旁，汉克的脑海中不断浮现出那些缠绵的夜晚，他无法忘记那个四月的夜晚。那个阿妮卡发现真相的夜晚。

那天晚上两人极尽缠绵，当外面的世界变得面目全非，只有孤注一掷的赌徒才能体会那种令人窒息的绝望和疯狂，而那个春天，世界显然一片混乱。

当盒子刚刚出现时，汉克没有立刻打开。

盒子上的铭文让他感到警惕，他在等待更多信息浮出水面。然而，当绳子得到官方确认后，汉克依然感到不知所措。一部分的他认为，盒子就像例行公事的体检：如果身体感到异常，你自然希望知道原因。即使无法改变最终结果，或许生存质量可以得到某种改善。然而，每天面对患者和家属的愤怒和悲伤，汉克体内又响起了另一个声音：尽量延缓痛苦的到来未尝不是一种更好的选择。

最后，汉克的理智战胜了情感。他无法对迎面而来的现实视而不见。

于是他打开了自己的盒子，通过家用计算器测算，他发现自己的生命已经进入倒计时，线的长度显示他还能活五个月。他短暂的人生即将走向终点。

他真希望自己没有打开这该死的盒子。

汉克很快想到了辞职，准备在旅途中迎接生命的最后时刻，但在欧洲度过的两个夏天，以及进入医学院前背包走遍亚洲的经历，让他有幸早早领略了世界各地的大好风光。除此之外，工作就是他生活的全部。医院里白色的无菌墙壁就是他的人生边界，同事是他仅有的朋友。但汉克从未对自己将大部分时间献给急诊室这件事耿耿于怀。他热爱自己的工作，享受肾上腺素带来的感觉，热衷于迎接挑战，陶醉于自己正在挽救生命的事实，他觉得这是很多人眼中可望而不可即的梦想。

他知道自己有时是自私的，可能是病人的感激为他带来了太多快乐。但他有理由相信，如果天堂确实存在，自己或许已经在那里预定了一个位置。继续救死扶伤没有任何不妥之处。

与阿妮卡分手后的两年里，汉克的情感生活几乎一片空白，父亲已经去世，他不想让七十六岁高龄的母亲受到打击，因此汉克决定对所有人隐瞒自己绳子的秘密。他不想让自己的绳子成为任何人的负担，他更不想成为接受怜悯和施舍的对象。他只想保持坚强，而成为大家眼中的受害者会让他感到力不从心。

汉克已经目睹过太多人间悲剧，也失去了太多患者——太多短绳患者——所以,他压根不想问:"为什么是我?"汉克和那些过去二十年里每天被推进诊室的病人毫无两样。之前为什么是他们?现在为什么是他?这些毫无意义的问题只会让伤害变本加厉。

打开盒子大约一周之后,结束了全天轮班的汉克正在医院更衣室换下制服,准备回家享受三天休假,这是几个月来他第一次真正意义上的轮休。就在此时,他突然意识到,自己不想回家。整整七十二个小时没有患者、没有工作、没人打扰的生活,这听上去就像一场噩梦。他无法依靠胡思乱想,独自打发如此漫长的时间。

汉克感到身体在恐惧中绷紧,仿佛已经嗅到了焦虑的气息。他狠狠地摔上储物柜门,重重地拍了柜门一掌。

"糟糕的一天,呵?"

汉克转过身,看到依然身穿手术服的阿妮卡正一脸关切地望着他。他感到体内有什么东西轰然倒塌。

"想去喝一杯吗?"他问道。

酒不醉人人自醉,很快,阿妮卡回到了汉克的公寓,两人默契地享受着肌肤之亲给彼此带来的欢愉,在某个短暂的瞬间,汉克忘记了厨房里的盒子,以及躺在里面的那条短绳。

激情褪去之后,阿妮卡离开筋疲力尽瘫软在枕头上的汉克,从床边衣柜中找出一件他的T恤套在身上,在公寓中走来走去,就像在自己家一样。

"我去倒杯水。"她说道,汉克不假思索地答应了。

然而,当她穿过走廊来到厨房时,一眼就发现了它。

就在桌子上,一目了然。

那是汉克的盒子，盒盖敞开。那条绳子，就躺在旁边。

整个三月，阿妮卡都还是少数依然不相信绳子的人之一。尽管有种种传闻作为证据，但阿妮卡是一个理性的女人，没有科学的解释，她无法接受绳子能够预测未来的事实。直到美国卫生部公布其研究结果，她才放弃坚持，打开了自己的盒子，发现自己的生命将在接近九十岁时走到终点。这是她所能想到的最好的结果。

然而，看到汉克放在桌上的绳子，阿妮卡呆住了。它为什么会在那里？难道他早晨刚刚量过绳子的长度？

她当然知道，自己应该转身离开，忘了那杯水，回到床上去。但她做不到。阿妮卡和那根绳子之间只有三四步距离。

她和汉克从来没有认真讨论过彼此的盒子，患者和手术是他们之间的主要话题。两人更愿意谈论他人，而不是审视自我。然而，汉克把他的绳子放在明处，在她看来，这无异于发出邀请的信号。而且，阿妮卡和汉克几乎共同生活了三年之久，彼此之间毫无秘密可言，他们现在依然亲密如故，只是身份有所不同。阿妮卡有时甚至会想，自己结束两人关系的决定会不会是一个错误。

对汉克矛盾的感情仿佛与她可怕的偷窥欲串通一气，那一刻，她决定迈出最后的几步。打定主意后，她用外科医生灵活的手指拿起汉克的绳子。

阿妮卡刚刚测量过自己的绳子，所以她一眼看出汉克的绳子只有自己的一半长。这意味着他的生命只有四十多年。

可如今他已经年过四十岁。

震惊之余，阿妮卡如梦方醒，为什么汉克主动发出邀请，为什么当晚的缠绵前所未有地炽烈，弥漫着如临大敌的感觉。因为汉克知道终点近在眼前——自己已经时日无多。

当阿妮卡走回卧室时，汉克正坐起身来，在昏暗的灯光下，他几乎无法辨别阿妮卡脸上奇怪的表情。她紧挨着他坐在床上，把温暖的双手搭在他的小臂上。

"对不起，汉克。"

"为什么？"他问道。

"你再也不用独自承受。你还有我。"

汉克换了一个别扭的姿势靠在枕头上。"别开玩笑，阿妮卡，你说什么？"

"我知道我不该看，但……我还是看了。"阿妮卡低声说道，"我不知道该说什么，只是……对不起。无论你需要什么，我一直都在这里。"

汉克瞬间恍然大悟，将她毫无征兆的同情和自己随手扔在桌上的绳子联系起来。她看到了，现在她感到抱歉，带着毋庸置疑的怜悯注视着他。

"该死！"汉克猛地抽出胳膊，将她的手甩到一旁，"你居然偷看我的盒子？"

阿妮卡用无助的眼神看着他。"我走进厨房时，它就在那儿。我不是故意的！"

"好吧，我压根就不该带你回来！"他大吼道，"你可以转身离开！你可以视而不见。难道我的隐私对你来说一文不值？"

汉克感到自己的心跳开始加速，血液在每条血管中不停冲撞。他的身体开启了"战斗或逃跑"模式，这是一位急诊室医生熟悉的感觉,但这次他已经无路可逃——阿妮卡已经知道了真相。

"这是一个错误,"汉克愤怒地说道,"今晚是一个天大的错误。"

阿妮卡的脸在懊恼和抽搐中变得扭曲,她的双眼噙满泪花。"也许我不该多嘴,但我了解你,汉克。我知道你会选择独自承担一切,以为这样就能保护别人免受伤害。"她说道,"所以我想说,你并不孤单。你还有我。"

汉克依然可以感到激素在体内横冲直撞释放的压力,这让他充满战斗的渴望。他依然可以感到体内的愤怒。然而听了阿妮卡的话,看着她羞愧地蜷缩在床垫边缘,他宽大的T恤披在她颤抖的身体上,汉克意识到自己的愤怒并非因她而起。

是他的绳子让汉克怒不可遏。

汉克依然爱着阿妮卡。早在几年前,他甚至一度想过有一天会和她结婚,无条件接受她所有的缺点。她今晚的行为无疑比她的任何缺点都要糟糕:她偷看了他的绳子,而不是转身离开。然而偷看之后,她没有一走了之,而是回到床上告诉他,他并不孤单。

汉克不想争吵。他不想和自己爱过的人反目成仇,他能留给她的时间已经所剩无几。他疲惫地吐出一声长长的叹息,然后伸出手,放在她的手上。

阿妮卡仰起脸用充满感激的眼神望着他,一下咬住不停颤抖的下唇。

"我知道不该偷看,汉克。但你真的不准备告诉我吗?"

"我不准备告诉任何人。"

阿妮卡双眼泛红，痛苦不堪。"但独自面对这些一定令人绝望。"

"你现在的样子令人更加绝望。"汉克说道。

"也许这只是幻觉！"阿妮卡故作轻松地说道，"我经常告诉患者，他们只剩下几个月的生命，结果他们总能多活几年。"

"你知道这次不同以往。"他说道。

阿妮卡长叹一声。"好吧，我保证不告诉任何人，如果这是你希望的。"

尽管知道自己的离职已经在医院引发了一些流言，汉克依然对自己的秘密守口如瓶（他一口咬定自己只是需要放松一下，因为那些为了寻找答案蜂拥而至的短绳患者令他不堪重负）。然而，当他在阿妮卡面前大声说出那些话之后，汉克真切地感受到一丝解脱，终于有人和他分担绳子的秘密。作为将所有人蒙在鼓里的代价，汉克无时无刻不在担心自己的言谈举止无意中露出马脚，这令他心力交瘁。现在他至少可以在阿妮卡面前摘下面具，不用装出一副一切都好的样子。

"你知道，一直以来，我费尽心思对医院里的所有人隐瞒真相，甚至连我的家人也不知道。"汉克说道，"事到如今，我也没有像一般人那样哭天喊地自暴自弃。"

"为什么不呢？"

汉克知道自己为什么没有在父亲的葬礼上流泪，因为那时母亲需要他保持坚强；为什么没有在和阿妮卡分手时哭泣，因为那时他想在自己的爱人面前保留颜面。然而这一次，他不知道是什么阻止了自己的眼泪。

阿妮卡拿起一个枕头，递给汉克。

"你想让我给它一拳吗？"汉克问道。

"悉听尊便，"她说道，"也许我在手术室里装出一副强悍的模样，但我一直喜欢抱起枕头放声大哭。"

汉克不情愿地从阿妮卡手中接过枕头，一言不发地盯着它。

"你想一个人待会儿吗？"她问道。

汉克抬起头，眼前的女人在他的视线中变得模糊不清。她的披肩长发在汉克白色T恤的衬托下色泽愈发乌黑。棕色的双眼下残留着睫毛膏湿润的印记。每当陷入沉思时，她总是用双手捧着自己尖尖的下巴。

汉克猛地将脸扎进枕头，在柔软的布料中放声嘶吼。阿妮卡看到他前额皮肤下那一根根暴起的血管，仿佛和他一样正在发出咆哮。

筋疲力尽之后，汉克将枕头扔到自己的腿上。"你愿意留下吗？"他问道。

阿妮卡伸出胳膊，揽过他宽阔的肩膀。汉克最终淹没在汹涌而低沉的啜泣中，它们时而排山倒海，将所有空气挤出他的身体；时而消退无踪，为他留下片刻的平静和短暂的喘息，等待着被接踵而至的浪头卷入暗流之下。

阿妮卡一直没有放手，直到汉克最终离开她的怀抱。

当两人一周后在医院偶遇时，阿妮卡问汉克感觉如何。

"嗯，我经常告诉那些与自己处境相同的患者去尝试互助小组疗法，"他说道，"所以我觉得自己应该以身作则。"

于是阿妮卡给了他康纳利学院的地址，这座学院就在她公寓附近，好几个互助小组都在那里活动。周日，当汉克结束了急诊室忙碌的工作赶到学校时，他已经晚了半个小时。

他从门外向 201 教室内悄悄地张望，一群绳子接近终点的人汇聚一堂。大家一边哭泣，一边互相抚摸后背，一盒纸巾在众人手中传递着。这地狱般的场景令人心灰意冷。汉克参加小组的目的是寻找慰藉，而不是自怨自艾。

他正要离开，三扇门之外的 204 教室隐约传来一阵欢笑声，那里也有一个短绳小组，这个小组的成员还有更多时间，他们的生命还剩下几年时光，而不是短短数月。汉克决定过去看看。没有人需要知道其实他并不属于那里。

莫拉

"今晚，我想聊一聊秘密。"肖恩开始了当晚的讨论。

"真好，终于有话题可聊了。"莫拉小声对本说道。

"听上去真让人浮想联翩。"本回应道。

在第一晚的接触后，本和莫拉已经默契地养成了坐在一起的习惯。莫拉对本包容自己的越界言论感到欣慰，而本似乎对莫拉在讨论中玩世不恭的态度心存感激。她每次漫不经心的发言总能冲破令人窒息的悲观和绝望。

"我相信许多人都耗费了大量情绪能量，把事情压在心底。"

肖恩说道,"然而,当你面对的问题已经如此……关系重大时,比如你的绳子,或许说出秘密可以帮助你缓解压力。当然,是说些你觉得可以分享的秘密。"

"这可不是什么真情告白。"卡尔咕哝道。

莫拉立刻想到了自己和尼娜的争吵,以及尼娜已经持续了数周的网络信息大搜索。然而,莫拉自己就没有秘密吗?她从未向尼娜吐露过自己深夜的阵阵悸动,以及那个背着背包的小男孩和他的母亲。

"好吧,有件事我已经憋了很久。"特勒尔说道。

肖恩欣然示意他继续。

"都是泰德的错。"特勒尔说道。

"泰德是谁?"尼哈尔问道。

"我的前男友,"特勒尔说,"我偷了他一块价值八百美金的手表。"

每个人都在等着接下来的故事。

"好吧,首先声明,我认为自己是个非常体面的人。"特勒尔说道,"这是我唯一的污点,就像一个吃了一辈子素的人,某天突然开了一次荤。但是,长话短说,泰德和我约会了近一年时间,最后他选择了一种俗不可耐的桥段背叛我。"

"和你最好的朋友?"切尔西猜道。

"和一位同事。这个蠢货,从办公室回家时扎着别人的皮带,因为当时很黑,每个金融人士都喜欢那种黑色皮带。事实不容置疑,我们就此分手,作为报复,我决定带走一件他心爱的东西。"

"那只手表对他来说非常重要?"本问道。

"并不是传家宝之类的东西。只是那只该死的手表确实价值不菲。这是那个浑蛋应得的报应。我必须让他为我被浪费的十个月人生付出代价。他将那段时光从我生命中全部偷走,所以我想没有比偷走手表更加合适的惩罚。"

特勒尔挽起袖子,扭动手腕,脸上泛起一丝窘迫的微笑,那只金色手表在教室的荧光灯下闪闪发光。就连肖恩也忍不住发笑。

"噢,天哪,我怎么就没想到!"切尔西说道,"我的前任居然一条短信就把我甩了,而我当时只用球棒打碎了他的后视镜。"

"你们为什么分手?"尼哈尔问道。

"嗯……他发现了。"切尔西说道,每位组员都对她的欲言又止心照不宣。

他发现了她的绳子。

"但也不全是坏消息,"特勒尔说道,不动声色地阻止了互助小组在绝望中越陷越深,"严格说来,这也是个秘密,但我无意中了解到一部正在筹备中的百老汇音乐剧,所有演职人员都拥有一条短绳。编剧、导演、灯光、编舞……无一例外!全部都是短绳人士。大家从全美各地飞来工作。最重要的是,我将成为制作团队的一员。"

"真是不可思议!"本说道。

莫拉没有感到惊讶。"艺术家永远值得信赖,他们总是挺身而出,"她说道,"特别是在危难时刻。"

"歌声就是他们的武器。"特勒尔面带微笑。

"这让我想起,一些大学时代的老朋友正在发起一个面向短绳人群的住宅交换项目。"尼哈尔接着说道,"你可以与住在其他州,甚至其他国家的陌生人进行匹配，并与他们短期交换住宅，此举旨在为短绳人群环游世界提供便利。"

"你一定要让我们都加入这个项目！"切尔西尖叫起来。

"其实我也有一个特大秘密，"莉娅在情绪变化的鼓舞下说道，"但你们必须保证不告诉任何人……现在还不行。"

一些组员从椅子上向前探去。

"我怀孕了。"她说道。

"我的天哪！"

"真的吗！"

"恭喜恭喜！"

一群人在震惊和兴奋之余围住了莉娅。

似乎没人留意，小组中只有莫拉一言不发。她当然为莉娅感到高兴，但这不禁令她心头一震。同样身为一名短绳人士，难道莉娅没有被同样的恐惧和压力所困扰？莫拉在想，莉娅是否也曾和自己一样患得患失，最后却得出了截然不同的答案。

"谢谢大家，"莉娅说道，"我还是全都告诉你们吧。是一对双胞胎，所以我的肚子很快就藏不住了。"

双胞胎，莫拉心想，这样很好。至少他们还能彼此相伴。

"孩子的父亲是谁？"切尔西问道，有人向她投来惊恐的目光，"怎么了？这么问有什么不对吗？"

"没关系，"莉娅说道，"其实这是给我弟弟和他丈夫代孕的孩子，所以亲生父亲是我小叔子。但卵子是我的，所以我们希望这对双胞胎也能和我弟弟有几分相像。"

众人不约而同地发出一声惊呼，但这一内幕对莫拉产生了一种奇怪的作用。她一面感到如释重负,毕竟嫉妒已经毫无意义,一面又感到一丝悲伤。

"你弟弟和他丈夫一定对你感激不尽。"汉克对莉娅说道。

"嗯,他们的确说过如果是一男一女,就取名里奥和莉娅。"她笑道,"我真希望他们只是开个玩笑。"

特勒尔轻轻地碰了碰莉娅的手。"你给了他们最棒的礼物。"他说。

莉娅笑道:"他们也这么说。"她将双手放在肚子上,"奇怪的是,我弟弟和他丈夫的绳子都不算短,所以在我看来他们似乎已经得到了最好的礼物,"她说道,"但他们或许不这么想。如今看来,我才是那个他们命中注定的礼物。"

莫拉想起教皇曾经在阳台上宣布盒子是来自上帝的礼物。或许对有些人来说确实如此,就像莉娅的弟弟,或是肖恩,还有尼娜。然而正如莉娅所说,对其他人来说,包括204教室中的每个人,至少还有其他可以称之为礼物的东西。可惜的是这些礼物太不容易被发现了。

特勒尔提起过的百老汇音乐剧——百位短绳人士闪耀百老汇舞台的梦想——听上去就像一个礼物。

还有每天早晨莫拉在自己深爱的女人身边醒来的时刻,很难不说这也是一份礼物。那个女人明明有无数理由离她而去。

甚至还有她和尼娜之间自由公开的爱情。

就在那一刻,她决定向尼娜坦白一切。

一个小时后,莫拉坐在床边,看着自己的女朋友。

"有件事我要告诉你，"她说道，"我知道我们从没打算要孩子。我的绳子只是让这件事变得更加清楚。但是，老实说，有时候……我很纠结。"

尼娜似乎有话要说，她想说出自己善意的鼓励，或许甚至从头开始这个话题。但莫拉摇了摇头。

"多说无益，"莫拉说道，"事实就是这样。但我不想对你有所隐瞒。我只想让你知道我的感受。即便知道不要孩子是正确的选择，我们依然可能感到后悔，或者还会胡思乱想。"

"我从来都不知道你在为此烦恼。"尼娜说道。

"是啊，我很会摆出一副拒人千里之外的样子，"莫拉坦言，"我知道自己很幸运，我从来都不缺少自信。"她淡然一笑，"但有时这会让你很难……放下矜持。"

尼娜在莫拉身旁坐下。"很高兴你能告诉我，"她说道，"在我身边，你永远都是那个多愁善感的莫拉。"

"你从没有过其他想法？"莫拉问道。

"说实话，我不知道，"尼娜平静地说，"我从没下过不要孩子的决心。我只是从没动过要孩子的念头，你明白吗？曾经，当我们在人海中彼此相遇，我仿佛找到了……另一半自己。"

莫拉点了点头，吸了一口气。"我明白你的感受，"她说道，"但令人抓狂的是，我从未把它放在心上，直到发现自己可能失去了拥有它的机会。就像一扇门在我面前砰然关闭，可我还没有看到门内的风景。或许这甚至与孩子无关。或许只是我现在满脑子都是其他同样可能砰然关闭的门。例如，如果我找不到心仪的工作怎么办？如果我来不及看到更大的世界怎么办？如果我一事无成……该怎么办？"

尼娜用胳膊揽过莫拉。"你让每一个遇到你的人过目不忘，"她说道，"这就是你，你要命的存在感几乎无处不在。"尼娜笑着说道。

莫拉笑了起来，温柔中带着一丝克制，但这笑声让她意识到自己一切都好。她和尼娜一切都好。

"好吧，也许艾米可以加油多生几个，这样我们就成了孩子们的怪阿姨。"莫拉大笑，"或者怪阿姨让我来当，睡前读书的任务就交给你了。"

两人再次大笑起来，笑声中洋溢着发自内心的快乐，只见尼娜深情地吻向莫拉，两个女人向床上倒去。

亲爱的B：

　　今天的词汇课上，我的一个学生把"冒失"解释为"有趣"，我不得不指出她的错误。她满脸疑惑，接着说道："对不起。我还以为它的意思由我决定。"这是我第一次从学生口中听到这种说法，一整天它都在我脑海中挥之不去。

　　或许盒子也是如此。没有人能为它们的出现提供一个准确的解释，因此它只能根据人们的解读被赋予各种含义——上帝、命运或是魔法。尽管绳子长短不一，它们依然可以在不同的解读中成为为所欲为、暴饮暴食、辞职、复仇、铤而走险或者环游世界的借口。我不想离开自己的学生，但我曾经幻想过用一年时间周游世界，去找心心念念的文学圣地朝圣：在艾米丽·勃朗特令人心潮澎湃的荒野中漫步，在菲茨杰拉德生活过的里维埃拉海滩上沐浴，裹上棉衣走进托尔斯泰笔下的俄罗斯寒冬（尽管我多半会临阵退缩，改为夏天前往）。

　　每天早晨，我都担心自己精神崩溃，把盒子打开。

　　如果你不介意，我想问一个私人问题——你后悔打开自己的盒子吗？

　　　　　　　　　　　　　　　　　　　　——A

本

本不知道自己为什么感到惊讶。他早该知道这是一个无法回避的问题。

但酝酿回信颇费周章。他试着在一张新的建筑设计草图上拖延时间，直到经过反复涂改的设计草图最终又回到初稿的样子，他知道自己必须动笔了。然而，要回答这个轻描淡写的问题——你后悔打开自己的盒子吗——却远没有看上去那么简单。这意味着定格在那晚的每一种情感都将被再次唤醒，那个他发现自己拥有短绳的夜晚。所有的震惊、悲伤和恐惧，还有克莱尔泪流满面的样子。

他感受到这个陌生人一直以来在回信中流露的诚意，这让他想用敞开心扉来作为回报。但他发现无法说服自己分享一切。他不愿重温那晚的记忆，至少不是现在。

亲爱的A：

在我打开盒子的一刻，时间仿佛被分成两段，两者之间泾渭分明。之前的世界已经成为遥不可及的过去。我知道这听上去俗不可耐，但事实就是这样。一旦真相大白，无知的旧日时光就会成为消失的记忆。

是的，我几乎每天都为知道真相而后悔。但我努力告诉自己，最初的悔恨终将过去，总有一天，我会为获知真相而感恩。

当然，如果我命中注定死于意外，或许还是事先一无所知为妙，这样就可以直接被人遗忘，而无暇反思过错或心怀不甘。但是，如果死亡姗姗来迟，为反省自身提供了充足的时间，那么我将从容面对现实，死亡不再是一个猝然而至的惊吓，我将有望随心所欲地度过剩下的十四年时光。如此一来，当我回首往事，才能感到满足。

写完信后，本感到筋疲力尽，仿佛自己下一秒就能入睡。但他还有一些想说的话。

基于最近的来信，我只能假定你是一名教师，如今已是六月，这个暑假你也许即将离开，动身远行。

本不知道如何结束。他该说出自己的名字吗？或是留下自己的地址？还是发出见面的邀请？

两人漫长的书信往来着实令他出乎意料。他唯一的类似经历是多年以前露营结束后，他的室友信誓旦旦地要在整个学年保持笔友关系，甚至为了表示信守承诺，还在握手前把唾沫吐到手上。到了冬天，当男孩们的生活再次被学习、运动和音乐填满时，几乎所有的通信都中断了。在本写完最后一封信后，他再也没有收到任何回信。

笔友"A"大概率是一位教师，但本对这位笔友的年龄和性别一无所知。也许他应该调查一下，等到有了更多线索，也许可以在工作日去学校看看，打听一下有哪些老师使用过204教室。但这会不会让他看上去形迹可疑？一个三十岁的男人鬼鬼祟祟地东张西望？

再说，他不确定自己是否想要知道真相。神秘感让来信变得与众不同，他还没有做好面对现实的准备。他知道对"A"来说，这可能只是聊胜于无的消遣，或许对方只是可怜他。但他不想失去这个笔友。

本只向为数不多的朋友透露过自己绳子的情况，这些长绳好友最初与他保持着密切的联系，不时通过电话或短信送来问候。但是近来这种联系已经逐渐销声匿迹。在四月里，曾经鼓励本参加互助小组的达蒙总是在每个周一的早晨询问本前晚小组讨论的情况，但就连他也已经连续两周音讯全无。

或许他们全都对帮助本这件事感到力不从心，或是感到自己的悲伤不合时宜，又或是为自己的长绳感到自责内疚。也许，他们只是无话可说罢了。

但每个周日晚上，我依然会来这间教室，也许这个暑假能在这里见到你。

如若不然，那祝你好运。希望无论是否打开盒子，你的决定都能为自己带来平静。

——B

本一直等到众人散去，空荡荡的教室中只剩他一个人。他从挎包中抽出一张对折的纸页，正面写着一个字母A。随后他弯腰将它像一顶支起的小帐篷一样放在书架脚下。

当本转过身时，汉克正站在身后，一脸茫然。

"我想自己把耳机落下了。"汉克辩解道。

"哦，嗯，我可以帮你找找看。"本提议。

两个男人在尴尬的沉默中埋头在室内四处搜索。

"我有个冒昧的问题，刚才你拿着一张纸在干什么？"最终汉克开口问道。

本沉思片刻。"医患保密协议现在还有效吗？"

"当然，为什么不呢？"汉克笑道。

就这样，本告诉了汉克那封他在之前讨论课上落在教室的信，以及自己收到的神秘回信。

"现在我正和一个素不相识的陌生人通信。"本解释道，"连我自己都觉得匪夷所思。"

汉克眯起眼睛饶有兴致地打量着本。"你真的不知道给你回信的是谁？"

本摇了摇头。"我只能想到，这是一名校内人员，"他说道，"但我想这里每晚也许还会组织一些戒酒互助集会，以及其他团体活动，所以这说不定是其中某位成员的杰作。"

汉克耸了耸肩膀，露出了宽慰的微笑。"好吧，我猜找到答案的唯一方法就是继续回信。"

"谢谢。"本说道。

"谢什么？"

"谢谢你没有让我觉得自己疯了。"

"大家都在摸着石头过河。任何反应都很难称得上疯狂。"汉克偷偷地向桌下肖恩放零食的地方看去。

"你在纪念医院工作，对吧？我对那里发生的事感到抱歉。"

"其实我五月底就离职了。但我在枪击事件之前就提出了辞职申请。"汉克说道,"抱歉,我一时想不起你的职业。"

"我是一名建筑师。"本说道。

"哇哦!我见过你设计的建筑吗?"

"目前还没有,"本感慨道,"有一座正在施工,不过它在纽约上州。"

汉克在一把塑料椅上坐下。"你为什么想成为一名建筑师?"

略感惊讶之余,本在他身旁坐下。"我也不太确定,"他说道,"我没有同龄的兄弟姐妹,父母忙于工作,所以我有很多时间涂画小小的房屋和城镇,想象着生活在其中的人们。"

汉克同情地向他皱起眉头。

"哦,不,不要误会,"本语无伦次地说道,"我的父母非常称职,我也没有整天与孤独相伴。我只是完全沉浸在画板上那些小小的世界之中。"

"现在你想要建造更大的世界?"

本笑了起来。"不瞒你说,高中对我来说并不是一帆风顺,那时我就在想,如果我能造出比肩纽约摩天大楼的建筑,我就永远不会沦为毫不起眼的陪衬。"

"现在呢?"

本向窗外望去,只见上东区庄严的公寓楼已经与暮色低沉的天空融为一体。

"现在我想创造永恒的东西。能够永远屹立不倒,甚至历经……"

汉克发出一声会意的叹息,两人一时陷入沉默,不知道这场对话是否还要继续。但本很好奇。"那么,如果不是因为枪击事件,你为什么辞职?"

"我想我只是累了,"汉克说道,"厌倦了看到惊恐的人群哭喊着来到医院,绝望地向我乞求我给不了的答案。"

"听上去很可怕。"

汉克撇了撇嘴角,陷入沉思。

"我告诉你,其实这并不是唯一的原因。这只是我应付老板和同事的借口,事实上我只是再也不想待在医院了。我曾经把数百条生命从死亡边缘带回这个世界,死神在我面前也要甘拜下风。后来我才发现,也许是我错了。也许被我救活的病人全都命不该绝,他们的绳子还剩下很长时间,而那些连我也回天无力的患者,或许他们本来就无药可救,没有医生能让他们起死回生。"

"听上去似乎是一种安慰?"本问道。

"只是很难在明知没有公平可言的情况下依然斗志昂扬,"汉克说道,"我想别人比我更善于自我开解。即便无法延长患者的生命,至少我们还可以改善他们的生存质量。我知道他们是对的,但我就是无法说服自己。我是一名急诊室医生。我的整个职业生涯都在与死神搏斗,但它是唯一无法战胜的对手。"

"绳子出现之前有什么不同吗?"本问道。

"没有,"汉克说道,"但在绳子出现之前,我还可以自欺欺人地相信自己还有机会。"

本表情凝重地点了点头。"我对此感到抱歉。"

"抱歉我看不到你的摩天大楼了。"

本装出一副受到冒犯的样子。"嗨!盖楼的时间我还是有的。"

汉克低头看向自己的双脚。"我和你们不一样。"他说道。

"什么意思？"

"我的时间已经不多了，"汉克说道，"可我实在不想加入只剩一年可活的短绳小组，简直就像参加葬礼。所以我来到了这间教室。"

"我很抱歉。"本的声音轻得就像一声叹息。

"嗯，有时生活会变得暗无天日，"汉克说道，"但在其他日子里，我只是努力记住自己从未虚度光阴。我竭尽所能地救死扶伤。我拥有过属于自己的爱情。我努力成为一位孝顺的儿子。"汉克在椅子上缓缓地向后靠去，"你知道，我目睹过很多人的临终时刻，他们身边的每个人总是鼓励他们继续战斗。永不放弃需要强大的意志，没错，通常这就是正确答案：继续战斗，永不放手，无论发生什么。但是我想，有时我们忘了，能够放手同样需要勇气。"

亲爱的B：

不用担心，我还在你身边。我在暑期学校担任辅导老师。

你的来信让我望眼欲穿，即便冒着丢掉工作的危险，我也会在放学后偷偷地溜进学校——我讨厌错过你的回信，一周也不行。

只要你愿意继续给我写信，我保证哪儿也不去。

——A

汉克

六月九日这天，莫拉询问互助小组聚会能否提前一个小时开始，这样讨论结束后还能赶上首场总统初选辩论。

汉克对政治并不是特别关注。当然，他关心医疗保险、犯罪率、税收——那些广义上与自己的工作息息相关的事项，但他没有工夫花几个小时评论各种政策的细枝末节或是耐心地阅读冗长的政论文章。但汉克听说来自弗吉尼亚的候选人安东尼·罗林斯准备在辩论中宣布重要消息。在汉克看来，他不过是另一个温文尔雅的百万富翁，脱离了大多数美国人生活的现实，那些汉克每天都在急诊室中见证着的现实。

当主持人开始发问时，汉克正在自己的棕色皮质沙发上啜着啤酒，没有觉察这正是自己期待已久的问题。

"今晚我想从每个选民心中的话题开始：绳子。尽管美国国会为解决绳子问题做出的大量努力几乎陷入停滞，但我们都在关注近期发生的一系列悲剧，包括上月发生在纽约一家医院和得克萨斯州一座商场的枪击案，它们似乎都与绳子的到来有关。所以，各位候选人，绳子的出现是否让你重新考虑自己的立场或提案？"

安东尼·罗林斯早有准备。他绕过这个问题，直接开始了显然经过排练的演讲。

"作为美国最高权力机关，总统一经当选，就要为他或她的国家奉献整整四年的服务，甚至可能长达八年。竞选总统是候选人对这个伟大民族的全体人民做出的承诺，表达了自己在白宫履行一届完整任期的意愿和能力,或许甚至存在干满两届任期的可能。因此请允许我向各位选民献上一个比我的纳税申报单和推特记录更为重要的东西。我的绳子。"

话音刚落,安东尼就从讲台后取出一个小盒子,打开盒盖,取出一截绳子,人们此刻一望便知,它的长度相当可观。

"如果有幸成为你们的候选人,我保证不辜负每一张选票。我向各位候选人发出呼吁,本着透明的精神,拿出他们的绳子,这样每个选民在前往投票站时才能对那个未来的国家领袖有更多了解。

听众一时不知所措。大部分人一边点头,一边鼓掌表示赞许,掌声中不时夹杂着零星的嘘声和质疑声。

"好的,好的。"主持人安抚着人群,"让我们听听其他候选人的发言。"

"我和我的夫人已经决定,我们不会打开自己的盒子,"哈佛大学政治学教授、独立候选人阿米莉娅·帕金斯博士说道,"我认为看或不看完全属于个人选择,要求候选人公布这种隐私似乎既不公平,也不道德,而且很不美国。罗林斯议员的要求根本不合理。"

"谢谢你,帕金斯博士。"主持人说道,"鲁斯州长,有何高见?"

"我认为,帕金斯小姐不明白,身为一名务实而可信的公务员,需要接受一种几乎毫无隐私可言的生活。"州长说道,"总统当然也不例外。即便各位候选人拒绝出示自己的绳子,八卦小报也一定会挖地三尺。我已经为他们想好了标题:'当美国总统在白宫暴毙'。"

为了维护自己作为"家庭价值"候选人的声望,肯塔基女议员艾丽斯·哈珀接着说道:"我认为,任何不幸收到短绳的候选人都应该退出竞选,用剩余的时间陪伴所爱之人,而不是继续角逐一份自己无法长期履行的义务。"

当其他候选人发言时,参议院的老韦斯·约翰逊陷入沉思。

他是台上唯一一位非裔美国人,他一定知道自己的发言将受到格外关注,汉克心想。约翰逊一直等到众人发言完毕,主持人询问他有什么需要补充。

"是的,我有话要说。"约翰逊说道,"美国人民应该把选票投给价值观获得他们认可,立场获得他们支持的人,并相信他的提案将会改善我们的国家。一条短绳并不能抹杀这些品质,仅仅因为一条短绳而将选票投给别人,无异于让合格的候选人为自己完全无法控制的事情付出代价。基于种族、性别、残疾和年龄的歧视已经被我们的法律所禁止,而强迫候选人展示他们的绳子将会纵容和催生一种全新的歧视。"

主持人在零星的掌声中探身凑向话筒,但约翰逊的发言还在继续。

"有些伟大的领袖正是在任期内去世,"他继续说道,"而有些碌碌无为的政客却逃过了岁月的惩罚。假如当年约翰·肯尼迪展示了自己的绳子,并因此遭到选民抛弃,那么古巴导弹危机可能已经引发了与苏联的核战争;假如富兰克林·罗斯福当年展示了自己的绳子,并因此遭到选民抛弃,法西斯势力可能永远不会迎来末日;假如亚伯拉罕·林肯当年展示了自己的绳子,那么像我和我的孩子一样的男人和女人可能依然忍受着被奴役的命运,而我们的国家可能已经四分五裂。如果这些人仅仅因为自己多舛的命运,就被剥夺了上台执政的机会，我们的世界如今会是什么样子？这种念头令我不寒而栗，我希望各位美国同胞能够认清罗林斯议员提案中潜藏的危险。"

看到观众报以热烈的欢呼，汉克这才松了一口气，罗林斯面无表情地看着眼前的一切。当镜头中最后一次闪过韦斯·约翰逊的脸时，汉克发誓他看到了这位参议员饱含热泪的双眼，在摄像机面前他不能哭泣。

此时汉克明白，韦斯·约翰逊和自己一定拥有相同的命运。

汉克很快就对剩下的节目失去了兴趣，于是他拿起手机，转而关注人们在网上的反应。约翰逊的立场赢得了许多支持，而罗林斯已经点燃了某种情绪。来自全美各地的推特和博客都在呼吁候选人公开自己的绳子，一些人认为这个全美最重要的职位不能落入短绳候选人之手。他们声称，短绳人士过于心浮气躁，容易抑郁且反复无常。

舆论很快超越了美国总统大选的范畴。质疑声此起彼伏，有人开始提出：也许所有政府官员都应该公开自己绳子的信息。那么，那些大型公司的首席执行官呢？医疗人员又该何去何从？医院为什么要浪费时间来培训无法为自己带来回报的员工？

汉克把手机扔向沙发。

次日清晨，六月十日上午九时左右，在盒子首次出现大约三个月后，一名短绳人士在美国国会大厦外引爆了一枚自制炸弹，多名路人遇难。汉克知道，在中西部某个州、某个死气沉沉的酒店房间里，罗林斯一定暗自窃喜。

SUMMER

夏

安东尼

六月十日爆炸案的嫌犯被当场炸死，同在现场的数名短绳市民也与他共赴黄泉，然而当局在随后对嫌犯住宅的搜查中发现了他留下的遗言：人民在苦难中死去，政府却无动于衷。

一个由美国总统召集，专门处理善后事宜的高层应急工作组迫不及待地就此达成一致，认为政府对短绳人士的遭遇无能为力。总统应急工作组切实做出的决定是，采取措施，以防行为暴戾失常的短绳分子造成更多损失。

爆炸案发生一周后，安东尼·罗林斯飞回他位于华盛顿特区的家，留下妻子在查尔斯顿与几位重要金主周旋，一起在下午茶会上就着蔓越莓核桃饼呷上几口格雷伯爵茶，聊以打发时光。

第二天，总统应急工作组就为迎接新成员做好了准备。工作组中已经包括三名资深美国国会参议员、分别来自美国联邦调查局和美国国土安全部的高级官员各两名，以及美国参谋长联席会议主席。

"我们知道在这种备受瞩目的时刻让一名众议员,尤其是一位初选候选人加入,是一个史无前例的决定,"主席对安东尼如此说道,"但我们正处在一个史无前例的时代。而总统的任期即将结束。他需要从长远出发,考虑谁能带领国家在这场梦魇中度过下一个四年。有目共睹,你在辩论中的表现在党内掀起了不小的热潮。"

"正如您所见,我的支持率正在一路飙升,"安东尼附和道。他知道一些权威人士已经断言他只是昙花一现,并预测他将迅速陨落,然而此次任命有助于巩固他的崛起势头。"仿佛整个国家都在倾听我的声音。"

到了下午,整个工作组也开始对他洗耳恭听。

次日早晨,总统应急工作组的九位成员齐聚白宫椭圆形办公室,就所谓"短绳分子局势"向总统当面陈述看法。与会者认为,应当要求政府高级别职位候选人披露自身绳子信息,其重要程度不亚于背景调查或体格检查。出任要职的人选,必须证明自己的忠诚可靠,以及在身体和精神层面的胜任能力。他们声称,无须讳言,短绳分子无异于一枚定时炸弹。你永远不知道他们的引爆时间,之前发生的爆炸和枪击事件就是前车之鉴。

联邦调查局官员布莱斯林是房间里唯一的女性,会议的大部分时间,她都一言不发,让男人们继续高谈阔论,而她在心中酝酿着自己的想法。

"还有一点,我们不能忘记,"她终于加入讨论,"如果可以筛查每位外勤特工或现役军人申请者的绳子,只派遣那些长绳人员执行外勤或参加战斗,那么我们就可以有效杜绝殉职的风险。他们一定能活着回来。"

这名官员扫视着房间里的男人们,看到他们一脸困惑却又纷纷点头同意时,她露出了笑容。

"可活着并不是全部,"一位年迈的参议员说道,"这并不能保证出外勤的小伙子不会因为昏迷不醒或者缺手断脚而就此退伍。"

"那也好过一条裹尸袋。"她反驳道。

"仅限于军队和联邦政府的职位吗?"另一个声音问道,"我想这对警察部门和其他高风险职业同样适用。"

美国总统一直在专心倾听,一言不发,然而他的工作团队似乎正在迅速形成某种有力的共识。他需要体现自己的存在感。

"各位,"他谨慎地抬手说道,"我同意大家的观点,但必须注意分寸。作为美国人,我们永远不能心安理得地强迫每位公民打开盒子,并报告里面绳子的长短。而且,如果我们允许这一趋势向各行各业蔓延、渗透,我担心短绳群体将失去一切就业机会。"

"您有什么建议,先生?"

"一个折中方案,"总统说道,"我们要求现役军人、联邦调查局外勤特工和拥有最高安全权限的政府官员披露绳子信息。但其他一切维持现状。至少目前保持不变。"

几天后,凯瑟琳在麦克莱恩市郊再次与丈夫相聚,安东尼当选美国国会众议员后,夫妻二人在这里购置了一栋相对低调的四居室住宅。

"我还是不敢相信总统亲自向你发出邀请，"凯瑟琳屏息说道，"他想必认为你稳操胜券。"

"不要高兴得太早，"安东尼说道，"我们还有很长的路要走。总统只是认可了一个事实，我是唯一敢于公开谈论大家内心想法的人。"

在客厅四面墙壁的包围之中，安东尼颇感安心，他向好奇的妻子透露了自己所能透露的一切，并没有提到太多细节。

"事情还有变数，"安东尼说道，"但我们不必担心。""我们的处境应该比'不必担心'更好吧。"凯瑟琳嘴角上扬，笑着说道。

安东尼不禁对妻子的话表示赞同。

莫拉

六月末的一个周五晚上，白宫在一场电视新闻发布会上宣布了这些改变。

莫拉和尼娜一直等待着这场被两度推迟的发布会，为了打发时间，两人开始观看一档以从新闻报道中发掘情节线而知名的犯罪剧集。由于首次将绳子引入了虚构世界，这部剧集刚刚登上头条新闻。剧集的展开令莫拉错愕不已，在剧中一伙警察正在对两名疯狂作案的邪恶短绳分子展开追捕，随后双方爆发激烈交火，最终两人双双毙命。这种角色定位对现实世界的短绳人群毫无益处，她心中想道。

尼娜似乎也对剧情感到失望，她在沙发上坐立不安，不断切换频道，直到美国总统在记者们低沉的咳嗽声和不时亮起的相机闪光灯中出现在屏幕上。在军方和联邦调查局高层的簇拥下，他在讲台上宣布了自己迄今为止影响最重大的行政法令："任命和招募安全与透明计划"，简称为"STAR"计划。类似法案可能很快将提交美国国会，而美国国会大厦遭到攻击让形势趋于明朗，美国总统主张，必须立即采取行动。

"他们肯定知道这将激起民愤，"尼娜在发布会结束后说道，"所以选择在周五晚上公布。他们希望周末可以减少媒体报道，民众也许不会过多地关注。就像什么也没发生一样。"

莫拉一言不发地听着，而烦躁不安的尼娜依然喋喋不休。"我的意思是，我确实听说初选辩论改变了美国国会的风向，"她说道，"但我无法相信它来得如此迅速、如此过分。"

尼娜看向莫拉。"你还好吧？"她轻声问道。

"我还好吗？"莫拉反问，"我先是被迫眼睁睁地看着他们打着电视节目的幌子对短绳公民大加侮辱，现在又要面对这些？总统刚刚借绳子的名义亲手制造出两类公民。"

尼娜显然无言以对。"我知道刚才的警匪剧……上不了台面，但我不认为这个"STAR"计划也会如此不堪。"她安慰地说道。

莫拉从沙发上一跃而起。"他们都是一路货色！"她尖叫道。"好吧，也许这个宣言看上去比实际情况更加极端。"尼娜没有放弃。

"他们刚刚告诉我，就因为绳子，我无法成为一名士兵或联邦调查局探员,或是从事国家安全相关的差事。他们怎么能干出这种蠢事?"她开始在房间内走来走去。"这就像历史重演,我们在走老路。接下来呢?关于绳子的一切'你不问,我不说'[1]?"

"老实说,我也不敢相信。"尼娜说道,"但严格来说,你并非无法参军或加入联邦调查局,只是你在这些岗位上的工作将会受到限制。"

"说真的,尼娜?你是在为他们开脱吗?"

"不,当然不是,"她脱口而出,"这太可怕了。"

"每个人都说,那些发生在其他国家的事情永远不会在这里上演,"莫拉说道,"看看现在!"

"这也许是爆炸事件导致的愚蠢应激反应,"尼娜说道,"一旦发现错误,他们就会立即撤销。"

然而莫拉叹息着摇了摇头。"我不这么认为。"

莫拉爱着尼娜,而尼娜总是想尽办法安慰她,为她指出事物积极乐观的一面。尼娜的陪伴或许为莫拉张开了一把雨伞,但这无法阻止倾盆而下的大雨,有时莫拉需要的只是歇斯底里的空间。

在她的人生中,莫拉一直对这种令人讨厌的刻板印象昼警夕惕,从不让自己过于愤怒和张扬。她知道,这个世界毫不吝惜对圣徒的歌颂,他们用平静迎接苦难,而不是愤怒和抱怨。然而,当命运让人感到如此潦草和不公时,谁又会因为宣泄自己的痛苦而受到苛责呢?

---

[1] don't ask, don't tell,美国一九九三年涉及军队同性恋的法案。——译者注

至少在 204 教室的范围内，莫拉可以沉浸在这种愤怒中，置身于对此感同身受的团体之中。

新闻发布会之后的那个周日，她走进教室，几个人正在议论这则新闻，莫拉把包往地上一扔。"有人感到生气吗？"

人群中传出"该死，是啊""当然"的嘟囔声。

"毫无疑问，大家群情激奋，我很乐意逐一讨论各位的感受。"肖恩说道，他担心自己的小组讨论正在演变成一场混乱的控诉。

"也许我们全都反应过度了。"尼哈尔说道。

"我认为对此只有一种反应。"莫拉说道。

"你们觉得这意味着什么？"莉娅问道，她的目光在人群中逡巡以求答案。

汉克与莉娅四目相对。"不幸的是，这意味着事情可能变得更糟。"

"我看不出这该死的事情如何变得比现在更糟，"卡尔说道，"难道他们还能让我们已经够短的绳子变得更短？"

"但我们甚至没有时间为自己的绳子感到悲伤，也没有时间为我们的生活感到愤怒，"莫拉说道，"这个世界不断上演着太多需要我们为之愤怒的勾当。"

"不仅仅是政府，"切尔西说道，"每个人都在落井下石。我听说有一个新的约会软件，只面向短绳群体，名叫'共享人生'。你甚至可以通过绳子的长度进行筛选。他们以寻找与你相似的人作为卖点，但这显然是一种把我们赶出常规软件的伎俩。所以，上帝保佑拿着长绳的人不要不小心爱上我们。"

"就像那些精神错乱倡导物种隔离的达尔文主义分子。"特勒尔不寒而栗,"其实,这让我想起了几位想要领养孩子的朋友,他们的遭遇令人非常不安。他们都没有打开过自己的盒子,但据说领养机构不断施加压力,希望他们打开盒子进行查看。听上去他们如果不这么做,就是在与那些将长寿当作成为称职父母的资格自夸的夫妻对着干似的。"

"那可真是太离谱了。"切尔西说道。

"我猜有意领养孩子的短绳夫妻正在陷入与众多同性恋伴侣如出一辙的困境,"特勒尔说道,"也不是完全不可能,但就是没那么简单。"

"好吧,我相信民众将会看到这一切多么离谱,并寻求改变。"莉娅一边说,一边不安地抚摸着自己日益隆起的小腹。

"但这正是人类一直以来的惯用伎俩。"莫拉说道,她的愤怒正在不断升级,"我们根据不同的种族、阶级、宗教信仰或者任何自行杜撰出来的该死差异将人类分成三六九等,然后冥顽不灵地区别对待每一类。我们原本不该让他们给民众贴上"长绳"和"短绳"的标签。是我们给了他们趁虚而入的机会。"

汉克表情严肃地点了点头。"似乎没有人在意,我们出生时并无不同。"

房间陷入了短暂的安静。

"可是你真的认为绳子和种族之间的类比公平吗?"特勒尔问道。

"有什么不公平?"莫拉说道,"大家都看了新闻。我们刚刚被禁止从事这个国家最重要的工作。短绳群体甚至不能申请!我们的生活好像被困在了循环往复的时间之中,没有人从历史中吸取教训！当人们开始相信某个特定群体将对自己不利——移民群体正在偷走工作机会，同性恋群体正在侵蚀婚姻关系，女权主义者正在捏造强奸指控——我们总是迫不及待地自相残杀。"

"好吧，至少很多人对我们报以怜悯之心，"本说道，"希望他们的同情因此得以加深。"

"也许不只是怜悯或同情这么简单，"汉克插话道，"情况有所不同。自从医院第一次出事以来。如今短绳群体牵涉其中的暴力事件时有发生，同情正在逐渐被恐惧取代。而恐惧是一种更为强烈的情感。"

"但是，他们为什么要害怕我们？"尼哈尔问道，"他们拥有一切，而我们一无所有。"

"正因我们失无可失。"汉克答道。

他回想起初选辩论的那个夜晚，当观众对安东尼冷漠的煽动报以掌声时，他花了几个小时浏览互联网上就短绳群体受到的歧视是否正当合理这一问题所进行的讨论。

"舆论认为短绳群体不能信任，"他解释道，"在他们眼中，我们易生事端，反复无常。这当然都是无稽之谈，但莫拉说得对。这就是世界运行的方式。只消再来一次枪击或者爆炸或者天知道会是什么，这种猜忌就会坐实。我甚至不愿去想接下来可能发生的事情。"

尼哈尔一脸悲戚，而莉娅看上去已经快要哭出来。

卡尔转向汉克。"你知道吗，作为一名医生，你不太擅长宣布噩耗。"

"但这就是事实，"莫拉说道，"除非我们不断制造舆论——不断表达不满——否则什么也不会改变。"

"所以那意味着还有希望,对吗?"莉娅问道。

"各位,我或许不知道拥有一根短绳的滋味,"肖恩说道,"但我的整个人生都在轮椅上度过,所以对于被别人视为……异类的感觉。我确实略知一二。我知道人生有时就像一场为自我赢得认可的战斗,与个人境遇无关。这就是我发起这个互助小组的初衷。我本人就是活生生的证明,表明这个世界上至少有一位拥有长绳的人能够对你们感同身受。所以我想这至少可以成为我们心存希望的理由。"

哈维尔

当美国总统首次在美国国家电视台推出"STAR"计划时,杰克·亨特和哈维尔·加西亚——以及每一位美国军队成员——立刻知道,他们的事业和人生已经彻底改变。

两人在五月末一个闷热的星期四从军事学院毕业,正式被授予美国陆军少尉军衔,他们搬到了一所位于华盛顿特区的公寓中,这是杰克的父亲当年购置的房产,以备他自己从弗吉尼亚州前往华盛顿的不时之需。绳子的出现在美国军队中引发了不小的震荡。领导层需要时间进行重新部署。因此杰克、哈维尔以及他们的同期毕业生在开始军官培训之前获得了一个夏天的短暂休整。

他们每晚回到家中都会一边畅饮冰镇啤酒，大嚼冷比萨，一边玩《麦登橄榄球》，尽情享受最后的自由时光。他们把一张废弃的桌式足球台从路边拖回客厅。每个周六两人都出入乔治城的大小酒吧，轮流在对方猎艳时进行掩护。

然而，在六月的一个周五晚上，他们脚下的世界开始变得陌生起来。

"这个'STAR'计划到底想干什么？"哈维尔问道。

"我想它的目的是迫使我们打开盒子，"杰克说道，"我们已经别无选择。"

在绳子出现之前，新任中尉的部门分配都是根据毕业生的兴趣，辅以陆军的需要加以确定。但这三个月以来，世界发生了变化，出现了需要考虑的新情况。

在美国总统宣布所有军队职位均需披露绳子信息——由每个人亲手将盒子交给负责各区督查的指挥官——之后，流言在杰克和哈维尔曾经的同学圈中迅速蔓延，称那些涉及高风险地区战斗任务的特定职位，将不再对短绳士兵开放。据信，众多已经完成部署的士兵将有望保有照常服役的权利，而应征入伍的新兵将会根据绳子的长度进行部署。

"他们强迫我们查看自己的绳子，即便不是出于自愿，"杰克大声抱怨，"为什么？他们自以为能够改变命运？难道不被派上战场，短绳士兵就能逃过一死？我敢说他们只关心自己的死活。"

"我不知道，"哈维尔说道，语气比他的朋友更加模棱两可，"或许就这样眼睁睁看着一群短绳士兵上战场而不做些什么的话，会让他们感到内疚。"

但两人没有时间过多抱怨,也来不及好好地整理自己的心情,他们很快就收到了随身携带自己的盒子,就近前往美国陆军征兵办公室报到的最后期限。尚未查看绳子的人被建议事先打开盒子,以免在征兵办公室闹出什么乱子。

他们距离应征入伍还剩下两周时间。

杰克和哈维尔坐在沙发上,两人中间的坐垫上放着两个小小的盒子,绳子计算器在杰克的 iPad 上严阵以待。

几年来,他们的身体和心灵已经战胜了太多挑战:困难重重的障碍课程,充满羞辱的"新生福利",拳击比赛,仅凭手中的指南针穿越丘陵、沼泽和丛林地带。但他们现在面临着迄今为止最为艰难的任务。

"你觉得自己会放弃吗,"杰克问道,"如果里面是一条短绳?"

"好吧,我历尽艰辛才走到今天,"哈维尔说道,"我曾向军队和自己做出了承诺。所以我想我会一直走下去。不管盒子里面装着什么。"

哈维尔的父母都是虔诚的基督徒,所以他默默地以他们的名义祈祷,然后向杰克点了点头。他准备好了。

因为他别无选择。

杰克测量了自己的绳子,他如释重负地长出一口气,不禁面露笑容。

但哈维尔陷入了沉默。

哈维尔选择对他的父母隐瞒真相。看到他穿上军装，成为全美国最优秀学校的一名毕业生，赢得每一位朋友的尊重时，他们异常激动。儿子已经拥有了他们所希望的一切。

随后整整一周，杰克都在照顾这位悲伤的室友，把食物送进他的卧室，不断嘘寒问暖。

几天后，哈维尔一心只想走出公寓，开始奔跑。

两个男孩沿着熟悉的路线穿过几个街区，许多店铺和餐馆自四月起已经歇业，整条街道笼罩在一种可怕的冷清中，尽管空旷的马路让跑步变得更加轻松，不用避让拥挤的车流或顾客。一间空荡荡的店面上张牙舞爪的涂鸦——"让绳子见鬼去吧！"——被两个年轻人作为他们跑三英里[1]的标记。

在很长时间里，杰克一言不发地奔跑着，只能听到两人运动鞋重重地砸向地面的声音。直到路程过半，杰克才开口说话。

"哈维尔？"

哈维尔双眼注视前方。"怎么了？"

"要不……要不我们互换一下？"

哈维尔依旧心无旁骛。"互换什么？"他问道。

"我们的绳子。"杰克说道。

直到此刻，哈维尔才突然收住脚步。"你说什么？"

一名自行车骑手开始在两人身后疯狂摇铃，但哈维尔站在路上一动不动。

---

[1] 1英里约合1.6千米。——编者注

"当心！"骑手大声喊道，杰克一把将哈维尔拉到一边，骑手呼啸而过，将两人远远地甩在身后。

"你没事吧？"杰克问道，"差点儿撞上！"

但哈维尔无法集中精神。"你刚刚说到交换绳子？"

杰克点了点头。"是不是听上去像个笨蛋？"

没错，你是，哈维尔心想。"但是……这不能带来任何真正的改变。"他说道。

"这或许无法改变结局，"杰克说道，"但除此之外，一切都将因此改变。"

哈维尔依然感到莫名其妙。"为什么你要假装收到一条短绳？"

杰克停顿片刻，显然有些难堪。"你看，有些话难以启齿，因为我当然为自己的绳子长度感到庆幸，然而……这也让我胆战心惊。我的意思是，参军入伍是我应尽的义务，但是如果他们准备让我终身服役怎么办？"

军事学院努力地想从杰克身上抹去的每一丝恐惧显然已经卷土重来。他对自己的体能不抱任何幻想，和同班同学一时冲动的打斗已经令他难以招架。他凭什么踏上真正的战场参加战斗？

"而且如果美国军方认为我收到了一条短绳，"杰克说道，"他们就会给我安排一份华盛顿特区的文职工作。让我过上平淡无奇的生活。"

哈维尔只是点了点头。杰克最担心的事情似乎不太可能成为现实——美国军方无法强迫他无休无止地服役，无论他的绳子预示着怎样的未来。但在和他做了四年朋友之后，哈维尔并不对杰克这种出于自我保护的本能而不愿服役的想法感到惊讶。现在最让人震惊的是杰克大胆的提议。互换绳子？这种可能真的存在吗？

"我一直在想，你曾说过不断前进是你对自己的承诺，"杰克接着说道，"而且我们都清楚，你的课堂和实战排名都比我高，所以如果我们中间只有一个人有机会证明自己，那个人应该是你。"

哈维尔还在思考，但他无法继续站在原地。他的双腿和思绪一样焦躁不安。他转身开始继续奔跑，把杰克甩在身后。

在奔跑途中，哈维尔专注于自己的呼吸节奏，他开始权衡自己的选择。

杰克正在怂恿他故意欺骗美国军方，对那些教育并训练了他的人撒谎。这不仅有违道德，而且必然触犯法律。"STAR"计划宣布，任何拒绝展示他们绳子的现役军人，将会面临被开除的耻辱。谁知道伪造绳子的会有什么下场？

杰克一定是疯了，才会提出这么荒唐的建议，哈维尔心想。

然而……一想到自己付出的所有时间与努力，那些为了学习牺牲睡眠的夜晚，那些口中弥漫着咸咸的汗水和血液金属味道的日子，哈维尔就觉得杰克的提议不无道理。

哈维尔赢得了自己的机会。而现在他只剩下几年时间将它兑现。

哈维尔的双脚开始打漂，带着自己奔向前方，内啡肽开始在他的身体内喷薄而出。他清楚自己永远不会像杰克一样，满足于一成不变的文职工作。但是如果不拥有一条长绳——或者，至少表面上拥有——一切都将无从谈起。

他想知道自己的父母此刻如果知道了他的想法，会对他说些什么。撒谎是一种罪孽，无论出于什么动机？还是说他们努力工作并不是为了养育一个罪犯？

或许他们会一字不差地说出他的毕业酒会上的祝词？"我们为你感到如此骄傲，哈维尔。"

当他们来到公寓前门时，哈维尔依然一言不发，杰克忐忑不安地打破了沉默。"显而易见，你应该做你想做的事，"他说道，最后的冲刺让他仍然气喘吁吁，"这完全是你的选择。但我想告诉你，你不是别无选择。"

哈维尔并不觉得自己别无选择，他感到自己的大腿上放着一颗杰克扔来的定时炸弹。距离哈维尔报到还剩下不到一周时间。他只有三天时间做出这个事关前程的决定。

哈维尔将手中的钥匙插进门锁。"我需要先睡一觉。"他说道。但他无法入睡。

他合上双眼，泪水浸湿了枕套，他躺在床上，盯着天花板，辗转反侧，但睡意迟迟不肯降临。在半睡半醒之间，迷迷糊糊的幻觉接踵而至，与此同时，杰克的提议在他的脑海中萦绕不散。

最可怕的是，哈维尔在恍惚中看到了自己的葬礼。覆盖在他棺木上的美国国旗在悼念者黑色外衣的衬托下甚至愈发鲜艳。那面旗帜将是他的父母当天仅存的慰藉。

当然，他的死因将被公之于众。如果他的父母无法开口，或许牧师将代为陈述。哈维尔发现每当自己闭上眼睛祈求入睡，这一幕就会反复倒带播放。

"突然冒出一辆轿车。"牧师说道，悲伤地摇了摇头。倒带。

"最终，他与病魔的战斗以失败告终。"同样的悲伤，同样的摇头。

倒带。

"他是一位优秀的游泳选手,可是当时风浪太大。"倒带。

"炸弹爆炸时他刚好坐在桌旁。"倒带。

"他是一位真正的美国英雄,直到生命的最后一刻。"牧师毋庸置疑地说道。

这是第一次,牧师没有摇头。

本

204教室的空调暂时出了故障,于是卡尔推开所有窗户让空气流通。然而,夏天的夜晚,凝滞的热气弥漫在整间教室中,似乎让所有人在昏昏欲睡之中陷入更深的沉默。

"我很好奇,"肖恩说道,"还有谁没有告诉自己的家人?"

本小心翼翼地举起手,有些尴尬,而汉克漫不经心地扬起食指,仿佛正在做出索要账单的手势。

"很好,"肖恩说道,"每个人都有自己的时间表。"

"这周我刚告诉父母。"尼哈尔说道。

他刚从芝加哥探亲归来,自从当年尼哈尔的父亲收到西北大学博士项目的录取通知并携新婚妻子从印度移民美国至今,三十年间,他的父母一直生活在这座城市。

"情况如何?"莉娅问道。

"说实话？相当沉重。"尼哈尔叹了口气，"但他们都相信，我们的身体是灵魂暂时的容器，这些绳子只适用于我们现世的肉体，因此我们的灵魂终将获得重生，届时大概还有一截新的绳子。可以从头再来。"

"而你并不认同这种信仰？"肖恩问道。

"这么说吧，我热爱我的宗教。其中充满了……欢乐，还有自由。让我们摆脱了教条的束缚，免遭炼狱之苦。"尼哈尔说道，"绳子出现之前，我甚至从未花费大量时间认真思考重生。它一直蛰伏于潜意识中，而我总是专注于学业和各种琐事。我也知道父母只是想尽力帮助我……然而现在……我只想活在今生今世，而不是和素不相识的陌生人一起重获新生。"

一些小组成员点头表示理解。

"但我讨厌和他们针锋相对，因为我希望可以用他们的视角看待这个问题，"尼哈尔说道，"或许相信来生，可以让事情变得更加简单。"

尼哈尔的话，让本想起了自己的老板，一位公司高级建筑师，经常把各种建筑的"前世今生"挂在嘴边，这或许是一种每当他心爱的建筑在保护竞标失败后被纳入重建规划时聊以自慰的方式。正是老板关于建筑转世轮回的理论为本提供了灵感，让他养成了在自己的新设计中致敬老建筑的习惯——也许是石头上的一个图案，或者是一扇窗户的形状。就连建筑也拥有自己的回忆，并且可以被世人铭记，这样的想法会让他感到欣喜。

"好像父母所做的一切都天经地义，"尼哈尔说道，"他们来到这个国家，建立了自己的生活。在他们的言传身教下，我努力进入普林斯顿大学,在校期间,我努力学习,尽管半数同班同学似乎都沉浸在啤酒乒乓游戏中无法自拔。我认为我所做的一切也都是正确的。"

"你的绳子并没有否定你过去的人生,"肖恩说,"难道我做过什么让自己坐上轮椅的事吗?或者这间教室里谁做过什么让自己绳子变短的事吗?"

"不,当然没有。"尼哈尔说道。

"那你为什么要用如此冷漠的眼光看待自己?"

当晚几个互助小组同时结束,不同小组的成员迅速挤满了学校前的人行道。汉克、莫拉和本在拐角处徘徊。

"我说,今天的小组讨论真够压抑。"汉克说道。

"今年一直都很压抑。"莫拉说道。

"你们平时怎么处理压力?"他问道。

"嗯……我不太清楚。"莫拉耸了耸肩,"可能只是得过且过。"

"有没有什么渠道?一种宣泄的方式?"

"这不正是互助小组的作用吗?"本反问道。

"好吧,没错,但语言交流的作用仅止于此。"汉克说道,"也许是因为我习惯于用双手处理工作,但我同样时常需要一些……肢体活动。"一个念头似乎从汉克的脸上一闪而过,"不如下次你们和我一起?"

"去哪里?"本问道。

"相信我好了。"汉克笑道,"下周。最好在日落时分。"

随后的周六，本在汉克短信中提供的地址驻足等候，那是一座沿哈德孙河岸延伸的庞大运动设施。

大厅中，电视屏幕上火光冲天，记者正在对点燃了整个欧洲的仲夏篝火节进行报道。今年，这个六月末特有的传统节日演变成一场席卷整个欧洲大陆的运动，鼓励人们将自己的木盒和绳子扔进火堆。由于两者均无法受到破坏，这一姿态的象征意义远胜于实际作用，但仍有数以千计的民众响应了这一号召。

电视画面中克罗地亚、丹麦和芬兰人潮涌动的海滩让本为之着迷，在他们的木盒被火舌吞没之际，数百名年轻人在沙滩上赤脚跳跃。对比近日来美国禁止短绳群体从事特定政府工作的举措，他们对绳子的抗拒显得更加无所顾忌。本心想，有人在绳子可怕的力量面前放弃抵抗，有人却将它们付之一炬。

"我想说，没想到会在这里碰头。"莫拉突然出现在本身旁。

"天哪，你觉得汉克会带我们攀岩吗？带有某种克服困难的寓意？"

本笑了起来，就在这时，汉克拿着三根高尔夫球杆出现了。"哎呀，我从来没打过高尔夫。"莫拉小心翼翼地说道。

"我也一样。"本说道。

"好吧，救死扶伤是我的工作，"汉克说道，"所以我想，我应该可以教会你们如何挥杆。"

"好的，大夫，"莫拉承认，"但我得说，没想到你还有这么高雅的爱好。"

"我知道这让人感到过于一本正经。"汉克笑道，"但它的确是一种很好的放松。在急诊室度过难熬的一天之后，我总会来到这里。曾经,当我打开自己的盒子后,就直奔这里而来。"

在某个瞬间,本心中暗想,汉克是否会把自己绳子的真相告诉莫拉。但汉克此后就一言不发地带着他们走向电梯。

练习场漂浮在哈德孙河水面上,四周的围网用来阻止击偏的高尔夫球溅入水中。本、汉克和莫拉乘坐的电梯升上三楼顶层,当本从电梯中踏上悬吊在球道上方的高架平台时,首先映入眼帘的是笼罩在天际的鲜艳色彩。这无疑就是汉克口中的日落,云层逐渐从靛蓝色、桃红色融化为明亮的橘红色。

汉克为两人进行了简单的讲解,然后他们分别走向自己的球座。

莫拉的表现出人意料地娴熟,被击中的高尔夫球直接飞向练习场的中央。

"没准儿我妈和老虎伍兹[1]有染。"她打趣道。

本的第一次挥杆尴尬地挥了个空,当他最终击球成功时,高尔夫球却飞入了旁边的围网。

"你会找到诀窍的,"汉克说道,"只要把它当作一次治疗,而不是高尔夫球。"

莫拉开始一个接一个地击球,她宣泄情绪的独白就像一条不停播放的音轨,覆盖在每次挥杆的嗖嗖声与球杆和塑料的撞击声之上。

"这一球送给从不嫉妒别人的自己,"她说道,"现在街上的每一个人都让我嫉妒。"

---

[1] 美国著名高尔夫球运动员,曾因与多达十几位女性保持亲密关系陷入丑闻。——编者注

砰。

"这一球送给甚至不能为此生气的自己,因为陷入愤怒只会毁掉我的余生。"

砰。

"这该死的念头真的让我非常愤怒!"砰。

本依然努力地在大脑和动作之间建立联系。

汉克突然出现在本的身旁,把胳膊搭上他的肩膀。"这不是大师赛,本。没有人关心球飞到哪儿去?这是属于你的时刻,不管你此时此刻的感受是什么,把它通过胳膊传递给下方的高尔夫球,挥离你的身体。"

"你现在的口气和肖恩一样。"莫拉取笑道。

"明白了吗?"汉克问本。

"我想是的。"

汉克后退几步,把本一个人留在平台上。

本重新调整了球杆的握法,背部微微弓起,他想起自己上次摆出这种姿势,还是和克莱尔的第二次约会,当时两人在总督岛上玩迷你高尔夫,无意中撞上了一个九岁孩子的生日。在返回曼哈顿的轮渡上,克莱尔的头发在风中飞舞,不断沾在涂着唇膏的双唇上,本在她嘴唇上没沾头发的短暂间隙,第一次吻了她。

但那是很久以前。在她毁掉一切之前。

本依然可以听见莫拉用力击球的声音,但他的思绪已经飘向别处。

那天他正坐在厨房的桌旁。晚上七点左右。盒子出现后的一个月。

死亡和重生并不是脱胎换骨的必经之路，本心想。当晚在厨房中，他的存在似乎分崩离析，就在那一刻，他告别从前，迎来新生。

那是两人正在吃外卖的一幕，如今在本看来是如此荒唐。但回忆的画面总是从本拆开筷子包装时克莱尔坐立不安的样子开始播放。

克莱尔让他先吃。为什么她不和他一起吃？为什么她不能有话直说？

克莱尔在碟子里将一个饺子戳来戳去。

"今天工作怎么样？"本问道。

"有些话我必须说，但我不知道怎么开口。"克莱尔认真的脸上写满不安。

"说吧。"本用纸巾擦了擦嘴，直起腰来，正襟危坐。

"我想我们还是分手吧。"

她的话落在两人之间的空气里，漫过厨房的桌子，本让它们沉淀片刻，思考着自己的回答。

"你确定吗？"他问道。话音未落，本就懊悔不已，多么愚蠢的问题。他宁愿自己什么也没说。

然而，克莱尔的双唇开始颤抖，很快她就泪流满面，本可以感到自己的脸上一阵灼热。

"发生了什么？"本总算开口问道。

他的脑海中闪现出一年半来两人之间的每一次激烈争吵，最后一次争论发生在上周，当时他们听到美国总统宣布绳子不是幻觉，克莱尔坚持两人一起打开盒子。本告诉她，自己还没有做好准备。

"我打开了自己的盒子。"克莱尔说道,她的脸上满是泪水。

这句话就像一枚子弹,击中了本的肚子。她已经打开了自己的盒子。而他一无所知。

本看着克莱尔的泪水,以为她在为自己痛哭。她一定是发现了自己的短绳。

"哦,不,克莱尔,不。"最糟糕的一幕即将上演。

"不是我的绳子。"她说道,声音轻得就像一阵耳语。"什么意思?"

"我的绳子很长,"她说道,"是你的绳子……"克莱尔的话淹没在一阵猛烈的抽泣声中。

"等等……让我想一想。"话音未落,本就感到一阵天旋地转。她到底做了什么?她打开了自己的盒子,显而易见。但她说自己的绳子很长。

是他的绳子让她失声痛哭。

"天哪。"他感到一阵恶心。

"请不要怪我,"克莱尔哽咽道,"我看到自己的绳子很长,就以为你的也一样!老实说,我连想都没想过其他可能。"

本闭上双眼,试图平复呼吸,但他感到自己正在窒息。

"你怎么能这么做?"他咆哮道。他从未意识到,自己的声音可以包含这么多愤怒,"你可以打开自己的盒子,但没有权利偷看我的绳子!"

"我知道,"她说道,"对不起。"

几分钟过去了,本一言不发,克莱尔在他对面的椅子上双手箍胸紧抱自己，不住地啜泣。发生了太多事情，太多打击让他无法承受。

他努力专注于她的背叛。

那比思考被她发现的真相更安全。

"我太想看到两根一模一样的绳子。这样我们就能白头到老，永不分开，"克莱尔辩解道，"希望你能理解。"

他最终开口问道。"有多短？"

"四十多岁，"她用嘶哑的嗓音说道，"那个新网站并非完全……准确。"

四十多岁。

那么他还剩下十四年，或许十五年的生命。

但他无暇思考。也无心计算。

现在，他需要处理眼前的危机，面对一段正在破碎的关系。

"如果你真的爱我，为什么选择离开，尤其是现在？"本问道。

"求求你……"克莱尔用双手捂住面颊。

本注视着她，视线逐渐模糊。"你真的要这样做吗？"

克莱尔吸了一口气，试图重新平静下来。"我真的无能为力，"她说道，"我无法和你共度一个每时每刻都有时钟在嘀嗒倒数计时的人生。我会发疯的。"她偷偷看了他一眼，目光痛苦万分，"我知道自己不配得到你的原谅，但真心向你道歉，本。"

本就像一艘风暴中心的小帆船，他需要一些坚实的东西，一只让精神获得依靠的船锚，哪怕只有片刻也好。本低头看着桌上克莱尔颤抖的双手。过去的一年半时间，他曾无数次握住这双手，无论携手漫步，还是同床共枕，他们总是十指相扣。他认得上面斑驳的紫色指甲油，那是她的最爱。幸运薰衣草，也许是幸运丁香花，非此即彼。

克莱尔一定注意到本看向自己手指的目光，因为她也正在看着自己的双手。两人目不转睛地看着克莱尔颤抖的双手，因为他们无法面对对方。

而在此刻，本正紧盯着自己的双手，手中握着一根高尔夫球杆。"你没事吧，本？"莫拉回头喊道。

别的男人可能会把高尔夫球想象成克莱尔的脸，用尽全力挥杆猛击。但本不想那么做。他不想伤害克莱尔。

他可以责怪她的背叛，责怪她没有给他留下选择的机会。但他无法责怪她选择转身离开。

克莱尔曾经坦言自己不够坚强，她需要安全和稳定，一个一生的承诺。这就是真实的她，很多人都会做出相同的反应。或许这会成为大部分人的选择。他们并不会因此被贴上坏人的标签。用自己的整个余生忍受痛苦和怨恨的煎熬，对任何人都没有好处。

本现在需要的是面对未来，而不是沉迷往事。

他眯起眼睛看向逐渐变暗的地平线，哈得孙河上的夕阳就像一小团即将燃尽的小小火球，散发着最后一丝余晖，就像欧洲海滩上的篝火，吞噬着火焰中的盒子。

这时本舒展双肩，挥动手臂，一枚高尔夫球应声飞向河面。

汉克

在给本和莫拉做完动作示范后,汉克对亲自上场意兴阑珊。于是他在一条看得到球场的长凳上坐下,目送着一枚枚白色小球如流星般掠过一片绿色。夕阳为万物蒙上了一层神秘的色彩,就连脚下总是被当地人嫌弃的哈得孙河,此刻也让汉克感到美不胜收,黑色的水波中泛起粉红的光晕。

河水让汉克回想起一位他曾在纽约纪念医院见过的年轻女人,当时她正坐在术前准备室内的床上。她长长的黑发发梢处被染成鲜艳的粉红色,看上去就像汉克街区那些经常把头发浸入酷爱饮料[1]的未成年少女。

"她在等待器官移植。"阿妮卡从身后走来,一边说着,一边将一杯咖啡递给他。

五月即将结束,他留在医院的日子已经屈指可数,自十五日发生的枪击事件以来,这是他第一次感到生活回归正常。随后的几天里,急救室一直空空荡荡,即便警察已经对现场完成了清理,大多数患者仍宁愿多花几分钟时间,前往远离案发地的另一家医院。然而城市的记忆惊人地短暂,到了月末,候诊室已经恢复了往日的繁忙,汉克只能忙里偷闲地抽空上楼和阿妮卡见面。

"她在名单上的位置并不靠前,"阿妮卡解释道,"但在我们接到一个肺源可能匹配的报告时,她刚好在这里接受体检。"

---

[1] KooL-Aid,一种冲泡饮料粉末。

"运气真好,"汉克说道,"希望一切顺利。"

"你怎么样?"阿妮卡问道,这时她腰间的呼叫器响了起来。

"该死,我得去看看。我的咖啡也归你了。"阿妮卡把自己的咖啡递给他,连盖子都没有打开。

"咖啡因太多了!"汉克笑着说道,但她已经飞奔而去。

"如果你不需要,可以把它给我。"

汉克转过身,看到一位年迈的妇女正在向他手中多余的咖啡伸手示意。

"没问题,当然。"他将咖啡递了过去。

"谢谢,真是个漫长的早晨。"妇女呼出一口气,将脸凑向温暖的蒸汽,"那是我女儿,正在等待肺源的消息。"

"真是太巧了,"汉克说道,"但听上去今天似乎有个好兆头。"

"如果放在几个月前,我早就精神崩溃了。"妇女说道。她向汉克凑了过来,"但我知道冥冥之中自有天意。不是这个,就是下一个。"

汉克有些莫名其妙,但她的信念让他感到佩服。他只是希望她能做好承受失败的准备。

"我女儿还没看过自己的绳子。她还让我们也保证绝不偷看……可是……我需要做好准备,"女人说着,看了一眼身后的女儿,只见她正靠在病床的枕头上看书,"很长。"女人笑着说,"我的宝贝有一条长绳。"

"喜从天降,"汉克说道,"这可真是。"

"别让她知道我告诉过你!"女人抿了一小口咖啡。

"等等,你还没有把她有一根长绳的事告诉她?"

"她让我发誓不会偷看。"女人摇了摇头,仿佛有一种不祥的预感,"如果知道我说谎,她会恨我的。"

阿妮卡在厨房中偷看他绳子的一幕在汉克脑海中一闪而过,当时他感受到的背叛稍纵即逝。汉克暗自猜测,本在讲述自己的亲身经历时,总是把"当我的盒子被打开时"挂在嘴边,从未说过"当我打开自己的盒子时"——或许他曾经历的背叛更加刻骨铭心。

"我相信你的女儿会原谅你,"汉克说道,"毕竟那是个好消息。"

"你不了解她,"女人说道,"一旦下定决心,她可以做出任何事,甚至怀恨在心。很快,她就将重获新生。她永远不必知道我偷看了她的绳子。现在的重点是她将继续活下去。"

这些绳子造就了一个多么奇怪的新世界,汉克心想。面对所有的悲伤、欺骗和支离破碎的信任,汉克已经习以为常地看着病人来到医院,恐惧地抓着他们的盒子,但至少,一个母亲还对病魔缠身的孩子心存希望,知道她的祈祷将得到回应的恩典。

几天后,汉克找到阿妮卡,询问那位女儿的手术是否顺利。

"很遗憾,我们从捐献者的妹妹口中得知,她的哥哥去年接受了癌症治疗,"她说道,"这种肺源无法使用。"

还没到绝望的时候。汉克可以听到那位母亲的声音。"不是这个,就是下一个。"

他将身体的重心靠向长凳,球杆断断续续地击打球座的节奏让他感到放松。汉克心想,那位粉色发梢的女人忍受着焦虑的煎熬,却对等待着自己的恩赐和救赎一无所知,这是多么奇怪。

但这时汉克发现，本依然在开球区苦苦挣扎。于是他起身从侧面向本靠近，小心翼翼地避开挥舞的球杆，将手搭上本的肩膀，准备安抚一下这位朋友。

杰克

杰克很少记得自己的梦境，但在他提议互换绳子之后的那个早晨，杰克在昏沉中醒来，疲惫不堪，他梦到了自己的祖父。

在杰克的家族中，只有祖父卡尔从未让他感觉自己是一个外人，他对杰克和哈维尔报以战友般的尊重。

大一时，杰克在一场足球比赛中介绍两人相识，那时祖父卡尔细碎的白发和弓起的后背无异于任何一位刚过耄耋之年的老人，但他清醒的头脑依然可让他在同龄人中引以为傲。杰克从祖父口中听到了一个熟悉的故事，当年祖父为了参加第二次世界大战而谎报年龄，那时他还是一个身高惊人，但满脸雀斑的大男孩。

"你们这些小伙子肩负着崇高的使命。"卡尔告诉杰克和哈维尔，开球前，三人在扫过露天看台的风中挤成一团取暖，"人们往往对坏家伙的故事更加记忆犹新，但我这辈子在部队遇到的那些家伙都是最优秀的人。"

几乎每次家族聚会上，杰克都会听到相同的故事，但哈维尔全神贯注的样子让他感到高兴。

"在参加战斗之前,"祖父卡尔继续说道,"我们在新英格兰接受了为期十六周的训练,几个年长的家伙把我拉入了他们的圈子。他们偷偷地塞给我烟抽,在休息日的晚上带我去看电影。值得一提的是,有个叫西蒙·斯塔尔的家伙,他真的对我非常照顾。从不允许任何人对我出言不逊。

"然而,当我们最终接到自己的任务时,我发现自己将要开赴太平洋战场,而那些年长的家伙则被派往欧洲前线。我相信杰克告诉过你,我们家族中的大多数男性都有过入伍服役的经历,因此一直以来,我也背负着参军入伍的期待,然而我在比大家预想中更小的年龄被送上战场,无论你可能自认为准备如何充分,在开赴前线之前都会忍不住陷入恐惧之中。"

哈维尔默默点头。

"西蒙看出来,即将与大家分别让我十分沮丧,于是他把我拉到一旁,从口袋里掏出一块随身携带的小祈祷牌。他说这上面是Hashkiveinu[1],犹太人在黑夜里念诵它以祈求神灵保佑。是远在家乡的未婚妻送给他的。你能想到,他会把那张祈祷牌给我吗?西蒙告诉我,这会保护我的安全。"

"战后,你和西蒙以及其他人有联系吗?"哈维尔问道。

每当祖父说到这里,杰克都可以看到他的脸上写满羞愧,那是自责。祖父卡尔的故事——关于他对即将独自漂洋过海的恐慌和对之后发生的事情的懊悔——让杰克看到了一位亨特家族成员卸下冰冷的家族面具,展示自己脆弱的一面,这样的场合可为数不多。

---

[1] 一首犹太教的祈祷文。——译者注

"这并不值得骄傲,"卡尔说道,"但我确实对西蒙或是其他战友的下落一无所知。当我最终回到家乡后,曾想过打听他们的情况,但说老实话,这让我感到恐惧。只要一天不知道真相,我就可以想象他们全都和我一样年事已高,满脸皱纹,儿孙满堂。该死,我甚至可以想象今天他们就在这些看台上,为我们的球队欢呼、呐喊的画面。我想这也是他们从未寻找过我的原因。"

祖父卡尔环顾看台时,杰克和哈维尔均陷入了沉默。

"你看,小伙子们,我已经老了,但还没有老眼昏花,"祖父卡尔说道,"我知道如今世道不同以往。当我看到越战老兵的悲惨遭遇时,我就知道时代变了。但对我来说,没有比为国献身更好的人生道路。我把曾经与战友并肩作战视为一份特殊的荣耀。我相信自己的生命和好运拜上帝所赐。但同样也离不开我的战友。"

杰克和哈维尔完全明白他的意思。不知有多少次,他们两人曾为了考试熬夜互相问答,或是在泥泞和暴雨中彼此扶持鼓励。这正是他们共渡难关的方式。

第二年夏天,在前往祖父卡尔葬礼的途中,杰克的父亲在黑色车厢的后座上交给他一个小小的信封。封面上写着"致我的孙子"。杰克转过脸,不让父亲看到自己的眼泪。

杰克还不想起床,他翻了个身,趴在床上。奇怪的是,他为祖父卡尔没有在自己的有生之年看到绳子的出现感到庆幸。即便目睹过战场上的各种惨状,祖父卡尔依然拥有纯粹的信仰——对心中的上帝,对自己的祖国。谁知道这个疯狂的新世界会让他作何感想？

杰克叹了口气，把头靠到枕头上，看着微弱的日光钻过百叶窗，落在自己的衣柜上，那块老旧褪色的 Hashkiveinu 祈祷牌就躺在最上面的抽屉中。

毋庸置疑，杰克更加庆幸的是，自己的祖父不会知道，他同样准备向军队隐瞒实情——只不过杰克的谎言是为了让自己逃避战斗。

哈维尔

哈维尔醒了，他盯着闹钟上的日期。距离做出最后的决定只剩下两天时间。

他紧紧地闭上双眼，不知道自己是否需要祷告，直到昨夜的幽灵在一片黑暗中再次向他飘来。半睡半醒中，梦中的画面不断重复播放，他的大脑努力地消化着杰克的提议。

美国国旗、神父，还有他在悲伤中摇动的脑袋。

他是一位真正的美国英雄，直到生命的最后一刻。

"你父亲呢？"哈维尔问杰克，"你必须告诉他我们交换了绳子，否则他会以为……"

"我知道。"杰克说道。

他决定告诉父亲，这次交换是哈维尔的主意，而他只是为了帮战友一个忙。父亲对他们欺骗军队的行为一定深恶痛绝，但希望儿子对朋友的忠诚能够赢得他的尊重。

杰克的父亲是唯一可以透露这次调包的人。除他以外，不能让任何人知道，尤其不能告诉他的姑姑凯瑟琳，此刻她正在美国东南部的某地，也许是在佛罗里达州，努力地说服摇摆不定的小城选民为杰克姑父的竞选活动捐款。此时这种家族丑闻无疑就像一枚定时炸弹。他们只能相信杰克的绳子确实很短。

"往后……怎么办？"哈维尔问道，"大家不会感到诧异吗？"

"我想答案几年后才会浮出水面。"杰克说道。当他计划向父亲坦白时，杰克并没有考虑任何后果，"天知道，也许那时绳子已经变得无关紧要。"

哈维尔犹豫不决。一头扎进如此错综复杂的局面，不留丝毫退路，似乎与他们在军事学院学到的一切背道而驰。

但他们同样在训练中学会了勇敢，即使眼前的一切充满未知。"好吧，"哈维尔说道，"我同意。"

亲爱的B：

范·吾尔西。我相信你也看到过——它华丽的身姿沿百老汇大街横跨整个街区。入口处不仅矗立着一扇巨大的铁门，门上用金色的字母写着它的名称，小小的门房中还有一位如假包换的保安值守。所以，只有那些有幸住在这里的人才可以进入，与位于上西区的豪华住宅如出一辙。从人行道上，可以透过前门栏杆的缝隙看到中央庭院。在这个迷你公园中，树篱修剪得恰到好处，一座分层式喷泉四周环绕着白色石凳。

我想每个生活在纽约的人都会将某些场所当作自己另一种可能生活的寄托，那是他们梦想中的生活。或许时代广场上的剧院是你渴望表演的舞台，或许你省吃俭用只为买下一间布鲁克林的潜水酒吧[1]。而范·吾尔西就是我的梦中公寓。

每当走过这座建筑，我总是幻想住在这里的感觉，那些价值数百万美元的公寓远非身为教师的我的薪水所能够负担。我可以坐在喷泉边的长凳上回忆美妙的旅途风光、邂逅的各色人等、读过的各种书籍和教过的众多学生。我坐在长凳上，抬头看向自己的公寓，几层楼上，我幻想中的丈夫和孩子正在准备晚餐，一阵微风刚好吹过，为我带来窗户里飘出的香味。

每当想到这些，我就感到愚蠢和浅薄，尤其身处眼下这个充满变化的世界，未来似乎更加虚无缥缈。我知道这是一个令人乏味的梦境，毫无新意可言。然而，这场梦境的真相并非关于金钱、浮华或是成功的表象。那个生活在范·吾尔西中的我同样心如止水。她凝视自己的生活，只是感到心满意足。她再也不用在幻想中蹉跎时光，因为她一直都生活在美梦中。

---

[1] 即 dive bar，一种单纯以饮酒为目的的简陋酒吧。——译者注

我猜这就是我无法打开盒子的原因。因为只要不是亲眼所见，我就依然能够在幻想中扮演范·吾尔西庭院长凳上的女人。任何白日梦都有成真的希望。

——A

尼娜

周日晚上，莫拉正在参加每周小组活动，尼娜邀请艾米在市区一家新开的餐厅吃晚饭。

她的妹妹迟到了，于是尼娜独自一人在餐桌旁落座。几天前，她读到了这家餐厅的开业消息，并发现自己知道这个故事：贷款遭到拒绝的短绳厨师和为他众筹资金的兄弟姐妹。她第一次看到这个故事是在"绳子原理"上，一个她曾经定期浏览的网站。

尼娜已经有些日子没有登录这个网站了，也没有浏览过其他网站或论坛，尽管新的网站和论坛每天不断涌现。在和莫拉的争吵之后，她毫不犹豫地停止了搜索，以抗拒虚拟世界的诱惑。

尼娜发现桌面的菜单上贴着一张纸质传单，为下周的开麦夜进行宣传。在餐厅后部，她看到了一个小型舞台和一根话筒支架。她忍不住开始想象当年莫拉站在台上的样子，她的脸庞在麦克风后若隐若现，却依旧明艳动人，只见她正在向艾米·怀恩豪斯[1]致以热情甚至略显亢奋的敬意。很难相信，自从尼娜与其大学室友莎拉坐在酒吧里第一次邂逅莫拉，已经过去了两年多。

去那家卡拉OK酒吧是萨拉的主意。每次来到纽约，她都对观看百老汇演出和在市区卡拉OK放声歌唱乐此不疲，借此重温自己年轻时的音乐剧场岁月——那时她的巅峰成就是在高中时代扮演《红男绿女》中的阿德莱德。

当莫拉唱完一曲鞠躬下台后，萨拉执意让尼娜上前自我介绍。"你应该去说点儿什么。那可是个美女。"

"我做不到。"尼娜不以为然。

"为什么？"萨拉问道。

"好吧，至少，我连她是否跟我是一类人都不知道。"

"拜托，只有同性恋才唱'瓦莱丽（Valerie）'。"

"别闹，"尼娜说道，"一首口水歌而已。而且它的原创作者是个男人。"

萨拉翻了个白眼。"不用这么较真吧。"

"好吧，就算她喜欢女人，"尼娜说道，"我也不会像你一样在酒吧到处和陌生人搭讪。"

"你想说我不够矜持？"萨拉佯装不悦道。

"不！我想说你的自信是我一直缺少的东西。"

"你可不缺自信，你手里的红笔能把任何文章撕成碎片。我的论文肯定没少遭殃。"

---

[1] 英国爵士女歌手、词曲作者。——译者注

"那不一样。那是工作。"

"这也是工作,"萨拉说道,"成功就在眼前。"她的思绪被一口蔓越莓伏特加打断。

尽管自从萨拉上次从洛杉矶来访后,她们已经六个月没有见面,两人还是轻松找回了久违的节奏,萨拉不断提出各种建议,而尼娜则在听与不听之间犹豫不决。

当两人在大学一年级成为彼此随机分配的室友时,尼娜从未想到自己会和萨拉成为朋友。作为一个活泼的金发女郎,萨拉的头发拥有一种神奇的魔力,干燥时会形成亮滑的发卷。在两人成为室友的第三周,尼娜坦白了自己的取向,而萨拉,在为少了一个女孩和她竞争同校优质男生感到庆幸之余,还决定把沉默寡言的尼娜当成自己的小跟班。

对萨拉来说,约会是一种游戏,逢场作戏意味着勾起男人的兴趣,引诱他接受挑战的欲望。她和尼娜分享了自己的方法:制造搭讪,吸引注意,但是一定——一定要等他约你出去。而尼娜把这个规则当成了一种防卫手段。只要等其他女人主动,自己就永远无须操之过急。她就永远不会感到受伤与无助。

只是看着台上的莫拉——她的自信、她的光芒,她甚至不依靠娴熟的歌唱技巧就能俘获全场观众的方式——让尼娜感到尤为无助。相形之下,她感到自己简直平庸至极。

就在尼娜鼓起勇气刚要开口时,莫拉已经退回吧台,在一群同事模样的人中落座,他们依然身着便裤和短裙。所幸,她的高脚凳位于人群外围,易于接近。

心动不如行动,尼娜对自己说。她已经一年多没有约会了——

每当艾米或母亲问起时，她总是用要升职就得加班作为借口。萨拉的怂恿或许是她告别单身的最佳时机。

尼娜清了清嗓子。"刚才台上的表演真棒。"

"呃，谢谢！"歌手歪过头笑了笑，"今晚你也准备为我们献歌一曲吗？"

"噢，不，我有严重的舞台恐惧。"

"好吧，夜色尚早。有的是时间克服恐惧。"

"我叫尼娜。"

看到尼娜一本正经伸出的手，这个女人大笑道："莫拉。"

"你是和同事一起来的吗？"

莫拉点了点头。"我们正在庆祝。我在出版社工作，我们刚刚在一场竞标大战中艰难地拿下了一个面向青少年读者的系列神作，堪称下一部哈利·波特。"

"哇哦，恭喜！你在哪家出版社工作？"

"暂时保密，"莫拉腼腆地说道，"按规定，在出版社宣布之前，我什么也不能说。"

"好吧，也许那样最好，因为我刚好在杂志社上班。"

"该死！我可真是多嘴。"莫拉再次笑着说道。

"没关系。"尼娜笑道，"我保证守口如瓶。"

和莫拉在一起，事情立刻变得不同了。尼娜发现自己第一次想要主动示爱，而不是被动等待，萨拉的建议就像一个魔咒。也许之前她宁肯放弃一段关系，也不愿放下防备，但直觉告诉她，有些事情已经改变。让尼娜感到震惊的是，一个像莫拉这样大胆、骄傲、无所畏惧的女人，竟然会对如此平平无奇而又患得患失的自己产生兴趣。于是她不再独守公寓，而是与莫拉频繁出入布鲁克林的音乐会、人气火爆的瑜伽课堂、各种品酒会以及新书发布派对。

在和莫拉之前的女人约会时，尼娜总会刻意迟到，从来不愿紧张地等待或者表现出迫不及待的样子。

而和莫拉在一起，她总是早早地出现。

"真抱歉，我来晚了！"艾米一边道歉，一边笨手笨脚地坐在姐姐对面的椅子上，"又坐过站了。"

"这次在读哪本书？"尼娜问道。

"《苏珊夫人》，"艾米答道，"我最近想读书信体小说，自从我开始……好吧，这不重要……但很快我就意识到这是我的最后一本简·奥斯汀小说，真让人感伤。"

尼娜笑了，回忆起大学时代她送给艾米的那本《诺桑觉寺》，封面还贴着一张可笑的警示标签：看看你的异想天开将如何收场？！

艾米从菜单上扬起脸。"你听说过那个疯狂的数据库吗？"她问道，"我在洗衣房听到邻居都在谈论它。"

"什么数据库？"

"据说是一种号称能够追踪纽约全体居民绳子长度的大型谷歌电子表格，"艾米解释道，"就像维基百科一样，所以任何人都可以使用手中的信息进行编辑，关于自己，或者……其他任何人。据说昨天数据库中的名字已经达到了六万个。"

"我的天哪。"尼娜的声音颤抖着化为一声叹息，"这……"

"太可怕了，"艾米替她说道，"我想警方正在努力寻找始作俑者,但它已经开始了自行扩张。我的邻居在他的手机上展示给我看。让我不寒而栗。"

"这简直是对隐私的侵犯,"尼娜说道,"如果你的名字被人偷偷地上传怎么办?纯属隐私的信息遭到曝光怎么办?"

一阵不安的战栗爬过尼娜的身体,让她想起了那段自己在学校遭到孤立的日子。她几乎不敢向艾米抛出那个问题,但她需要听到答案。"你知不知道莫拉有没有……"

艾米心领神会。"我在他的手机上进行了人名搜索,没有看到任何我认识的人。"

"谢天谢地。"尼娜说道。随后她不顾一切地想要转换话题。她只想度过一个无忧无虑的夜晚,和她的妹妹享受晚餐的乐趣,就像从前一样。

尼娜吸了一口清新的空气,打起精神。"好吧,令人欣慰的是,这是一个很好的约会场所,不是吗?分享餐前甜点多么浪漫。"尼娜向妹妹挑了挑眉梢,"没准儿你可以带个人过来,这样妈妈就不会在我耳边没完没了地唠叨你没人爱的生活了。"

艾米一边沮丧地摇了摇头,一边伸手去拿一块面包。"她不知道现在约会有多难,好像还嫌以前还不够难一样!对绳子长度的揣测就像'屋子里的大象'一样一直横亘在那里,压得人喘不过气。"

尼娜只是点了点头。旧日时光一去不复返,而她却还在傻傻地期待。

"所以,你现在还没有心上人喽?"尼娜问道。

"只有你,我亲爱的姐姐。"艾米笑着咬了一口面包。

"好吧,也许如果你不再抓着面包篮不放,学会分享的话……"尼娜一边说笑,一边把餐碟拉向自己。

"嗨!"艾米将两根手指指尖探入水杯,把水撩向姐姐,仿佛她们又回到了孩提时代,在父母家的厨房里,正在争抢盘子里剩下的最后一根炸薯条。

"别让我难堪!"尼娜笑着说道,"这是一家体面的餐厅。"

艾米大笑道。"好的,妈妈。"

旧日时光一去不复返,尼娜想,但至少还有回忆无法忘却。

杰克

杰克也在怀念旧日时光。那是毕业之前,绳子尚未出现,他和哈维尔还没有被迫打开盒子,向军队展示自己的绳子。那时他的姑父还不是一个家喻户晓的人物。

安东尼从来不该如此家喻户晓。他从来不该拥有如此众多的拥趸——还有数量令人担忧的对手。在绳子出现之后,杰克原以为安东尼蹩脚的竞选很难撑过这个春天。然而现在已经是八月,距离大选还有不到一年时间,他不但未被淘汰,而且势头还越来越猛。

自从六月的辩论以来,安东尼的演讲赢得了越来越多的关注,而凯瑟琳不断向杰克施压,要求他加入他们的竞选活动。(在备受争议的"STAR"计划实施之后,安东尼的美国军方背景显然成为至关重要的噱头。)

凯瑟琳刚刚邀请杰克加入他们在曼哈顿举行的一个大型集会,但他依然对是否前往犹豫不决。他还没有向姑父和姑姑透露自己的"短绳",而且他不知道自己还能拖延多久。纸里总是包不住火的。

杰克想尽办法拖延摊牌的时间。上个月在美国军队征兵办公室,他就因为一次虚假的坦白而备受煎熬,当时的回忆在他脑海中挥之不去:杰克坐在里格斯少校对面的椅子上,大腿开始冒汗,他担心裤子被汗滴渗透,自己冒名顶替的丑态就此暴露。他努力用不易觉察的方式稍稍抬起双腿,不让它们紧贴在座位上。

"你已经打开盒子了吗?"少校问道。

"是的,长官。"

"情况如何?"

"非常短,长官。最多还有五六年时间。"

里格斯少校一声不响地将盒子移向自己——盒子上写着杰克·亨特的名字,盒子里却装着哈维尔·加西亚的命运——亲自动手测量绳子的长度,只见他双唇紧闭,全神贯注,似乎并不享受这份侵犯战友隐私的特殊任务。但他还是摆出一副严肃的表情。

"对此我非常遗憾。"少校一边说,一边将官方长度记录在案。杰克随后意识到,即便自己表现出明显的焦虑也无关紧要。当他挣扎着在宣誓书上签名时,险些从手中滑落的钢笔同样无关紧要。在里格斯少校眼中,他无非在为自己的绳子感到沮丧。

杰克打开公寓里的电视,迫不及待地将注意力从关于姑父的思绪和里格斯少校的回忆中转移出来，愉快地观看国民队[1]的比赛。然而第四局刚刚开始，比赛就被切入商业时段，一条"罗林斯为美国奋斗"的新广告开始播放。

一名小个子金发女人的脸占满了屏幕。

"我是路易莎，"女人说道，"六月十日早晨，我正行走在美国国会大厦附近，一枚炸弹突然爆炸。一个短绳分子引爆了他花费数周时间制造的炸弹。"

镜头拉远，画面中坐着的女人身下只有一条腿。

"我理解这个男人在看到自己的短绳之后无法避免的痛苦，但是为什么他一定要把同样的痛苦强加给众多素不相识的同类？"路易莎说罢，双眼泛出泪光，"我相信美国国会议员安东尼·罗林斯能够给我们的城市带来安全，无辜的路人将不再遭受我所经历的一切。"

安东尼真是小题大做，杰克心想。那个女人的遭遇无疑骇人听闻，但这种事情并不是每天都会发生。在绳子出现之前，这个国家也远非一片祥和。

广告快要结束时，安东尼本人出现在屏幕上。"这就是为什么我以自己身为总统应急工作组成员，以及"STAR"计划和未来立法的最初支持者为傲，这些立法将保护像路易莎一样的全体美国人不再沦为暴力的受害者。"他说道，"我是安东尼·罗林斯，我认可以上信息。"

---

[1] 即华盛顿国民队，美国职业棒球大联盟中的一支球队。——译者注

杰克感到震惊。安东尼是总统应急工作组成员？安东尼参与了"STAR"计划的创立？

"卑鄙！"杰克大喊道。

他的姑父正是杰克和哈维尔被迫打开自己盒子的始作俑者。拜他所赐，他们不得不互换绳子，向身边的每个人隐瞒实情。拜他所赐，杰克不得不在里格斯少校怜悯的目光中故意提供伪证，并签下自己的名字。

杰克一把抓过身旁坐垫上的瓶子，向屏幕上安东尼的脸扔去。"无耻！下流！"

塑料瓶砰的一声从屏幕上弹开，瓶中洒出的水珠在空中四下飞溅，这时棒球比赛重新开始。

谢天谢地，哈维尔并不在场，他没有看到这条广告，杰克心想，他意识到了安东尼的邪恶之处——还有其余对他亦步亦趋的杰克家族成员的。

而现在安东尼还希望杰克在纽约为他助阵，像个蠢货一样站在台上，听着自己的姑父对自己如何起草那条毁掉杰克和哈维尔生活的法案夸夸其谈。

家族成员应该互相支持，杰克耳畔响起了父亲的声音，尤其是像我们这种家族。

安东尼

安东尼准备好了。

他的膝头放着一堆提词卡,卡片上条目清晰地写着他的演讲词。坐在自己柔软的米色座位上,他将身体向后靠去,此刻竞选大巴正平稳地行驶在从华盛顿前往曼哈顿市区一处公园的道路上,巴士的侧面涂覆着"罗林斯为美国奋斗"的字样,大批人群正在公园等待安东尼的演讲,现场还聚集着同样数量庞大的抗议者。

安东尼的竞选经理提醒夫妻二人留意示威者。

"我们需要担心吗?"凯瑟琳问道。

"安保力量非常充足,"经理说道,"搜爆犬已经嗅过现场。"

"我担心场面失去控制。"凯瑟琳皱起眉头。

"好吧,我们知道如果使用绳子作为噱头,这种情况可能就会发生。"经理说道,"但老实说,我认为这是您的丈夫正在崛起的迹象。不是每个人都拥有这种号召力。"

"如果足够幸运,我们也许还能看到一些失去理智的抗议者大打出手,"安东尼揶揄道,"没有人会喜欢一群愤怒的暴民。"

当大巴接近拥挤的公园,安东尼和凯瑟琳确实无法在喧闹的人群中分辨出哪些是自己的支持者,而哪些可能成为麻烦制造者。

汉克

汉克准备好了。

他准备在市区的抗议活动上和几位互助小组的朋友碰面，安东尼·罗林斯将在那里发表演讲。自从离开医院以来，这是他第一次感觉自己正在努力做些什么。

他喝完咖啡，打开新闻频道，记者们还在报道过去一周来在其他国家发生的示威活动。

"刚刚打开电视的各位观众，一些国家的抗议活动已经进入第四天，我们正在进行跟踪报道。"主持人正在播报。在影像画面中，数千名民众封锁了位于这座城市中央商务区的各条街道。

"几个月前，一些国家的政府呼吁全体国民上报自己的绳子长度，作为全国数据登记的一部分，并声称此举出于保护公众和官方存档的目的。"主持人介绍道，"而与此同时，这些模棱两可的动机在以欧美为代表的国际社会中引发了强烈抗议。"

汉克认为，来自其他国家的持续报道在一定程度上导致了今天有如此庞大的人群在场。安东尼·罗林斯的演讲很难不让人担心美国正在一步步走向集权统治。

小道消息称，安东尼·罗林斯是政府近期政策的关键幕后推手之一，而他在六月辩论会上的作秀，被普遍视为造成目前针对短绳人群歧视从美国国会迅速蔓延到几乎每个社区的导火索。脸书上的活动主页显示，将近12000名抗议参与者计划在这个位于曼哈顿的小公园聚集，趁安东尼在此举行集会之际，携带条幅、扩音器和旗帜宣泄他们的愤怒。

汉克记得阿妮卡曾拉他参加科学游行。最初他无意参与。他不相信这会产生任何影响。

"或许没有，"阿妮卡说道，"但我想和你分享自己在妇女游行时对朋友说过的话。游行的目的并不仅仅因为我们希望看到改变。游行是为了让他们看到我们的声势。提醒他们不能忽视我们的存在。"

汉克关上电视，起身离开。

公园内，汉克陷入了标语的海洋。

"短绳同胞团结起来！"
"长绳正在偷走我们的未来。"
"人人生而平等。"
"我们不只是一根绳子！"

他对自己的不知所措感到意外。这是一幅美丽的画面，在这些如霓虹灯般千变万化的条幅上，触目皆是尖锐而真诚的口号。

那一瞬间，汉克被某种情绪触动，并带往另一个时空。那是二十年前，汉克进入医院实习的第一周，当时的女友露西手牵着他的手带他来到产科病房，两人透过玻璃注视着一排排刚刚出生的婴儿——有的呼呼大睡，有的不停蠕动，有的哈欠连天，有的大声哭喊。露西的视线逐渐在泪水中模糊，但汉克不想在这个他努力取悦的女孩面前落泪。于是他只是站在原地，凝视着人类的未来。他看到了十几张躺在摇篮中的空白画布，尚未在病房外面的世界里沾染污秽。十几个让人心怀希望的理由。

汉克的许多同学声称，他们想要成为医生，是因为想要成为超越自我的存在。对他们的话，汉克总是点头附和，但他从未真正理解他们的想法。他只想帮助别人。

但在这里，置身人群之中，当自己的目光从一张张面孔上扫过，他才恍然大悟。

汉克能够听到，身后的罗林斯在一片欢呼和起哄声中登上讲台，但他还不想转过身去。他想要再看一眼现场的抗议者。

直到汉克四处游移的目光开始聚焦在一个人身上。

一名赤褐色头发的妇女正在快步穿过人流，只见她一边向前移动，一边匆忙拨开人群，她的右手伸进夹克，手中好像抓着什么东西。

该死。汉克感到了胃部的异样。同样的直觉反应，每当一名生存希望渺茫的患者被送入急诊室时，他都能感到同样恶心的确定感。他的身体拥有一种感知不幸即将来临的本能。

一个声音正在他身后介绍罗林斯，对这位美国国会议员的勇敢和坚定的信念大加褒扬，但汉克几乎听不到身后的声音。他正紧跟着那个女人，逐渐向她靠近，想要弄清她的企图。也许只是一块尖尖的标语牌，或者是一瓶猪血。不管是什么，她的意图都十分坚决。

当他离那个女人只有几英尺时，她掏出了一把手枪。

汉克的一生都被一种本能的冲动所支配——让他得以在十二个

小时的轮班中保持清醒，把手探进鲜血喷涌的伤口，用医用钳子捏住动脉血管，也让他在那个五月早晨的纽约纪念医院奔向枪声响起的方向。此刻同样的冲动正在向他发出召唤。

他没有考虑眼前的危险。他没有考虑自己的绳子。他的心中只有此时此刻他身边处于危险之中的人群。

他没能在五月的枪击事件中拯救自己的急诊室。这次同样的悲剧不会上演。

汉克看到女人的手握住枪柄。

她的手指微微颤抖，整整犹豫了两秒钟。在她决定扣动扳机之前，这短暂的犹豫为汉克纵身扑向枪口赢得了足够的时间。

安东尼

安东尼刚听到一声枪响，随即就被一群安保和警察压在身下，随后他被拖下讲台登上一辆等候多时的厢式客车。随着防弹车门在他身后猛地关上，人群惊慌失措的尖叫声瞬间被隔绝在车外。

"什么情况？"他向司机问道。

"我们还不清楚。"

"凯瑟琳在哪儿？"

"她很安全。在下一辆车上。"

安东尼点了点头，低头看向自己在慌乱的撤离中皱成一团的西装。

他安全了。

凯瑟琳安全了。

他刚刚逃过了一次无疑目标明确的枪击事件。一次针对他的暗杀行动。

好险啊,安东尼心想,有人想要置自己于死地。

他从来都不缺少敌人:大学里的对手兄弟会,法学院令人讨厌的死对头,地检署觊觎同一晋升机会的同事。但这次不同。四周弥漫着危险的气息。

安东尼一时陷入恐惧之中。

但他随后想到了自己的长绳和它许诺给自己的尚余三十年的生命,以及在皱皱巴巴的阿玛尼西装下,他本人毫发无损的事实。

另一个念头随后出现。

这很可能是他竞选活动中的天赐良机。

民众将对他产生同情,并受到他的鼓舞,将他视为胜利的幸存者。有多少政治领袖面对刺杀他们的阴谋处变不惊?西奥多·罗斯福,理查德·尼克松,罗纳德·里根,还有他——来自弗吉尼亚州的美国国会议员、刚刚加入这一精英行列的安东尼·罗林斯。感谢居心叵测的枪手,他与椭圆形办公室之间的距离越来越近。

接下来的几天,他一定会精心起草一份沉痛的演说,对试图击倒自己的暴力和仇恨进行谴责,对这起悲剧造成的伤亡表示哀悼,并呼吁自己的美国同胞迎着恐惧继续前进。

他们终将自食其果,安东尼心想,我命中注定要当英雄。

汉克

那个女人想要帮他,他看得出来。向他开枪的人是她,而现在她却想要救他。

"不不不不不不,"她连声哀求,"我想杀的不是你!"

枪手用双手紧紧地按着他肚子上的弹孔,她的眼泪像断了线的珠子不断掉落。她的脸距离汉克如此之近,以至于他可以看到她脸颊上流下的泪水,以及她鼻孔中冒出的鼻涕泡。散落的赤褐色发缕不断拂过汉克的鼻子。

"对不起,"她抽泣道,"真对不起。"

就在几个勇敢的路人俯身将她拉到一边时,她的胳膊依然伸向汉克。

好几张熟悉的面孔代替那女人的,是莉娅和特勒尔,他们跪在地上继续按住汉克的伤口。此时一阵剧痛突然袭来,肾上腺素开始消退,他的皮肤感到阵阵灼热,双耳不断发出嗡鸣。

"你会没事的。"莉娅低声说道。

"没事了,他会没事的!"特勒尔大喊着,试图让大家冷静下来,"他像我们一样还剩下很多年时间。"

汉克侧过头,看了本一眼,只见他抓着莫拉的手,全身不停地颤抖。本必须向所有人解释。

随后第三波面孔出现了。急救人员带来了一副担架和一个氧气面罩。

身为一名医生,汉克亲眼见证了一百二十九名患者的临终时刻。

每一位患者的情形都历历在目，比他与露西和阿妮卡在一起时的回忆，或是与父母在一起的童年回忆更加生动。有时平静，有时激烈，有时一如往常，有时意外不断。他能够记起监视器上的每一条代表死亡的心电图线。那是一条笔直地穿划过屏幕的细线。

他一直希望安静地迎来自己的最后时刻，但骚动的人群和救护车的警笛让他无法如愿以偿。

当氧气面罩的橡胶皮带被套在头上时，汉克想知道自己将去往何方。他害怕极了，只能抓住仅存的希望。希望那是一个不错的地方。希望父亲也在那里，等着自己。希望母亲平安无事，到时候，也出现在那里。

本是汉克闭上双眼前看到的最后一张面孔。本显然是在担架旁跟着急救人员一起奔跑，在汉克被装入救护车前成功追上了他。

"那些你以为自己曾经救治的长绳患者，"本说道，"你确实救了他们。他们拥有一根长绳，是因为你注定要来拯救他们。因为你的存在，他们才会收到一根长绳。"

本的脸很快远去，消失在关闭的救护车门之后，汉克带着仅有的希望，闭上了双眼。

杰克

杰克本该出现在曼哈顿的集会上。凯瑟琳早就催他参加，但杰克谎称自己病了。

感谢上天，他没在现场成为目击者中的一员——看到一个无辜的男人在自己姑父的集会上遇难，他的身体被本应射向安东尼的子弹撕开。他无法理解事情为什么会变成这样，他家族的所作所为为什么会带来致命的后果。在八月末炎热的一天，杰克发现自己注视着这个男人的照片，他遇难的位置距离自己的姑姑和姑父只有几步之遥。

照片中的医生一头黑色短发，他的笑容周围刻着深深的皱纹，双颊覆盖着一层淡淡的胡须，脖子上绕着一个听诊器。也许这是他的工作照，杰克心想，是医院通讯录中的照片。

杰克向父亲打听安东尼和凯瑟琳的情况如何。

"你姑姑显然为他们成为这个疯子的目标心有余悸。"他的父亲说道，"但总之，我想他们心情不错。你姑父的民调支持率甚至比袭击前更高了。"

心情不错？还在关注支持率？他们没看到有人中弹吗？

杰克不愿相信，自己的家人导致了这名男子的丧生。当然，他的很多亲人都上过战场，但这不一样。这是曼哈顿的一座公园，不是交战区域。而且，直到那个夏天，杰克都天真地相信，自己家族的最大侵害始终只针对家族内部，受害者无非是像杰克和他的母亲一样，与祖训格格不入的家庭成员。

杰克知道，在很多方面，成为亨特家族的一员是一种幸运，意味着自己有幸拥有富足生活和一切人脉资源。然而，安东尼的竞选运动释放出前所未有的黑暗，让其他家族缺陷与之相比都是小巫见大巫。

大多数有关枪击事件的报道称,那名医生"挽救"了罗林斯议员的生命。然而杰克在网上看到一篇文章,按照一位朋友的说法,受害者——汉克,其实正在参加反对罗林斯的抗议活动。

难道汉克的死真的应该归咎于汉克对安东尼的憎恨?归咎于汉克对短绳群体抗议事业的热情?杰克想要找到理由,那个值得汉克不假思索为之扑向枪口的动机。尽管他努力尝试——而事实上,在军事学院中,他曾经一次又一次尝试——但他依然无法想象如此强烈的情感,可以让汉克甘愿为之冒失去生命的风险。他曾在其他学员身上看到过那种忠诚,他在哈维尔身上也看到过,后者甚至在收到绳子之后依然积极追寻着自己的军旅之梦。杰克想知道,如此坚定和忠诚,觉得你所做的一切都是天经地义,这到底是一种什么感觉。

杰克把车停在姑姑和姑父的房子前,深吸了一口气。今天他必须开口。无论他曾花了多少小时反复思考自己家族的缺陷,他们依然是他的家人。他不能永远把他们蒙在鼓里。而且他已经向军队报告了自己的"短绳",所以他需要把它变成一个公认的事实。

但他故意把时间选在下午,安东尼此时应该正在工作,他只需要面对自己的姑姑。

"谢天谢地,你当时没在集会上看到那场可怕的抗议。"凯瑟琳说着,把侄子拉进自己怀中。杰克的父亲不习惯任何过分亲密的身体接触,但凯瑟琳总是向别人敞开自己的怀抱。

"我知道你和安东尼姑父还没缓过来,可是我,哦,我来是因为有话要说。"杰克说着，凯瑟琳给他倒了一杯咖啡，"我想你知道我必须向军队报告绳子的情况，所以我想亲口告诉你……它很短。"

凯瑟琳放下咖啡壶的手抖了一下。"多短？"她低声问道。

"它似乎结束在二十六到二十八岁之间。"他说道。（杰克一直用"它"指代短绳，一副事不关己的口吻。他永远无法从口中吐出"我"或"我的"这两个字眼。）

"哦，杰克，不，我不知道说些什么。我很抱歉。"凯瑟琳已经泣不成声。

"我没事。请你别哭了。"杰克央求道，她的反应突然令他感到不适。但他还能期待什么呢？他知道自己的姑姑有着和姑父一样的盲目与野心，总是不顾一切地与她的丈夫并肩作战。但她依然是那个杰克童年记忆中送给他冬兵和美国队长人偶的人，在母亲离开的日子里，是她为杰克家带来冷冻便餐。听到这种消息，她当然会伤心落泪。

只是他不值得她流泪。

"真的，我没事。"他向她保证，尽管他忍不住想，自己的全部遭遇都是她丈夫的杰作。他真想替哈维尔说几句话，或许甚至可以把真相告诉她。

自从被母亲抛弃之后，杰克期待自己的姑姑——父亲的妹妹，能够填补自己心中的空缺。有时她做得很好。但她从来不想成为杰克的母亲。她想成为的是罗林斯夫人。

她想要完美的婚姻、令人羡慕的社会地位，成为所有晚宴、游艇俱乐部的主宰，或许有一天，主宰整个国家。亨特家族总是能够心想事成。

"你很勇敢,"凯瑟琳最后说道,"整个家族都会以你为荣。"这句话或许比眼泪更加糟糕。

"谢谢,"杰克有气无力地说,这就是他所有的回答,"也许我该回去了,"他说道,"赶在堵车之前。"

"好吧,如果你需要,可以随时来找我,"凯瑟琳接着说,"你姑父也是。"

不知为什么,杰克对最后一句话感到怀疑。

凯瑟琳笑着为他打开大门,杰克溜出房子,钻进车内,感到如释重负。

回到公寓,杰克倒在床上,筋疲力尽,心中泛起一阵令人作呕的内疚。

撒谎已经让他勉为其难,为什么姑姑还要称赞他坚韧的勇气?他那亨特家族特有的勇气?让整个家族引以为傲?

他配不上她的赞美,更不值得她怜悯。一想到她为自己流泪,杰克不禁感到恶心,因为她以为收到短绳的人是杰克,却没有人为哈维尔流泪。他才是真正勇敢的人,不是杰克。

杰克坐起身来,盯着壁橱,透过半开半掩的柜门,可以看到一堆堆衣服胡乱地扔在橱板上,衣架上挂着没精打采的夹克。部队从来不会容忍这种邋遢的习惯,他们一定也不会容忍他对姑姑的欺骗——出于恐惧而编织的谎言。

当杰克看到自己熨烫一新的制服挂在里面,依然套在塑料干洗袋中时,一股能量在体内突然爆发。他冲向壁橱,开始拽下——

衣架上的运动衫、架子上的T恤、一条叠好的卫裤——任何来自学院或军队的服装，任何他试图融入其中的证据。然后他将所有令人讨厌的东西在怀中胡乱拢成一堆，转身走向自己的房间，把它们通通塞到床底。

安东尼

不出安东尼所料，他的支持率在集会后一路飙升。他的竞选口号不断产生回响。民众陷入恐惧，纷纷期待他施以援手。

就在安东尼感到心满意足时，警方在对他行刺未遂的凶手所住公寓进行搜查时找到一个装着短绳的盒子，发现她的生命只剩下几年。舆论断言，她一定丧失了理智。这再次证明，短绳群体无法信任，安东尼一直以来都是对的。

这则报道在推特引发热议。

又一个短绳疯子！！不出所料！

医院、商场、爆炸，简直没完没了。我们不能放任这帮家伙在美国制造恐怖活动！

我孩子的四年级老师收到一根短绳。我该为她在学校的安全担心吗？

那些一直为枪手开脱，指责罗林斯议员的人：为你们感到耻辱！短绳不能成为谋杀的借口。

哪个蠢蛋为那个女权主义短绳分子搞到一把手枪？

安东尼不太关心互联网上如火如荼的争论，但他的竞选经理却特别高兴。舆论似乎正在进一步转向对他们有利的方向。

绳子依然是一个相对新生的现象，因此任何随之而来的暴力都会是一种前所未有的暴力。集会枪手是一名女性的事实，只会给安东尼的事业带来帮助。在绳子出现之前，这个国家几乎看不到女性袭击者的身影，然而现在任何持有短绳的人都会被视为潜在的威胁。传统的法律和秩序已经难以为继。而安东尼是唯一一位准备向现实宣战的总统候选人。

尽管韦斯·约翰逊依然在尝试唤醒人性中的美好，但其余候选人大多已经被贴上了刻板印象的标签：常春藤盟校的教授过于与时代脱节；目中无人的州长过于粗鲁无礼；保守的女议员过于母爱泛滥。安东尼的先见之明在于抓住绳子不放，赶在任何人给他贴上标签，或更糟糕的是被视为局外人之前，就把自己和最受关注的话题联系起来。

仅仅数天后，民众就开始要求禁止短绳分子购买枪支，而安东尼主动开始起草法案。就连科学界似乎也和他站在一边。就在安东尼着手起草法案的同一周，一个美日科学团队向全世界投下了一枚重磅炸弹：一个升级更新的绳子测量网站。在数年时间内摇摆的预测偏差已经成为历史。如今只有一个简单的数字。每个人死亡的具体时间。

得益于几个月来的数据积累，人类现在可以将生命长度的预测精确到以月份为单位。

随着技术日益精确，安东尼心想，对短绳人群的管理也就更加方便。

"多么美好的一天。"安东尼笑着脱下身上的运动夹克。他没有发现自己的妻子不在身边，"这个关于短绳人群购买枪支的新禁令，有望成为近年来美国国会通过的第一部枪支法案。难以置信。"

"我不太确定是否应该对他们赶尽杀绝。"凯瑟琳说道，她的声音飘入过道。

"对谁？"

"短绳群体。"

安东尼吃了一惊。他走进客厅，看到自己的妻子正愁眉苦脸地坐在古董沙发上。"这话从何说起？"他问道。

"好吧，最近你差点儿因此遭到枪击，我只是觉得我们没有考虑所有的后果。"

安东尼知道枪击事件让她寝食难安，尽管事实上那颗子弹离他们很远。也许他还没意识到她有多担心。

"我们都有一条很长的绳子，"他努力地用舒缓的声音说道，"我们不会有事的。绳子就是证明。"

"情况远没有你以为的那么无关痛痒，"凯瑟琳说道，"那只意味着我们可以逃过一死。还有很多其他不幸可能从天而降。"

"踏入政坛是我们的人生选择，"他说道，"我们知道这意味着什么。"

"好吧，或许这种把绳子作为武器……有违常理的手段……已经变得不合时宜。"

"你忘了是你第一个提议对韦斯·约翰逊的绳子穷追猛打的吗？我只是听从了你的建议。为什么你要质疑一直行之有效的东西呢？"

"杰克今天来了，"凯瑟琳最后说道，"他告诉我他的绳子很短。"

安东尼叹了一口气，在妻子身旁坐下，温柔地握住她的手。"太不幸了。他是个好孩子。"

"这我知道，所以我无法理解为什么是他！为什么是我哥哥的孩子。我们的家族一直为这个国家付出一切，这就是我们的回报吗？如今我的哥哥只能失去他唯一的后代？！在他独自把那个被嬉皮士母亲抛弃的孩子拉扯大之后？在为继承父辈的遗志付出这么多年努力之后，杰克就要被丢到美国军队可怜的角落，在三十岁之前匆匆告别人世？这个世界还有什么公平可言？"

安东尼看着哭泣的妻子，心中盘算着要说的话。

他不能让这些干扰他们的方向，特别是现在，在他的势头如日中天的关头。他需要凯瑟琳在身边。自从他们在大学相遇，那时他还是一个立志进入法学院的大四学长，而她只是一个大二新生，他就知道她将是自己的爱人。他们有着同样的梦想和野心，她有着无与伦比的家世背景。她的家族血脉可以一直追溯到美国独立战争时期，这就是为什么他容忍了她最初的过分拘谨和偶尔盛气凌人的自以为是。她拥有成功必需的所有血统和社交礼仪，以及不择手段的勇气。当她在学校辩论决赛前两分钟"失手"把自己的咖啡洒在他的对手身上时，他当场告诉她，他爱她。

凯瑟琳信任他。她对他们充满信心。她一直都是他的左膀右臂。如今安东尼不会让她成为自己的绊脚石。

"坚强已经融入了你的血脉，"他说道，"你可以挺过这一关。"

凯瑟琳拿起纸巾擦了擦鼻子。"可是万一这是我们应该……重新评估局势的信号怎么办？"

"你现在只是心烦意乱，这很正常，"安东尼继续平静地说道，"但这改变不了任何事情。我们离白宫只有一步之遥，盛宴即将开席。这是我们应得的。我们两个人。"

"你认为杰克的遭遇是咎由自取吗？"凯瑟琳问道，他冷漠的态度让她感到不安。

"不，当然不是。"安东尼摇了摇头，"但我相信我们为成功付出的努力没有白费。我们在保护这个国家的未来。给人民带来他们想要的东西。你还记得我们在学校咖啡馆的第一次约会吗？我告诉你成为总统是我的梦想，你只是说了句'好的，我们可以'，然后继续喝着你的拿铁咖啡，仿佛什么也没发生。我不知道你是疯了，还是说笑，或是另有隐情。但你并非如此。你当时是认真的。"安东尼笑着说。

"我记得。"

"你对我们充满信心，就算那时，我们只是两个孩子。"安东尼摩挲着妻子的脸颊，他的拇指划过柔软而湿润的皮肤。他迎向她的目光，"你现在相信我们吗？"

"你知道我相信。"她说道。

"你相信这一切都是天意吗?"

"我相信。"

"是的,我也相信。我们所做的一切都是命中注定。"安东尼揽过妻子的肩膀,凯瑟琳把头靠在他的胸前,放松地在他结实的胸膛享受熟悉的慰藉。

"我们选择的道路——我知道这是一条艰难的道路,"安东尼说着,抚摸着妻子的头发,"但这是通往胜利的必经之路。"

直到凯瑟琳进入梦乡,安东尼才想起了杰克。

安东尼和妻子从没打算要有自己的孩子。孩子无疑和他们的人生规划格格不入,凯瑟琳似乎满足于在生日派对和毕业典礼上扮演一个慈祥的姑姑,在他的哥哥不堪重负时施以援手,然后继续她和安东尼正在共同营造的激动人心的生活。

当然,安东尼为杰克这个短命侄子感到惋惜。他一直认为杰克似乎有些不合时宜,这个家族聚会上骨瘦如柴的孩子,总是在二人三足跑比赛中沦为无人问津的最后落单者。杰克的体内从未出现过亨特家族一脉相承的竞争意识,安东尼心想。或许杰克从他那个性情古怪、像个危险分子一样逃往欧洲的母亲身上继承了太多基因。安东尼只希望杰克的短绳不会让他干出什么蠢事,给他和凯瑟琳的良好声誉留下污点。

这时他突然想到抗议活动和枪击事件已经提示了某种危机,表明安东尼在短绳选民中间并不怎么受欢迎。或许杰克就是那根救命稻草。

莫拉

对枪击事件的报道持续了数天:"本地医生成为人们心中的英雄。"主持人纷纷对一名医生牺牲自己,从一场潜在暴乱中拯救美国国会议员和围观群众的献身精神表达敬意。很少有报道指出,汉克参加集会是为了对这位美国国会议员的行为进行抗议。

在他死后的那些日子,莫拉陷入不安和迷茫。但她只能如往常那样定好每天早晨的闹钟,搭乘地铁上班,坐在自己的格子间内,盯着一张电子表格,听着同事咀嚼口香糖时发出的声响。莫拉的部门正在缩减规模,每个团队都要削减预算,虽然莫拉从未被工作束缚,但她一直喜欢自己在出版业中的角色——为社交媒体的帖子起草有趣的标题,和同事集思广益制定新的宣传战略,所有奇思妙想的有趣碰撞——直到现在。汉克死了,她自己的生活也随之崩塌,整个世界仿佛正在熊熊燃烧,而她还要继续肩负编辑新闻稿的任务,削减多余的开支,就像什么也没有改变一样?

当然,莫拉需要一份薪水。她无法因为自己的绳子辞职了事。充斥在耳边的警告声让她甚至无法思考任何行动:你的绳子很短。你的选择很有限。你的时间很宝贵。请做出明智的选择。

这时莫拉才意识到汉克的死为什么如此令人不安。不仅是刻骨铭心的失去,或触目惊心的暴力。这是一个事实——汉克是"第一个"。

他不是莫拉身边第一位去世的朋友,但这是莫拉身边第一个走到绳子尽头的短绳人士。他已经没有了选择，没有了时间。

这让莫拉想知道自己将会面临怎样的命运。那把可以剪断绳子的剪刀将在何时剪下。

一条长绳为尼娜带来了两份礼物：漫长的人生和幻想自然迎接死亡的底气——或许在她的睡梦中，当她年老体弱做好准备的时候才会安然离世。这是我们每个人都该拥有的平静结局，而现在，这却成为命运对少数幸运儿的眷顾。

莫拉没有如此幸运。

科学技术日新月异，测量数据日益精确。生命结束的时间范围正在每时每刻都在收窄，无论是短绳人群，还是长绳人群，都再次涌入最新网站，修正自己的期待。然而随着曾经的几年变成一个季度，甚至一个月，这种精确只会助长恐惧的蔓延。

莫拉听说，一些即将走到终点的短绳人士，他们没有明显的疾病，可在恐惧和不安的折磨下，他们在过马路时犹豫不决，在等地铁时站在离轨道很远的地方。这是一种令人难以置信的压抑、一种可怕的无力感。尼娜毫不惊讶地听到，一些短绳人群的小圈子，宁愿通过对他们抱有同情的医生或者药商从国外获得特效药物，选择在亲人的陪伴下，用温和的方式自行了断，也不愿为了多活几天而死于一场从天而降的痛苦意外。这是一个相当复杂的问题——尼娜所在的杂志社已经对这种趋势进行了报道——由于这些短绳人士看上去身体健康，他们的行为显然触犯了法律。但他们难道不能和绝症患者享有同样的权利？莫拉想，他们难道不能在生命的最后时刻，拥有决定自己生命的权利和自由？

莫拉决定不再返回网站，放弃重新测算更加精确的时间。她已经知道得太多了。

那个格外棘手的问题——她不知道答案——她努力地将它推入内心深处，竭尽全力地压在心底。但每过一段时间，它总会再次浮现。而个别时候，她会顺其自然不再抗拒，而是试图想象一些肯定不会发生的死法。

鲨鱼攻击、降落伞故障……至少她可以将这些排除在外。这也不失为一种安慰吧？

毒蛇、闪电、营养不良……全部都是无稽之谈。

然而，汉克的死——在抗议活动中中弹倒地——似乎格外罕见。一年前，如果有人告诉汉克，他将死于一场"短绳集会"，他可能会感到莫名其妙。谁能想到他会挡住一名妇女向他身后的堕落政客射出的子弹？

或许答案早已昭然若揭，莫拉最后意识到，他将以活着的方式迎接死亡，正如他的誓言所说——救死扶伤，即便是那些看上去无药可救的人。

当莫拉周日晚上来到学校时，切尔西正坐在门口的台阶上，懒洋洋地抽着烟，在太阳落山后依然闷热的夏夜里大汗淋漓。离小组讨论开始还有几分钟时间，于是莫拉在她身旁坐下。

切尔西手拿着香烟发出邀请。"抽烟吗？"

"偶尔会抽，上大学时，"莫拉说道，"当然，只抽大麻……"切尔西笑着又吸了一口。

"你知道，如果被医生看到，他又该因为我没有戒烟大喊大叫了。"她说道，"但有时感觉短绳带来的唯一好处，就是我又可以自由自在地吸烟了。因为谜底已经提前揭晓，肺癌或是别的什么已经无关紧要。"

早在四月进行的小组讨论上，莫拉就开始充满好奇地关注着切尔西，她自然的棕褐色头发和她极不自然的棕褐色皮肤毫不冲突。让莫拉着迷的是，即使在收到短绳之后，切尔西依然雷打不动地坚持着两周一次的美黑喷晒。但在那里，在门廊上，看着切尔西尽情享受最后一口香烟的样子，莫拉着实对她的专注感到钦佩。所以短绳算什么？她依然想要活出自我。她依然想要棕褐色的肤色。

"那个，你有没有再去看一眼，"切尔西问道，"那个新网站？"莫拉摇了摇头。

"这样也许没错，"切尔西说道，"这种具体的死亡时间很容易让人精神崩溃。至少汉克不必早晨醒来时发现，这一天终于来了。"

切尔西把烟蒂扔在地上，抬起坡跟凉鞋的后跟，捻灭发红的烟头，然后缓缓地起身说道："走吗？"

当两位女士踏入教室时，其他小组成员已经开始了讨论。

"他不该对我们隐瞒自己绳子的真相。"莉娅说道。

这是汉克遇难后的第一次小组讨论。

"辛格医生的祷词很精彩，"特勒尔说道，"这么说她是在汉克的带动下加入了无国界医生组织的？真希望我的前任能像她一样善良。"

"关于枪手，他们还发现了什么线索？"肖恩问道。

"据说她原来的目标是罗林斯，"本说道，"所以这或许本来就不是一起大规模枪击事件。"

"只有一件事情确定无疑，"尼哈尔说道，"她的绳子已经接近尽头。"

切尔西大声抱怨。"首先，她害死了我们的朋友，现在又把脏水泼到了我们头上。"

但安东尼才是让枪击事件和这个女人的绳子产生联系的罪魁祸首，莫拉心想，将她的动机归咎于一个短绳分子的愤怒显然失之偏颇。关于枪手本人的信息很少浮出水面。她刚刚年过四十岁，未婚，未育。没有一个家人或朋友公开露面，为她辩护或表达他们的震惊。

然而枪击事件——就像之前发生的其他暴力行为一样——无疑将会助长民众潜意识中蠢蠢欲动的偏见，莫拉对此坚信不疑。下一次当人们碰到一位短绳人士时，他们是否会有片刻迟疑？他们是否会心中暗想，这个人可以信任吗？

想想他们正在经历的一切，承受的所有痛苦，遭遇的所有成见吧！他们怎么可能……一切正常？

F A L L

秋

艾米

那个秋天，有的学生没有返回学校。

一些家长从私立学校接走了自己的孩子，面对短绳带来的未来收入锐减，他们无法为这笔额外支出找到合适的理由。许多家庭已经逃离曼哈顿，在对生命的短暂有了深刻认知之后，他们想知道生命的质量能否在城市之外获得改善。还有一些人已经离开了美国。

事实上，到了九月，绳子首次出现六个月后，英国《泰晤士报》掌握的数据足以显示，自从盒子出现以来，踏上迁徙之路的美国人口虽少，但其占比已具有统计学意义。许多移民只是跨越国界前往加拿大，而有些人的旅程甚至一路向北到达斯堪的纳维亚半岛，媒体对该地区长年累月的盛赞——位列世界最幸福和最致力于促进平等的地区之首——似乎已经战胜了任何对漫长寒冬的恐惧。

早在绳子出现之前，艾米心中就已经动过搬家的念头，找一个新家，搬到一个在生活的各个方面都没那么昂贵，也没有那么困难的地方。然而，这座城市总能成功改变艾米的想法，让她回心转意。每当有一只乱蓬蓬的灰老鼠从她脚边窜过,总有一座附近的花园里绽放色彩鲜艳的花朵;每当午夜新闻报道有劫案发生,总会在一次午后公园漫步时,邂逅乐师和歌手在公园的某个角落演奏或演唱着别具一格的乐章。有些事情就连绳子也无法改变。

真希望她的学校也是这样。

早在八月,议员集会上的枪击事件发生一周后,校长就在给全校员工的邮件中对全美各地正在发生的暴力事件表示哀悼,并向任何受到绳子不良影响的人致以慰问。

"在我们生活的这个艰难时代,我理解许多老师一定感到有义务为自己的学生提供指导,"校长在邮件中写道,"然而,鉴于话题本身越来越强的煽动性,以及有关绳子预测精度的最新发展,我向全体教师建议,在即将到来的秋天,不要在课堂上对绳子进行任何深入讨论。"

家长教师协会显然已经得出结论,如此敏感的话题应该留给家长单独解决。

艾米理解每个家庭面临的挑战,但她对彻底边缘化教师角色的新规定从来不敢苟同。她相信学校完全有机会通过直面绳子问题,在教学大纲中加入关于死亡和失去、同情和偏见的书目,来引导正确的价值观。受到自己和"B"互通书信的启发,艾米甚至已经计划,在她的学生和一家当地疗养院之间发起一个笔友项目。她希望,这些几十年间饱经世事变迁的笔友可以在来信中为这些正值花季的学生提供一些有用的视角,但她担心如果大家在沟通中都闭口不提绳子,可能给人一种做作的感觉。

暑假结束时,她向校长抛出了自己的担忧,尽管无济于事。

"你有孩子吗,威尔逊小姐?"校长问道。

"这个,不,我没有。"她说道。

"那么,尽管我很欣赏你的理想主义,我担心的是你无法体会广大父母的感受。实不相瞒,每年我会收到二十几通关于我们性教育课堂的电话,有人说这对学生们来说还为时尚早,也有人说它为时已晚,还有人对课程本身的内容提出各种异议。所谓众口难调就是这个意思。但家长才是支付学费的人。他们需要决定自己何时何地采用何种方式和自己的孩子讨论绳子的话题。"

校长停顿片刻。"当你成为一名母亲的时候,我相信你会理解的。"

艾米只能不断点头,尽管她对结果毫无意外,还是感到自取其辱。

几周之后,数据出炉。入学率的暴跌触目惊心。

随后,秋季开学仅仅四天之后,第一位教师被正式开除。

那天早晨,艾米刚来到康纳利学院,就看到一群同事和众多面露愠色的家长已经聚集在校长办公室门口。

"这是一个极其艰难的决定,"校长说道,试图让人群安静下来,"但我们必须遵守八月一致通过的新版行为准则。"

"什么情况?"艾米问道。

"是苏珊·福特,"一名同事回答道,"据说她昨天做了一场关于绳子的陈述,完全偏离课本,她告诉高年级学生他们不应该害怕收到短绳,而且他们不应该对短绳人群感到恐惧。"

"可这根本没什么问题。"艾米说道。

"没错,但是……有的家长被惹毛了。这些内容太过敏感。"

这时福特女士面色凝重地走出办公室，随后将一盒教学海报随手扔进垃圾桶内，人群骚动起来。

"这太可笑了！"一位家长喊道，"我们付钱送孩子来学校不是为了接受独裁教育！我们应该鼓励讨论，而不是消灭异议。"

"校董事会和家长教师协会已经做出他们的决定，"校长说道，"我们可以在下个月的会议上重启对话。"

时钟指向早晨八点，第一批学生开始涌入学校，人群只好心有不甘地散开，以免给学生造成不安。两位提出抗议的母亲挽着福特夫人的胳膊，说着宽慰的话，仿佛她就是她们的孩子，而不是一位成年女性。

艾米忧伤地注视着校长办公室外的垃圾桶，皱皱巴巴的海报从垃圾桶内探头向外张望，徒劳地想要逃之夭夭。

莫拉

周日晚上，莫拉走在前往学校的路上，心不在焉地在手机上翻看脸书，划过一个又一个不怀好意的帖子。她不想再看到任何安东尼·科林斯热火朝天的竞选宣传，或是哪位亿万富翁认为我们应该移民火星，把绳子留在地球上，但她的视线还是停在了一个陌生的标题上："查获假冒绳子网站，老板遭到逮捕。"据说内华达州有人在自家车库伪造短绳，并在网上出售。在他被制止之前，已有上百人购买了伪造的绳子，用于制造低俗而残忍的恶作剧，使用假冒的短绳调换某人货真价实的绳子。仿佛那就是他们所能想到的最糟糕的命运，成为全世界最大的笑柄。

她差点儿把手机摔在人行道上。

当莫拉走进教室时，一些小组成员正在议论这条新闻。

"有人看过关于假绳子的报道吗？"尼哈尔问道，"怎么还有这么无聊的人？"

"该死的谷歌文档还在收集人们的绳子长度，到底有完没完？"卡尔埋怨道。

"还有新的枪支法案，"特勒尔插话道，"这个国家已经习惯了随处可见的突击步枪，没有人关心别人的死活，现如今，经过多年徒劳的争论之后，他们突然规定禁止短绳人群持枪？"

"说实话，和我爸爸告诉我的事情相比，这简直是小巫见大巫。"切尔西说道，"他办公室的一个女人正在起诉以获得孩子的完整监护权，理由是她的前夫是个短命鬼。我猜她编造了一些关于他情绪问题，或是保护孩子免受不必要精神创伤的虚假说辞。"

"天哪！"特勒尔嘟囔道。

"好吧，希望这位父亲为孩子而战，"本说道，"即便他们不得不失去父亲，至少也要知道他不愿放弃他们。"

"我相信，如果这场监护权之争愈演愈烈，将会引发更多的抗议活动。"尼哈尔接着说。

"难道你们还没受够吗？"莫拉突然喊道，"凭什么所有事都要我们来做？"

"你指什么？"肖恩问道。

"这种感觉就像我们被困在一个自我证明的怪圈之中。证明我们没有危险,也不是疯子。证明我们和以前,在绳子出现之前,在我们变成人们眼中的贱民之前没有两样,"莫拉说道,她的声音因沮丧而变得沙哑,"我们都参加过抗议活动。我们知道现场是什么样子。为什么做出改变成了我们天经地义的责任?难道短绳人群的麻烦还不够多吗?为什么只有我们孤军奋战?"

那天晚上,当莫拉回到公寓时,她立刻感觉到了尼娜的担心。"一切都好吗?"尼娜问道。

"是的,我只是……有点儿累,"莫拉说道,"这六个月太难熬了。"

"想聊聊吗?"

莫拉叹了口气。"你也知道,这种感觉就像所有的大门都在我面前关闭……工作毫无进展……如今坏消息又一个接一个,人们重复着卑劣无耻的勾当,我想也许应该用尽全力与之抗争,而不是在办公室里坐视不理。"莫拉说道,"然而,一次又一次被迫为自己而战,让我感觉自己正在成为一具……行尸走肉。"

"我很抱歉,"尼娜说道,她的表情因痛苦而扭曲,"我能做些什么?"

莫拉闭上双眼,吸了一口气。"你能睡在我旁边吗?"

两个女人默默地爬到床上,几分钟过去了,周围一片寂静,

两人谁也没有睡着,尼娜转过身,低声说:"要不我们出去走走?"

莫拉转过身面向尼娜,略带不解。"没想到你还是个夜猫子。"

"不是现在。"尼娜笑着说,"但很快。去某个遥远的地方。我

们都没去过的地方。"

莫拉吃了一惊。"你是认真的吗？"

"如果你感到身不由己，"尼娜说道，"那或许就是我们应该动身的时候。"

"我的意思是，这听起来不错，但……我们的钱够吗？"莫拉问道。

"我们几乎都没离开过纽约，我们有权放纵，就一次，特别是在这种重要时刻。"

"好吧。"莫拉决定满足她的心愿，"我们要去哪里？"

"我不知道，哪里都行！也许是某个浪漫的地方，比如法国，或者意大利。"

"好吧，我确实在大学学过一年意大利语，还从没开过口……"莫拉说道，但接着她停顿片刻，"你不需要为我做这些。"

"你在逗我吗？你知道我有多爱做攻略。一想到可以整天泡在旅游相关的网页，我就兴奋不已。"

莫拉笑道："我只是想说……有时候我说的话让人感觉意志消沉，但是……我会没事的。"

"对此我毫不怀疑，"尼娜说道，"在我的朋友里，没有人比你更坚强。"

莫拉轻轻地吻了一下尼娜的额头。"好的，"她说道，"明早我们再好好商量。"

莫拉把脸埋进枕头，一整天的阴霾——卖假绳子的男人，起诉自己丈夫的女人——都已经远去。她发现自己反而想起了在学校发现的那张教学海报，它的边缘从一个杂乱的垃圾桶内伸了出来。

莫拉在那晚离开小组讨论的路上发现了它，趁着没人注意，她偷偷地把它从垃圾桶里捡了出来。

海报上的名人照片上遍布折痕，他们全都英年早逝：赛琳娜·昆塔尼拉、科比·布莱恩特、戴安娜王妃、查德维克·博斯曼。海报顶端用潦草的字体写着：**一段有意义的人生，与长度无关。**

莫拉不知道是谁，出于什么目的制作了这幅海报，但是，手拿海报，她感到自己不再孤独。有人与她并肩作战。有人看到了她生命中的价值，那是所有短绳群体的价值。或许她一直都不是孤军奋战。

就在这时，在被睡意吞没前的最后一刻，莫拉决定了自己的目的地。

意大利语课堂上的一张张照片依然历历在目。

一条条运河、一艘艘贡多拉小舟、一张张奇异的面具。那座城市年复一年地发出正在下沉的可怕警告。

前景不容乐观，水位不停上涨，但它还在那里。莫拉心想，它活像一个战士。

哈维尔

哈维尔期待着看到一场战斗。

九月的初选辩论已经被包装成一场重要的比赛，对阵双方分别是充满争议的安东尼·罗林斯和激情四射的演说家韦斯·约翰逊，前者对短绳人群咄咄逼人的态度让他一夜之间家喻户晓，而后者在首次辩论中让无数人为之感动的演讲，却没能阻止罗林斯前进的脚步。哈维尔渴望约翰逊能占得先机，两位候选人接下来的行动却出乎他的意料。

杰克去探望自己的父亲了，所以哈维尔一个人留在他们的公寓里，用笔记本电脑收看电视辩论。

"我想用公开声明的方式回应自六月以来一直围绕着我竞选运动的流言。"约翰逊议员在开场白中说道。

随后他宣布了一个惊人的消息。

"我问心无愧地告诉大家，我收到了一根短绳。"约翰逊在人群的窃窃私语和哈维尔的惊讶中继续说道。

"有些人会利用这个事实质疑我能否胜任这个角色，"他说道，"我想提醒他们，我们有八位总统在任职期间去世，其中就包括那些人类有史以来最卓越的领袖。为了向他们致敬，我将继续参与竞选。"

参议员停顿片刻，调整呼吸。"如果你们正在收听今晚的辩论，我同样有几句话想要送给和我一样收到短绳的兄弟姐妹。伟大的美国作家拉尔夫·沃尔多·爱默生写道：'生命不在于它的长度，而在于它的深度。'你不需要拥有漫长的人生才能改变世界，你只需要拥有改变世界的决心。"

观众狂热的欢呼声在哈维尔心中回荡，自从同意和杰克交换绳子以来，这是他第一次确信自己做出了正确的选择。他要改变世界，他有决心，正如约翰逊所说的那样。而杰克的绳子为他铺平了道路。

主持人转向美国国会议员罗林斯。看到杰克的姑父，哈维尔皱起了眉头，只见他呆板的分头在舞台灯光下闪闪发亮，剃光胡须的脸颊上刻着一抹假笑——一直延伸到酒窝。一名男子在安东尼的纽约集会上遇难，而他似乎对此无动于衷。

"好的，我首先要为约翰逊议员今晚展现出的勇气和……脆弱……鼓掌。"安东尼说道，"我知道，对于最近困扰我们国家的暴力事件，我的反应引来了一些人的诟病，他们认为我的行为对短绳人群有失公允。然而这不是公平的问题，而是关乎国家安全。身为一起未遂袭击的目标，我将不惜一切代价为美国带来安全。随着我们的绳子测量技术日趋精准，这一任务也变得日益紧迫。然而对于那些宣称我对短绳群体冷漠无情的人，你们完全错了。我的侄子杰克是一名美国陆军中尉，我为此骄傲，可他同样收到了一根短绳。如果当选总统，我将不仅拥有保护国家的决心，还将心怀同为短绳受害者家人的怜悯之心。"

当观众为罗林斯鼓掌时，哈维尔目瞪口呆地坐在床上，约翰逊演讲带来的振奋之情被瞬间一扫而空。

杰克的姑父正在为了自己的政治利益大肆炫耀杰克的短绳——那其实是哈维尔的短绳。

哈维尔感到一阵恶心。他的不幸，似乎正在沦为这个贪婪自私的男人攫取权力的筹码。

杰克事先知道安东尼今晚的计划吗？

最近几周，杰克很少提起自己的姑父和姑姑，但哈维尔知道，他终于开始和家人谈起有关自己"短绳"的话题了。哈维尔猜测，这正是杰克整日闷闷不乐地坐在沙发上守着啤酒、大嚼烤薯片的原因。显而易见，今夜之前，他和安东尼分享了这个秘密。但杰克知道自己的姑父正准备把他在美国国家电视台上变成一个可怜的小丑吗？

燃烧的怒火让哈维尔无心继续观看电视辩论，于是他合上笔记本电脑，套上运动鞋，冲出建筑，穿过附近街区，开始跑步。他一直跑到乔治城，才拖着沉重疲惫的身躯，气喘吁吁地走上达尔格伦小教堂外的台阶。

哈维尔注视着周围草坪上正在交谈、学习和打闹的学生，初秋时节的红砖校园中荡漾着一股学校独有的活力。许多学院显然已经将来年校内辅导员的数量增加了一倍，有些辅导员经过专门培训，以帮助学生度过他们的二十二岁生日。哈维尔听说，许多大四学生已经宣誓不会打开自己的盒子，"#不要打开它"的网络标签迅速风靡虚拟世界。然而现实比虚拟世界更加复杂，哈维尔心想。即便经过了四年训练，哈维尔还是知道，他无法准确预测自己在高压环境中会有什么反应。无论这些大学生自我感觉多么坚定，真正的考验在面对盒子的那一刻才会到来。

哈维尔抹去脸上的汗水，转身迎向夕阳，眯起双眼，看向身后的小教堂。

想到自己整个夏天都没有参加弥撒，他感到一丝尴尬。在童年记忆中，父母每个周日都会带他去教堂，母亲总是偷偷地塞给他罗望子小糖果，以防他在教堂长椅上扭来扭去。在军事学院，他依然参加了大多数主要的节日仪式，但去教堂的事慢慢地就被他抛在脑后。

绳子的到来，显然在许多像他一样的失落信徒中掀起了一波信仰的复苏。哈维尔记得多篇新闻报道中称，在绳子出现后的几个月里，所有宗教信仰都呈现上升势头，报道还使用人满为患的天主教堂和犹太教会照片作为配图。他的父母甚至曾说过，他们的教区比以往任何时期都要热闹，多年来萎靡不振的光顾率终于迎来了可喜的回升。

　　哈维尔在浓烈的宗教氛围中度过了自己的童年时光。他明白为什么教堂的人气越来越旺，人们为什么来到这里寻求帮助。对很多人来说，绳子不是宿命的证明，就是人生无常、命运不公的另类警示。然而如果你相信一切都是上帝的安排，就一定不会在混乱的人生面前乱作一团。

　　哈维尔还不相信上天自有安排，他想要相信，人类不只是上帝摆放在车道上的一辆辆汽车，人还能有更多自主性。然而，他无法否认信仰带来的安慰，忏悔室里不可告人的告解和牧师的赦免带来的安心感。哈维尔不知道现在自己是否应该对那次交换进行告解，坦白那个一直以来萦绕不散的谎言——他和杰克之间的谎言。或许这能让他的良心获得安宁。不过，说实话，相较于受到天谴，杰克更担心自己在现实中将会遭受的惩罚。触目惊心的军事纪律，以其严苛的规定声名远扬。哈维尔还记得自己在军事学院的第三个月，七名学员因为作弊遭到开除，一个男孩在隔壁宿舍打包行李时无地自容的样子正好被他看到。

　　哈维尔叹了口气，缓缓起身，端详着通往小教堂的木门。他的双腿依然摇摇晃晃，在愤怒的干扰下，沿鹅卵石街道快跑后他忘了进行拉伸运动。无论训练如何刻苦，肌肉如何结实，他的身体依然有自己的极限。

"上帝所给予我们的从来不会超过我们的承受能力。"这是哈维尔的母亲经常挂在嘴边的话。

如果哈维尔告诉父母关于自己绳子的真相,这会不会是她此刻要说的话?哈维尔坚强到可以应对这一状况了吗?他的父母呢?

哈维尔突然不由自主地伸手拉了拉木门,略感惊讶地发现门没上锁,他走进小教堂,最后一缕日光从圣坛上方彩色玻璃窗的品蓝色和深红色窗格中穿过。但他不想再往里走,于是徘徊在教堂后方的许愿蜡烛架旁边,不知道以自己当前的心绪,是否有资格待在这里。

他曾迁怒于上帝,他当然感到愤怒。难道不是上帝赐予他一条短绳?

一位独自一人的修女刚好来到哈维尔身后,擦身而过时,修女向他点头示意,并露出一个克制的微笑,随后在其中一排椅子上坐下。她的棕褐色皮肤上爬满皱纹,眼角的细纹中散发着快乐的气息,一副眼镜从鼻子上滑下——这个女人的一切都让哈维尔想到了童年时住在自己家的外婆,但她的早逝意味着哈维尔关于外婆容貌的大部分记忆都来自母亲床头柜上的照片。

"那是你的外婆。"母亲总是在她面前拿着照片说道,拼命想要唤醒儿子模糊的童年记忆。

"她以前住在这里,在我们身边,但现在她住在天堂,"哈维尔的母亲解释道,"也就是说,有一天,我们会和她再次团聚。"

哈维尔靠在身后的墙上,他的双眼开始感到一阵刺痛。

他知道，其他宗教关于来世有着各自的理论，比如涅槃重生、因果报应和轮回转世，这对他来说仿佛就像一个特别诱人的选择。但哈维尔一直把天堂，就像忏悔一样，当作一个莫大的安慰。死亡依然令人充满恐惧，毫无疑问，但是相信今生之外还有来世，可以让死亡不再那么可怕。绳子的结束并不是生命的终点，如果它意味着来生的开始——永恒的来生。他的父母和外婆显然对此笃信不疑。或许，当哈维尔离家之后，当他不再参加弥撒时，当他置身无畏的士兵中时，他已经忘记了自己也同样对此笃信不疑。

那一瞬间，哈维尔感受到了对家人的强烈思念，比自己在军事学院那段心怀未来、斗志昂扬、好友相伴的岁月中更加强烈的思念。哈维尔刚刚看到安东尼·罗林斯将他的短绳扭曲为阴险的政治手段，让哈维尔的命运在他宣扬恐惧和仇恨的竞选运动中扮演不为人知的帮凶，哈维尔从未感到如此孤独。

当修女低头进行礼拜时，哈维尔盯着她身穿修女服的背影，不假思索地转向身旁的小圣坛，圣坛上摆放着几根快要燃尽的蜡烛，然后他跪了下来。

他在合拢手指时才意识到，自己已经很久没有祈祷了，自从打开盒子以来就没祈祷过。上次哈维尔祈祷时，他许下的愿望还是收到一截长绳。

"亲爱的上帝，"哈维尔平静地说道，"我知道现在改变为时已晚，但我需要知道我的家人将平安无事。你将会指引我的母亲渡过难关。"他感到自己的声音在颤抖，被绝望压得喘不过气来，"请帮帮他们，不要让他们心碎。"

哈维尔的身体俯向身下冰冷的地板。"请赐予我力量。"他说道。

他的脚尖开始感到一阵麻木的刺痛,他的双腿蜷缩在匍匐的身体下。哈维尔慌忙用汗衫的袖子擦了擦鼻子,尽管实际上只有一位年事已高背对着他的修女可能看到哈维尔的眼泪。

"请帮助其他短绳同胞,"他祈求道,"不要在他们的伤口上撒盐。"

他可以听到修女站起身来,撑着椅背保持平衡。哈维尔紧紧地闭上双眼。

"求求你,当那一刻降临时,让我的外婆等着我。所有我认识的和不认识的家人,让他们都在那里,"哈维尔请求道,"这样我才不会感到孤独。"

他停顿片刻,最后,在烛火琥珀色的光芒前平复心情。然后哈维尔从地板上站起身来,默默地离开教堂。

此时天色已经开始变暗,在校园一隅,哈维尔走过一扇透出灯光的一楼窗户时,几十名学生正聚集在公共教室内观看当晚的电视辩论,辩论现在已经接近尾声。哈维尔在敞开的窗户外停下脚步时,屏幕上的韦斯·约翰逊正在发表他的结束陈述。

"如果时间回到三月,或许我会告诉自己不要打开盒子,"约翰逊说道,"或许我会告诉所有人不要打开盒子。但时光无法倒流。我们必须接受这些绳子已经成为生活的一部分。但我们不必逆来顺受。我听说有人因为自己的绳子失去工作、健康保险和贷款。我不愿仅仅为了顾全大局而保持沉默。我看到了罗林斯议员和现任政府的所作所为——强迫特殊职业群体打开自己的盒子，不断质疑人们服务国家的能力，仅凭一场命运的意外就将民众分成三六九等。可我始终相信选择的自由，我相信平等。一代又一代民权活动家、女权活动家和同性恋权利活动家为之进行了不懈奋斗。尽管短绳群体的数量或许无法与这些规模庞大的社团相提并论，但我们的存在同样不容忽视。我们同样不会停止战斗。"

莫拉

晚上九点，莫拉独自一人。两位候选人已经完成了他们的结束陈述，挥手走下舞台，尼娜在办公室加班报道电视辩论，于是莫拉伸手拿起手机。

"想去喝一杯吗？"她给本发了一条短信。

九点三十分，两人已经来到附近一家安静的酒吧，在黑色木质吧台后找到了座位。

迟到几分钟的莫拉蹑手蹑脚地向本走来，而本正在一张薄薄的纸巾上涂画着自己印象中的酒吧。

"我忘了你是位画家！"莫拉一边笑，一边端详着他小小的素描图案，仿佛那是一幅悬挂在美术馆墙壁上的作品。然后她示意酒保给她一瓶啤酒。

"你真相信罗林斯有一个短命侄子吗？"莫拉问道，"我毫不奇怪他会编出这种故事。"

"或许在大数据时代之前还有可能。"本笑道,"现在可行不通了。"

"好吧,至少美国公民自由协会已经对他的狗屁"STAR"计划提起诉讼,也许这是一个积极的信号。另外,约翰逊依然没有出局。尽管我不敢相信他会在流言的困扰下不得不出面宣布真相,就像一个同性恋候选人被迫出柜一样。"莫拉说道,"人们猜测他的绳子在五十岁左右结束,因此他现在正式被贴上了'短命'标签。"

本缓缓点头。"我的感觉很奇怪,因为你知道,我当然不希望任何人收到短绳,"他说道,"但我觉得有时自己何尝不希望这些谣言成为现实呢?这样一来台上的某位大人物可能就是……我们中的一员。"

莫拉把手插进自己那件破旧的朋克地下城运动衫前袋,歪着脑袋好奇地问道:"你有女朋友吗?"

本差点儿被手中的啤酒呛到。"这话题转得有点儿急。再说,我还以为你只喜欢女生。"他笑着说道。

"不然的话,我还真想试试,"莫拉调侃道,"但你刚才说过。韦斯·约翰逊是'我们中的一员'。这本身就是一个辩题,对吗?像我们这样的人能不能和短绳群体之外的对象约会?"

"好吧,说实话,绳子出现之前,我有个女朋友。但现在分手了。"

"为什么?"

本注视着眼前的啤酒瓶颈,两根手指缓缓地转动着瓶身。"她偷看了我的盒子,"他字斟句酌地说道,"在我做出决定之前。她看到了我的短绳,然后提出分手。"

"该死。"莫拉大惊失色,"我很抱歉。""谢谢。"本平静地说道。

"你为什么不在互助小组中分享这些?"莫拉问道。

"也许我只想忘掉过去,"本说道,"已经过去了,真的。我已经原谅了她和我分手的决定。我知道不是每个人都能应付这种棘手的情况,所以我不能因此对这件事耿耿于怀。但也许我现在担心的是下一段感情依然会重蹈覆辙。这可能就是我分手后迟迟无法重新开始的原因。"

尽管她知道本的绳子比自己长,这一刻莫拉还是为他感到遗憾。他想要的只是一句承诺而已,就像尼娜曾经对她说过的:我永远都不会离开你。

莫拉靠在高脚凳上,感受着啤酒瓶紧贴皮肤的寒意。一份报纸放在她身旁的座位上,她拿起报纸给本看。

"这个你看了吗?"莫拉手指头版的标题问道。

那是昨天的头条新闻,对雨后春笋般冒出的"大脑备份"公司进行了跟踪报道,希望发现一种将人脑扫描输入进电脑进行永久保存的方法,旨在满足一些希望在自己或后代身上延续生命的短绳人群的愿望。

本的目光扫过莫拉手中的报纸。"对此类研究的需求从未如此高涨。"其中一位创始人的话被引用,"以前,很少有人知道我们的生命何时结束;而现在,预测寿命成为一件容易的事。然而,如果我们能够找到一种技术方案,那时或许绳子将会变得无关紧要。我们可以逃离被肉体禁锢的生命,摆脱绳子的魔咒。"

这篇报道对两名急不可耐的实验候选人进行了采访,两人都走到了绳子的尽头——一位梦想看到遥远未来的科学家和一位即将和女儿告别的五十五岁母亲,后者希望能够有机会看望自己的外孙。

"在绳子测量领域,科学发展日新月异,"一位候选人说道,"我们的预测范围已经从几年缩小到一个月。谁又敢说科学不会一夜之间让我们梦想成真?"

"人们在这一领域的研究已经有些时日了,"本说道,"一些公司正在尝试用冷藏室冷冻身体,我猜这些人是想给你换个身体。"他停顿片刻,"我不认为这适合我。"

"我只是想要确保你没有偷偷地准备接受大脑数字化,把我一个人留在互助小组。"莫拉笑道。

"你看,这是一场激动人心的美梦,"本说道,"但眼下对我们来说只是纸上谈兵。"

"令人难以置信的是,我们已经掌握了如此丰富的技术,甚至更多技术还在不断涌现,所有优秀的头脑都在尽一切可能解决绳子的问题,然而,世界上仍然有大量人口对此一无所知。"莫拉说道,"我的女友,尼娜,刚好正在策划一篇报道,关于生活在没有互联网地区的人们。这些人没有居家测量网站,也没有任何渠道了解其他国家的情况。"

"这些人对自己绳子长度的真实含义一无所知?"本问道。

"好吧,他们依然可以进行一些简单的类比,观察谁的绳子最长。"莫拉说道,"显然一些群体已经建立了自己的数据集作为权宜之策，比如记录某人去世时的年龄，然后使用死者的绳子作为标准。人类总能随机应变，不是吗？但是也有很多人无动于衷。他们只是……得过且过，一如往常。"

本点了点头，呡了一口啤酒。"尼娜是怎么熬过来的？"

莫拉默默地回忆着她们因尼娜沉迷搜索而爆发的激烈争吵，然后两人平静地接受没有孩子的事实。还有绳子出现后，每一次尼娜说出"我爱你"的时刻。

"我们经历过几次艰难时刻，当然，但是……但关于我们，她从没有过一次动摇，"莫拉说道，"她甚至为我们制订了下个月的远行计划。去威尼斯。"

"哇哦，听上去棒极了。"本笑道。

"我想我们都需要去一个从未去过的地方。走出我们的公寓，来一次小小的冒险。就像韦斯·约翰逊今晚所说，时光无法倒流。但至少未来就在脚下。"

安东尼

安东尼对九月的辩论颇为得意，选民对他讲述的关于杰克的故事反响积极，并明显对约翰逊的坦白感到不满。

他面带笑容，注视着报纸上今天的头版标题："短绳公布，约翰逊支持率暴跌。"

"显然我为约翰逊议员感到遗憾,"一位匿名选民的话被引用道,"但我不想把票投给无法承诺一个完整任期的候选人。"

"我十分欣赏约翰逊的天赋,"另一个人说道,"但我担心,把国家交给一个短命的总统会让我们在其他国家眼中软弱可欺,尤其是一个不愿公布他剩余生命的候选人。"

第三个声音更加直白:"同情不能为你赢得选票。实力可以。我们在罗林斯议员身上看到了这一点。"

即使现在,八月集会上发生的枪击案依然是安东尼竞选活动的福音,让他成为坚韧不拔的完美典范。那场意外后,枪手袭击的动机一度引发了流言的猜测,短绳人群和他们的支持者不顾一切为这名女子的愤怒寻找绳子之外的原因。然而在当事人的沉默中,这些假设大多很快烟消云散。

正因如此,安东尼对他的竞选经理和竞选对手研究负责人发起的紧急会议毫无准备。

"我们发现了一些新情况,"他们说道,"关于枪手。"

其中一人将一个文件夹推到安东尼面前:两份出生证明、一份死亡证明、一份来自安东尼曾就读学校校报的文章扫描件,关于一个男孩死于兄弟会的那个夜晚。

"但是他们有着不同的姓氏,"安东尼说道,"你在告诉我枪手和这个男孩有血缘关系?"

"是她同父异母的兄弟,显而易见。该死。"

安东尼以为那个夜晚已经成为过去。毕竟那已经是三十年前的往事。

"让我想想。"安东尼说着,把文章扫描件拿到眼前。

安东尼当然记得这个男孩。他是几个被安东尼的兄弟会为了解闷拉来的宣誓人之一,他毫无希望成为兄弟会的一员。然而宣誓者总是对此信以为真,安东尼开始回忆。那正是兄弟会宣誓的荒唐之处。

尽管身为当时的兄弟会主席,但安东尼并没有参与挑选宣誓的男孩。那是宣誓负责人的工作。安东尼不记得那年的人选是如何敲定的,他们通常从获得奖学金或受到政府资助的穷孩子中被挑选出来。那些永远交不起学费的孩子,做梦也想不到自己能和上流社会的公子哥儿称兄道弟。

安东尼关于那个特殊夜晚的回忆凌乱而模糊,就像一堆被打碎的玻璃:他记得有人用脚踩了那个男孩脏兮兮的运动鞋,试图将他激怒。还有人在发现出事之后,对着自己崭新的休闲鞋呕吐起来。他记得那个男孩后脑勺蓬松浓密的黑发,幸好他趴在地上,一动不动,安东尼没有看到他的脸。他记得那一阵伴随着刺痛的强烈恐慌,让他头晕目眩、呼吸困难。

但随后发生的一切没有给安东尼留下太多记忆,当时男孩们的父亲,包括安东尼的父亲在内,纷纷在半夜赶到学校,聚集在校长办公室外,直到将近两个小时之后才拨通了当地警方的电话。

经过认定,那个男孩只是一名派对客人。那个男孩饮酒过量,纯属自愿。死因是酒精中毒,他的死亡被判定为一场意外。

身为兄弟会主席,安东尼照例在其家族律师的协助下发表公开声明,为在这场悲剧中逝去的生命表示哀悼,同时献上自己的追思和祈祷。他看上去就像一位真正的领袖,人人都说,一个能做大事的人。

安东尼的人生继续向前。

可枪手的人生,显然没有。

"但她什么也没说?关于她的……兄弟?"安东尼问道。

"被捕后,她就一言不发。他们认为,枪杀那名医生可能让她患上了某种创伤后应激障碍。"

"那就这样吧,"安东尼说道,"都是陈年旧事。"

在同僚离开后,安东尼倒了两杯苏格兰威士忌,努力麻木自己的神经。他决定不告诉凯瑟琳。她一定会大惊小怪。

那个男孩随时都可以离开,安东尼告诉自己。这是兄弟会成员当年的说法。他们或许逼男孩喝了几杯,甚至冲他大喊大叫,然后或许,没错,几个更加过分的兄弟会成员曾经把烈酒灌进宣誓者的嘴里,没准儿还有人把(橄榄球或篮球之类)的钝物扔到他们身上。但是,大门始终没有上锁,出口始终向所有人敞开。

而现在,安东尼又冒出了别的念头。当时的人们并不知道。这个男孩曾是一位短绳人士,当时还没有这种称谓。而在兄弟会别墅内的那晚,他的绳子走到了尽头。即便他当时没有死于酒精,也会死于其他意外,不是吗?

只要男孩的盒子里装着一条短绳,那么安东尼就不该受到指责。他想不出还有其他可能。他无法接受男孩短绳的背后可能隐藏着某个特殊的原因。安东尼信仰上帝,当然,但他无法说服自己,上帝已经看到了结局,看到安东尼和他的兄弟们把男孩骗来宣誓,让他看到希望的假象,对他进行身心羞辱,直到他喝得烂醉如泥，瘫倒在地。

当威士忌发挥效果，安东尼已经将那个男孩抛在脑后，他的注意力开始减退，他的大脑正在陷入停顿。他给自己倒了那晚最后一杯酒。

明天早晨，他的人生还将继续。

亲爱的 A：

我在大学时认识一位在投行工作的朋友，他非常担心自己最终对这份工作失去兴趣，但又无力摆脱金钱的诱惑，于是在手机上设置了一条提示信息，每年生日时都会向他发送同样的内容："坐下来问问自己：你幸福吗？"

我们已经很多年没有联系了，但昨天是他的三十岁生日，我很想知道，他是否还在问自己同样的问题——我幸福吗？

我想我们从小就相信幸福是一种与生俱来的承诺。每个人都应该获得幸福。这就是为什么这场正在上演的闹剧让有些人无法接受。因为我们本应拥有幸福的人生。但随后这些盒子出现在门前，宣布我们无法和那些在人行道、电影院、杂货店擦肩而过的路人拥有同样的幸福结局。他们的人生还将继续，而我们不能，没有任何原因。

现在政府和舆论一边倒，给我们贴上低人一等的标签。我已经好几周没有收到那些长绳朋友的消息了。我想或许收到长绳的人觉得需要和我们划清界限，把我们归入一个和他们不同的类别，因为他们同样从小就相信自己应该获得幸福。而现在他们想在舒适的距离外享受自己的幸福，这样当他们远远地看到我们时才不会感到内疚，我们的厄运才无法靠近他们。

好吧，而且，他们还被告知要对我们保持警惕。我们这些野蛮而疯狂的短绳人群。

抱歉让你听了这么多抱怨，但我的一位朋友上周去世了，有时感觉一切都已无可挽回，尽管我加入了一个鼓励我大声说出这些想法的小组，但不知何故，把它写下来感觉更加轻松。

——B

艾米

艾米依然保存着上周的来信。在反复读了十几遍后，她还是不知如何回信。

她把信放在膝盖上，坐在教师休息室的沙发上，心想"B"是对的。在长绳和短绳群体之间出现了一道裂痕，只有少数像尼娜和莫拉一样的人才能设法弥合。

艾米第一次担心，她对春天的第一封来信做出回应是一个错误。那时她就知道，或者至少怀疑，写信的人有一条短绳。如今他们的交流更加深入和密切。艾米怎么知道自己没有说错话？或者，看在上帝的分上，说了什么不该说的话？

她注视着来信，突然想到了什么。

她全都做过。

对方提到的每一件事。

胡思乱想。患得患失。担心无力维持这段沉重的友谊。担心他们之间的关系因为绳子的缘故变得脆弱、危险、格格不入。

这封信正躺在她的手提包里,等待着回复,此时艾米和尼娜相约在西村散步,在她和莫拉踏上旅途之前。

姐妹两人漫步在华盛顿广场公园中,在这个温暖的夜晚,这里随处可见滑板爱好者和遛狗的人,还有一个个家庭和一对对情侣,公园对面的角落里甚至还出现了两个毒贩的身影,他们希望那些庆祝自己好运的长绳人群和逃避现实的短绳人群让毒品行情水涨船高。

艾米和尼娜穿过公园入口巨大的大理石拱门,有人在其中一根白色门柱上喷上了一行口号:"假如你有一条短绳会怎样?"

通常,艾米乐于接受所有"假设","假设"的世界是她的梦想乐园。但这是一个她无法面对的问题,一个她无法打开的盒子。无论答案是五十年,还是九十年,她不想让任何数字进入大脑。艾米的避难所存在于她的幻想世界中,飘浮在她对未来的沉思中。一个数字将毁掉一切。让她变得寸步难行。她只能生活在遗忘之中,仿佛她的绳子没有尽头。这是她知道的唯一方式。

她真的难以理解这么多人——尼娜、莫拉以及和她通信的人——如何获得以另一种方式生活的力量。

"有时,我会想到你和莫拉所抗争的一切,"艾米说道,"我不知道你是如何应对这一切的。"

尼娜沉思片刻。"我想我只是努力记录,尽管这对我来说很难,对莫拉来说更难。这就是我们计划这次旅行的原因。"

"好吧,也许我没有你们那么坚强。"艾米叹息道。"你是说因为你没有打开盒子?"

"不,那只是原因之一……"艾米想起了钱包中等着她回复的便笺,"我有一个短绳笔友,当我知道他们的经历如此糟糕时,很难继续保持通信。"

尼娜满脸困惑。"他们是谁?"

"事情是这样的,"艾米迟疑着说道,"其实我不知道,我们从没有互通姓名。"

"怎么开始的?从什么时候?"

"最初是在学校,"艾米说道。这种感觉过于奇怪,无法详细说明,"要从春天说起。我当时以为我们的联系会和夏天一同逐渐淡去,但每周我查看教室时,都能发现一封回信。"

"你知道这个人还能活多久吗?"

"大概十四年,我想。""他现在的年龄呢?"

"这个,我也不知道。但我想应该和我们同龄。他们提到了一位刚满三十岁的朋友。我知道我算不上什么长绳人士,因为我还没打开盒子,"艾米说道,"但我依然感到内疚。而且为他们感到难过。"

她们从一对蜷缩在长凳上的情侣旁走过,只见两人紧紧相拥,尼娜看到艾米的脸上写满焦虑。

"你会和一个短绳对象约会吗?"尼娜突然问道。

"哦,会的,我确定会和他们约会。"艾米回答道,尽管早在绳子出现之前,她就不再和任何人约会了。

艾米的白日梦倾向让她养成了一个令人遗憾的习惯，总是在第二次或第三次约会时就开始憧憬自己的婚礼画面，她总能在想象中把男人最微不足道的缺点无限放大。在她的幻想世界中，那个会在谈话中打断她的男人，此刻正在打断她在圣坛前的结婚宣誓；那个似乎对在公共场所母乳喂养感到不适的男人，必定会拒绝照顾他们尚未出生的宝宝。

有时候，尽管努力尝试，她还是无法在脑海中看到未来伴侣的样子。那些面孔就是无法被看清，那个可怜的男人，四周一片漆黑，面目模糊不清。这甚至比总是遇人不淑更加令人沮丧。

迄今为止，只有两个男人成功地通过了考验，那是艾米二十岁刚出头时认识的两位前男友：一位没有时间做出承诺的律师和一位比艾米更加天马行空的诗人。

"所以，你可以和一位短绳对象约会，但你会和他们结婚吗？"尼娜问道。

"老实说，我不知道，"艾米缓缓说道。这不是她第一次考虑这个问题，"我确信，如果我已经爱上了那个人，就像你和莫拉一样，情况会有所不同，但是如果我们刚刚开始？我是说，我知道你们不想要孩子，但我非常确定自己想要孩子，所以这就不再是我一个人的问题。如果我和一位短绳对象结婚，我不得不在知情的情况下将自己的家庭置于失去亲人的可怕境地，为孩子们选择一个没有父亲的未来。"

"我明白。"尼娜说道。

"只是生活本已足够艰难，这些悲伤只会雪上加霜。"艾米说道。她转过脸面向自己的姐姐，"你觉得我会因此变得面目可憎吗？"

"我觉得这只能说明你还不了解自己的力量。"尼娜说道。附近，一群街头艺术家开始奏响爵士四重奏的乐章。

"你还记得曾经'the strings'[1]只是交响乐团中弦乐器的统称吗？"艾米问道，仿佛过去和现在之间已经彻底割裂，而不是只隔着几个月。

"每次遇到街边演出，莫拉总是拉着我停下脚步，听上一会儿。"尼娜说道。乐手周围已经聚集了一小群观众，跟着乐曲的节拍摇摆顿足。

"想跳舞吗？"艾米笑着开始转动肩膀，配合着臀部灵巧的摆动。

尼娜感到一阵本能的紧张，她双臂交叉在胸前。"不了，谢谢。"她说道。

"来吧。"艾米央求道。艾米轻轻地挽过姐姐的双臂，直到尼娜不再抗拒，她的身体松弛下来，开始笨手笨脚地迈出舞步，尽管依然有些拘谨，但进步明显。

姐妹两人在舞动的人群中前后摇摆，所有人带着一闪而过的欣喜被带入了一段时空之旅，仿佛又回到了那个"the strings"还只代表弦乐器的时代。

---

[1] 一语双关，"the strings"既能指代弦乐器，也能表示绳子。

哈维尔

九月的辩论后,哈维尔希望杰克自己主动开口提起:他的姑父把自己身为军人的短命侄子催人泪下的故事在全美舞台上大肆宣扬。仿佛那是一件值得炫耀的事情。就像讲述自己的故事一样。

但杰克在辩论后的第二天就回到了他们的公寓,甚至从未提及此事。哈维尔努力说服自己,杰克正在准备和他讨论这个问题,也许在带着解决方案来找哈维尔之前,他还要和家人商量一下安东尼的行为。然而经过数天的欲言又止之后,哈维尔厌倦了沉默的等待。

他准备在拳击馆探探杰克的口风。尽管在向军队报告了自己的"短绳身份"之后,杰克已经停止了大部分作战训练,但他每周还是会戴上拳套和头套,充当哈维尔的拳击陪练。

哈维尔正在对着杰克举起的拳靶练习出拳。"我们要不要聊聊你姑父上周在辩论中干的蠢事?"他问道。

"没错,确实毫无底线,"杰克在两记刺拳的空当中回答道,"即便以他的身份也说不过去。"

哈维尔等着杰克说下去,但体育馆中一片寂静,只有哈维尔的拳套击中靶垫的声音在空气中回荡。

"那,你之后和他谈过吗?"哈维尔问道。

"他现在可是个大忙人。"

"那你姑姑呢?还有你父亲?"

"我只是不想把事情闹大。"杰克在拳靶后耸了耸肩。

"这还不够大!"哈维尔说道,"我希望你能认真一点儿。"

"好吧，我可不想让自己的绳子被太多人关注，"杰克说道，"原因你比谁都清楚。"

"我只是不想看到自己的绳子被你姑父当作竞选工具，"说话间，哈维尔用拳套捶向胸膛，"那是我的人生，他无权利用。"

杰克叹了口气，点了点头。"我知道，哈维尔。你说得对。他不该这么做。我很抱歉没有机会和自己的家人商议此事，"他说道，"没完没了的电话和短信让我无暇脱身，每个人都在问我是不是那晚他口中的短命军人。现在每个人都想找我聊上两句，但我真的不想和任何人说话。"

哈维尔无法相信这番自私的独白。杰克不是那个站在小教堂的地板上为自己的家人担惊受怕、泪流满面地向上帝祈祷的人。

"哇哦，我很抱歉，伙计。我不知道你遇到了这么多麻烦，"哈维尔悻悻地说道，"短绳身份一定让你度日如年。"

杰克摇了摇头。"你知道我不是这个意思。我不想和他们说话的唯一原因是这让我感觉自己就像一个该死的骗子！"杰克一把将拳靶扔到墙上，馆内的几位其他拳手都被吓了一跳，两人见状压低了嗓门，担心别人听到谈话的内容。

哈维尔知道自己的朋友一直为调包绳子的事情挣扎。那天早晨，看到杰克身穿一件正面印有高中母校吉祥物的T恤时，哈维尔才意识到自己已经有段时间没有在杰克身上看到任何带有军队标志的服装了。让哈维尔高兴的是，至少杰克没有无动于衷，他们的行为同样给他带来了压力。但哈维尔依然想要摇着杰克的肩膀，让他摆脱恐惧，让他意识到自己能做的还有很多。

"我就是想不通你为什么要放任你姑父胡作非为，"哈维尔说道,"放任这一切。放任他对短绳群体干过的所有坏事。"

哈维尔正在拼命克制自己的怒火,这时他想起最近在网上看到一些推文证实,"STAR"计划诞生时,安东尼·罗林斯就在现场。一条杰克以为哈维尔已经知道而顺理成章地忘记和他分享的新闻。

"归根结底,我们不得不满嘴谎言,都是你姑父惹的祸!"哈维尔咬牙切齿地说道。

"你以为我不知道这些?当我发现他才是这一切的幕后主使,那种感觉简直生不如死!但我对此无能为力,哈维尔。那个家伙从来不把我放在眼里,除非有求于我。即便我们有过对话,他也不会把我的话放在心上。"

"但你毕竟是他的家人!总会有办法的。"

"正因为他是我的家人,"杰克说道,"我才不能给他的竞选拖后腿,其他家族成员都在为他的竞选运动积极造势。"

"好吧,你至少可以告诉他不要让短绳人士的处境变得更糟。"哈维尔催逼道。

"听着,我知道他看上去就像这一切的罪魁祸首,但这显然不是他一个人的责任,"杰克平静地说道,"我不是想要为他开脱,但是……也许他只是更大布局中的一环而已。"

"那么他应该以此为契机,改变人们的观念!而不是火上浇油,"哈维尔说道。他无法理解为什么杰克没有和自己一样的愤怒,"除非你内心对他感到认同?"

"天哪,朋友,我当然不同意他的观点!"杰克大喊道,他举起双手试图辩解,"我只是不明白和我姑父作对有什么意义。无论你我说些什么,他都会照例我行我素。"

杰克可悲的妥协，他的逆来顺受，让哈维尔的怒火越烧越旺。

"但是你不在乎一个个鲜活的生命正在陷入危险吗？那个在纽约中枪的医生就是因为你的姑父才失去了生命！"

"那个医生的遭遇令人心有余悸，"杰克说道，"但如果我现在和自己的姑父开战，就会被整个家族抛弃。你认为他们会和谁站在一边？一个勉强从军事学院毕业的孩子，还是一个可能成为总统的男人？我不知道他的错误为什么要由我来买单。我没有要求他成为我的姑父，他只是一个入赘亨特家族的自大狂。他干的那些丑事和我没有关系。"

"可是，当他站在台上把你的秘密告诉全世界时，你就无法置身事外了，"哈维尔刻薄地说道，"那是我们的秘密。"

体育馆经理正在向他们走来，口袋里的一串钥匙叮当作响。"没事吧，小伙子们？我们收到了一些投诉。"

"没事，不用担心，"杰克说道，"反正我也要走了。"他把口中的护齿吐在手上，然后向更衣室冲去。随着杰克身后的大门在哈维尔的注视下砰的一声关上，两人成为朋友四年多来的第一次真正争吵也告一段落。

尽管杰克家境殷实，人脉广泛，哈维尔总是会为他感到一丝难过，他没有哈维尔那样的幸福童年，他在迷茫和被抛弃的感觉中长大成人。哈维尔知道杰克来自一个苛刻的家族，他背负着一个沉重的姓氏，需要时刻全力以赴达到家人的期望。所以哈维尔无法理解，为什么在这种关键时刻，杰克会选择和他的家族站在一起，而不是和他最好的朋友。

是因为他对他们的责备如此恐惧，以至于不顾一切想要得到他们的认可？

还是他习惯了逃避现实，以至于可以通过某种方式将他所爱的人和他们造成的痛苦分开？

或许还有一些其他原因，完全逃过了哈维尔的眼睛。

就在哈维尔准备独自离开体育馆时，他看到角落里挂着一个长长的沙袋，他一气之下挥拳猛击，被击中的沙袋飞向后面的墙壁。

亲爱的 B：

我想关于长绳人群，你是对的。他们中的有些人或许甚至没有意识到自己在做什么。他们只是想与悲伤、内疚，或者任何让他们想到死亡的东西保持距离。无论他们的生命还剩下多少，没有人愿意想到终点。

奇怪的是，历史中的某些社会对死亡格外包容。在我们课本里的维多利亚时代单元，我向学生们解释，那时的人们生活在死亡的包围中。他们佩戴的小盒子里装着死去亲人的头发，守夜时他们将棺木停放在客厅内，他们甚至会保存和已故亲人的合影作为纪念。而如今，我们对死亡的话题避之唯恐不及。我们不喜欢把疾病挂在嘴边，我们把将死之人隔离在医院和养老院中，我们把墓地迁移到高速公路旁的遥远地段。据我推测，短绳人群是我们对死亡恐惧的最新受害者，或许与以前相比有过之而无不及。

你问到是否每个人都应该得到幸福。我当然这么认为。而且我并不认为一条短绳可以让一切化为泡影。如果说我从读到的所有小说中学到了什么——除了关于爱情和友谊、冒险和勇敢——

那就是长寿并不意味着幸福。

昨晚，几个月来我第一次面对自己的盒子。我没有打开它，但我又读了一遍盒子上的铭文："你的命运之线就在其中"。

当然，它指的是里面的绳子，但也许那不是我们唯一的人生脚本。也许人生还存在着上千种可能性，生命的底色不在某个盒子里，而是藏在每个人的心中。

在你的人生脚本中，你依然可以收获独一无二的幸福。

祝生活幸福！

——A

莫拉

在经历了机场的疯狂之后，踏上威尼斯的土地成为一种解脱。国际航站楼比莫拉记忆中还要拥挤。当她在报刊亭外等候尼娜时，三个旅行团在身穿名牌防风夹克的导游带领下从身边走过。数以百计打包待售的"遗愿清单"旅游线路在短绳和长绳人群中同样大受欢迎，任何自觉已到垂暮之年的人都希望有机会看看这个世界。

一群肤色各异的背包客在她面前徘徊，身上绑着臃肿的行囊，胳膊下卷着睡袋和瑜伽垫。莫拉从无意中听到的只言片语中得知，他们正准备前往喜马拉雅山脉，这并不奇怪。报道称，早在绳子刚刚出现时，成群结队的西方人就对亚洲的各个角落趋之若鹜。

早在四月，危机刚刚降临时，一些佛教寺院就向寻求点化的外国访客敞开了大门，但他们完全低估了渴望开悟的庞大人群的热情。到了夏天，不丹和印度的一些地区已经人满为患，政府对接待游客的数量做出了新的限制。曾经人迹罕至的地区，如今随处可见游客留下的经幡，广袤的中国西藏，一排排令人着迷的彩色布条纵横交错。

很多举世公认的圣地迎来了超出以往数百万的巨大人流，浩浩荡荡的朝圣者带着他们的木盒和绳子前往耶路撒冷的哭墙、麦加的天房、卢尔德的马萨比耶勒石窟，有人在这个茫然无措的时代追寻回归灵魂本源的道路，有人不断祈祷奇迹的发生。

莫拉参加过很多气候集会以抗议过度旅游，但她实在无法责怪这些四处漂泊的同胞希望在有生之年探索世界的愿望。他们想知道远方的土地上，是否存在无法在家乡找到的答案。

和那些圣地一样，威尼斯同样挤满了游客。可是，当尼娜和莫拉登上机场轮渡，看着这座城市从她们周围的水面上升起，随后推着行李一路走过颠簸的街道，沿着连接运河两岸的小桥爬上爬下时，她们可以感觉到，每一次呼吸中都夹杂着这座城市的气息，她们的肺部弥漫着初来乍到的喜悦。她们的大脑在欣喜之余冒出无数个贪婪的念头，沉浸在这场风景、声音和气味组成的饕餮盛宴中。每一个感官细胞都变得高度敏锐，她们明白，这是一次特殊的体验，一个大胆而重要的时刻，它注定成为永恒的记忆。

尽管已是十月，声名狼藉的夏季游客已经散去，宽敞的广场上依然挤满了来旅游的大群游客，忍受着烈日的炙烤。所以第二天，莫拉和尼娜已经无师自通地避开主要广场，一头扎进狭窄阴凉的小巷，一些巷子仅能容许两对情侣并肩而行，人们在城市的迷宫中漫无目的地游荡。

两侧破败不堪的石墙神奇地将周围的噪声与这些小巷隔绝开来。除此之外，两人所到之处，几乎都回荡着风声和隐隐约约的敲击声，时刻提醒着人们这座城市的脆弱和不可避免的消亡。威尼斯似乎永远都在不断修复，努力与自己的宿命抗争。

一天下午，尼娜和莫拉偶然发现了一处别致的风景，一条空荡荡的小巷通向一个木制码头，旁边窄窄的运河远离宽阔的水道，看不到价格昂贵的贡多拉小船往来摆渡游客的风景。

莫拉走下码头，想把脚放进河水中，但尼娜表示反对，说她读过一篇关于运河疏于清理、污染严重的文章。于是两人决定在微波荡漾的运河边坐下，莫拉把头靠在尼娜的肩上。

莫拉看着绿色的河水泛着不透明的光泽，缓缓地在脚下流淌。水面看上去比她想象中更加浑浊，仿佛一位画家刚刚在运河中冲洗了自己的画笔。

"我们真幸运，能看到这样的威尼斯，"她说道，"我有时甚至不敢相信他们建造了这座城市。一个水上世界。"

"我在飞机上读过一篇关于这里的文章，"尼娜说道，"他们把木桩楔入水底的淤泥和黏土，然后在木桩上依次搭建木台和石台，最终这些建筑才被建成。"

"可是木头不会腐烂吗？"莫拉问道。

"他们使用了防水木材，因为水下的木头没有暴露在空气中，所以它永远不会腐烂。"尼娜说道，"历经世纪轮回，它们始终屹立不倒。"

尽管一条条街道上不时散发出海港的气味，这依然是一座充满魔力的城市，不同于她们之前见过的任何地方。奇异梦幻的建筑泛出柔和的色泽，哥特式的拱桥融化在浮光闪动的河水中，一排排贡多拉小船在前方无所事事地摇来晃去，与明信片中的画面如出一辙，令人仿佛置身于白日梦幻之中。

尤为有趣的是她们在城中每个角落邂逅的一张张奇异面孔：屋顶上的雕塑，天花板上的人物画，装饰有小半身像的外墙，甚至门把手也被雕刻成头像的形状——她们在城市中所到之处，圣人和艺术家回首张望的目光如影随形。

有一次，当看到十几张涂着油彩的面孔用空洞的目光透过一家小商店的窗户目不转睛地盯着自己时，莫拉几乎吓了一跳。

尼娜跟着她走进商店，只见墙壁和天花板上挂满了传统威尼斯面具，上百张性格各异的陶瓷面具。有小丑的面具，还戴着挂满铃铛的帽子；还有不吉利的瘟疫医生面具，装饰有长长的鸟嘴。面具的颜色就像艺术家的调色盘一样丰富多彩。有的面具装饰着缎带、羽毛和工艺复杂的金箔，其他的则带着痛苦的表情或是顽皮的笑容。莫拉走上前去，把玩着一张饰有精致音符的白色面具。

一个女人很快从商店里屋冒了出来，只见她一只手中拄着一根桃花心木拐杖，向尼娜和莫拉点了点头。她夹杂着几缕银丝的黑色卷发被挽成一个蓬松的发髻，红框眼镜挂在脖子上，就像戴着一根项链。

"你好，"她说道，"两位从哪里来？"

"纽约。"尼娜回答道。

"哦,大苹果城,"女人笑着说道。她的英语表达熟练顺畅,但口音很重,"你们了解这些面具的历史吗?"

尼娜和莫拉同时摇了摇头。

"好吧,众所周知,我们会在著名的狂欢节期间佩戴面具,但曾经有一个时期,威尼斯人每天都戴着面具。不仅仅是在庆祝活动上。"

女人用另一只手指向窗外。"如果你现在出门走上街道,就可以戴上面罩,没有人会知道你的身份。"

"听上去非常……自由。"莫拉说道。

"自由。没错。"女人一本正经地说道,"在威尼斯,传统社会等级极其森严。但有了面具,你可以成为……任何人。男人、女人,或是富人、穷人。这有点儿像你们纽约,对吧?人们去那里寻找真实的自我。"

尼娜点头表示同意。"那为什么现在没有人佩戴面具了?"

"那个,那个词怎么说来着……匿名?没错,保持匿名需要付出代价。戴上面具会给人带来一种无所不能的错觉。于是有人开怀畅饮,有人坑蒙拐骗,有人孤注一掷……"

女人仰头看向天花板,面对一排排向下注视着自己的面具,笑着说道,"至少我们还有狂欢节。"

莫拉想要挑选一张面具挂在她们的公寓里,尼娜为她试戴了好几种不同风格的面具,一张比一张浮夸招摇。每一张面具为她带来的陌生感几乎令人惊叹,莫拉发现自己想起了店主说过的话,关于面具赋予佩戴者的自由,关于那种无所不能的感觉。或许那正是长绳人群的感受,她想。

尽管迄今为止,她们在意大利度过了一段美丽的时光,家中的生活被抛在脑后，莫拉还是情不自禁地想要趁机给自己戴上一张面具，暂时化身为一个陌生人，一个拥有长绳身份的人。带着那种轻松与平和度过一天。

莫拉看着店主优雅地从尼娜脸上揭下一张面具。"盒子出现时，意大利发生了什么？"她突然问道，"大家都打开了吗？"

女人点了点头，仿佛这是她期待已久的问题。

"有人看了，但我想大多数人没有。我的姐姐，一个非常传统的天主教徒，她就没有看，因为她说自己将随时等候上帝的召唤。我也没看，因为……我的生活很幸福。"女人耸了耸肩，"听说绳子让美国人重新思考自己的人生。你们管这叫什么，他们的……"

"当务之急？"莫拉提示道。

"对，对。他们的当务之急。但是，在意大利，我想我们早就明白这些道理。我们向来把艺术放在第一位，把美食放在第一位，把爱情放在第一位，"她一边解释，一边挥手扫过整个商店，"我们已经把这些东西放在首要地位。我们不需要绳子来告诉我们什么才是最重要的事情。"

杰克

哈维尔的最后一件行囊被拖上走廊，准备装上他父亲的厢式货车，启程前往十四个小时车程之外的亚拉巴马州军营，并在那里开始自己的飞行训练。然而，加西亚夫妇还有半个小时才到，于是哈维尔坐在自己的行李箱上等待着。

他本来不用这么匆忙离开。他本应和杰克一起度过两人的最后一个周末。但在争吵之后，哈维尔决定把剩下的时间留给自己的父母。

哈维尔当然想和家人在一起，杰克心想。他对家人的爱有目共睹。据杰克所知，哈维尔对父母说过的唯一谎话就是关于他的绳子的。因为爱，他向他们隐瞒了真相。

杰克从未对自己的家人那样诚实，至少在关键时刻没有。自从妻子离开，杰克的父亲就埋头工作，为美国国防部进行合同审核。在妹妹凯瑟琳的要求下，他接触过几个养尊处优的贵妇，但工作偷走了他的全部注意力。杰克可以感到，父亲需要成功，以保住他们父子二人在家族中的地位，洗刷母亲留下的污点——杰克同样背负着这种期待。

祖父卡尔或许是唯一能够理解杰克的人，他从未嘲笑或斥责过杰克的想法。但杰克没有办法走进祖父铺着橡木板的客厅，面对挂在墙上的三把来自十九世纪的祖传火枪和一枚镶在镜框中的铜星勋章，然后承认自己无法完成众多亨特家族成员已经取得的成就。

他就是无法承认，也许有另一条路更适合他。一条不会让他在午夜不寒而栗、一想到未来就紧张头疼的路。在没有受人尊敬的法律或政坛职位作为备选的情况下，他显然无法挑三拣四。虽然杰克知道自己不适合军队，但他不知道还有哪里可以实现自己的价值。他没有真正的热情，毫无方向感（除了他的家族为他做出的规划)。他和所有人都不一样——祖父卡尔、哈维尔、其他战友、那个在抗议中遇难的医生。就连安东尼和凯瑟琳都有一个目标,尽管他们已经误入歧途。如今,在凭借"短绳身份"成功被降职录用为一名华盛顿特区低级文员后,杰克感到自己比以前更加迷茫,他的制服就像是一件偷来的戏服。

杰克不得不提醒自己,感到彷徨并不是一种罪过——毕竟,他只有二十二岁。在人生的这个阶段产生随波逐流的念头难道不是一件天经地义的事情吗?

难道不是盒子的出现才让民众集体迷失了方向,就像一阵狂风让他们偏离了航道?

然而,令人不适的讽刺并没有放过杰克,他被赋予了长长的绳子,漫长的生命,不知如何度过,哈维尔却心怀目标。

杰克已经感到,自己在很多方面都很失败——作为一名军人、一个儿子、一个有用的社会成员。他不想同时成为一个失败的朋友。

杰克需要向哈维尔表明自己有多么愧疚,对他们的友谊如何心存感激,从进入军事学院的第一天开始,到哈维尔同意交换绳子的那个晚上。

他们的友谊是杰克生命中唯一让他确信无疑的部分。

当杰克走出自己房间时,哈维尔仍然若有所思地坐在自己的行李上。

"你现在最不想看到的人可能就是我,但我不能不说再见就让你离开,"杰克说道,"还有道歉。"

哈维尔只是默默地点头。

"我知道自从交换绳子以来,我都是个差劲的朋友,你不应该替我接受惩罚。"杰克说道,"希望你知道,我真的为你感到骄傲,哈维尔。我连你的一半都赶不上。"

哈维尔抬头看了看自己的朋友,仿佛被这番恭维感动。

杰克双眼肿胀,满脸胡茬,而哈维尔依然保持着他们第一天成为室友时的样子。那时杰克见过哈维尔的父母,看到他们依依不舍和儿子告别时紧张的模样。当时,杰克向他们保证,他会照顾好哈维尔。他们曾经形同兄弟。

"谢谢你能这么说。"哈维尔说道。

杰克笑着向桌上足球台伸手示意。"要玩最后一局吗?"

"我想我只是需要一个人待着,如果可以的话。让头脑保持清醒。"

"好的,是啊。没问题,"杰克说道。显然他不该认为一个小小的道歉就够了,"我,哦,我只想在你离开之前把这个给你。"

杰克递给哈维尔一个薄薄的白色信封。正面写着"给我最好的朋友"。哈维尔的手指从蜡封下滑过,一个破旧的祈祷牌落入他手中,边缘可以看到长年被抓在手中留下的磨损痕迹。

"我不能接受。"哈维尔说道。

"你当然可以。你比我更有资格。"

哈维尔摇了摇头。"真的,杰克,我不能。"

"我知道你是天主教徒,而这是一个来自犹太教的祝福,但是……他们崇拜的是同一个上帝,对吗?"

"不是那个原因,"哈维尔说着,把牌子放在身旁的书架上,

"这是你的家族遗产。它不属于我。"

他的语气刺痛了杰克。哈维尔比任何血亲都更像杰克的兄弟。只有哈维尔知道杰克对亨特家族、对军队、对一切的真实感受。

"你就是我的家人。"杰克说道。

哈维尔陷入短暂的沉默,公寓内只能听到外面隐约传来的车流声。"我很感激,杰克。我刚刚进行了一些……反思……我想自己现在只是需要一些属于自己的时间,和我的家人在一起,远离所有安东尼·罗林斯的闹剧。无意冒犯,但是……他给我留下了很大的阴影。"

杰克叹了口气。对此他无法反驳。

"你知道,这块祈祷牌在亨特家族唯一的主人就是我的祖父,"杰克说道,"他的朋友西蒙把祈祷牌交给他,以保护他的安全,收下它吧,这是我唯一的心愿。"

"你的好意我心领了,杰克。但我真的不想再提起这件事。"

杰克可以从哈维尔的声音中感受到一种无声的沮丧。他放弃了两人之前争吵时咬牙切齿的声调,用一种更像悲伤的情绪取代了他的愤怒。仿佛杰克再也不值得他大喊大叫,而仅仅是一个没有希望的存在。

"好吧,那么,我想我该走了。"杰克说着,尴尬地向门口挪去,"但是我会把牌子留在这里,万一你改变主意呢。"

哈维尔转过脸去,当杰克跨过门槛时,他久久地看着自己的朋友。他的目光落在哈维尔运动鞋打结的鞋带上——两条鞋带紧紧地缠绕,就像他和哈维尔的命运永远难以分离。

杰克庆幸自己把绳子交给了哈维尔,让他实现自己愿意为之努力奋斗的理想。然而两人彼此心照不宣的是，哈维尔的理想只是杰克提议交换绳子的原因之一——只占很小一部分。

杰克通过和哈维尔交换绳子拯救了自己。哈维尔从未当面戳破这件事，让杰克感觉自己就是一个胆小鬼。那是杰克自己的事情。

哈维尔从不想要什么又破又旧的祈祷牌，那从来不属于自己。在拳击馆的争吵中，他曾清楚地告诉了杰克自己的要求，杰克无能为力。他无法面对自己的姑父，就像杰克的妈妈无法面对任何亨特家族成员。而现在安东尼成了众望所归的接班人，一个未来的总统，杰克还是以前的杰克——那个亨特家族年度野餐会上无人问津的二人三足队友，那个被自己母亲抛弃的儿子。

杰克到底在做什么？为了从未真正理解过他的家人，与唯一理解他的人分道扬镳。

杰克以为自己知道孤独的滋味，一个家人眼中最熟悉的陌生人，一个错误，一个从未得到爱的人。如今，哈维尔带来的，是一种失落。

得而复失的感觉比从未拥有更加强烈，也更加落寞。

杰克不能失去哈维尔。至少现在不行。哈维尔的生命还剩下短短几年。这当然不行，因为杰克的弱点和恐惧才是造成这一切的罪魁祸首。

杰克看着自己的朋友，曾经的室友，忍不住泪流满面。

"哈维尔，我保证，我会想办法弥补过失，来赢得你的宽恕和尊重。因为你是我最尊重的人，"他说道，"我知道，你会成为军队的骄傲。"

本

当九月本和莫拉相聚小酌时,她请本帮忙,在她和尼娜前往意大利期间为她的女朋友安排一个惊喜。

于是,她们一踏上旅程,本就乘地铁来到她们的住处,爬上三层楼梯,掏出莫拉上次互助小组讨论时交给他的备用钥匙。

他以为公寓空无一人。

然而,就在他打开房门、跨进客厅时,差点儿和一个女人撞个满怀,只见她手抓一株盆栽植物,高高地举过头顶。

"哦,该死!"本向后一跳,惊讶地摸索着自己的钥匙。"你是谁?"女人大叫,看上去和他一样惊魂未定。

"我是莫拉的朋友,"本连忙解释,"钥匙是她给我的。"

"哦,"女人说道,突然意识到自己张牙舞爪的样子,"不好意思,我听到有人进来,心想不可能是尼娜或莫拉,于是就顺手抓起一件武器。"

本看了一眼她身后那排鲜艳的绿色植物。"仙人掌可能更好用,"他说道,"打人疼多了。"

听到这里,女人露出了笑容,她的肩膀放松下来。花盆被她小心地放回架子上。

"我是尼娜的妹妹,"她说道,"艾米。""很高兴认识你,"他说道,"我是本。"

艾米和本此行显然都是受人之托:尼娜请艾米来给植物浇水,并查收邮件,而莫拉则委托本完成一个艺术设计。

本从胳膊下的海报桶里抽出几张纸,在咖啡桌上摊开。"这些都是你画的?"艾米惊讶地问道。

她凑上前去,端详着这组素描——市中心破旧不堪的卡拉OK酒馆,挂着灯串的咖啡馆天井,布鲁克林植物园的绿屋穹顶。

"莫拉看我随手画过几次,显然她对我的即兴创作相当满意。"本笑着说道,"但我想让这些画看上去更专业一点儿。今天我来测量一下墙面的尺寸,方便给它们装框。"

艾米点了点头,玩起了爱情拼图游戏。"所以这是她们相遇的地方,这是尼娜说出'我爱你'的地方,我看不出中间这张画是哪里。"

"第一次约会,"本回答道,"莫拉想要所有值得纪念的地方。"

"真是一份美丽的礼物,"艾米说道,"画得真好看。你是画家?"

"建筑师。"他说道。

"所以,你是一个精通数学的画家。"艾米笑道。"你呢?"

"哦,我对数学一窍不通。"她说道。

本大笑道。"我是说,你做什么工作?"

"语文老师,"她说道,"没有数字,只有文字。"

本正想问她在哪所学校任教,耳边传来一阵慌乱的敲门声。"尼娜!莫拉!"一个惊慌失措的声音大喊道。

本立刻打开门,眼前是一位上了年纪的男人,他单薄的身体裹在湿漉漉的衣服里。

"你们是谁?"男人问道,"尼娜和莫拉呢?"

"哦,她们不在,"本说道,"我们是她们的朋友。你有什么事吗？"

"我不知道，我不知道该去哪儿。平时都是莫拉和尼娜帮我解决，"男人焦急地说个不停，"出了点儿麻烦，我想一定是水管爆了。水流得满地都是。"他看上去快要哭了。

"好的，先生，要不你先进屋，坐下再说。"本轻声说道，老人在艾米的帮助下在沙发上坐了下来。

"你住哪家？"本问道。

"走廊尽头，门牌号3B。"

"我去拿几条毛巾。"艾米话音未落，本已经冲向3B所在的方向。

当本走进狭长的厨房，他差点儿滑倒在地板上。一根管子果然正在喷水，黑白相间的瓷砖上已经泛起一片浅浅的水渍，就像一个快速流动的方阵，正在侵入客厅的硬木地板，随时威胁着前方的地毯。本蜷缩在水槽下，迎着飞溅的水花眯起眼睛，伸出双手四处摸索着阀门。

他找到水阀并成功制服了喷水的水管，这时艾米冲了进来，胳膊上挂满浴巾。如果不是水花和肾上腺素让本几乎睁不开眼，他一定会为自己及时解决危机，并给她留下了深刻印象而自鸣得意。

"水管工一会儿就到。"她说着，把几条毛巾扔给本，后者把其中一条紧紧地缠绕在漏水的管子上。那个年迈的邻居跟着艾米走了进来，小心翼翼地站在门槛旁，只见本和艾米跪在地上，开始用拖布清理地上的积水。

"实在抱歉，给你们添麻烦了，"男人说道，显然为自己的没用感到羞愧,"这本来是我的工作,但是……我害怕自己滑倒。"

"你太客气了。"艾米亲切地说道。然后她看了一眼本,差点儿笑出声来。

"怎么了?"他问道。

"你简直……就像个落汤鸡。"她说道。

"好吧,你来得可真够及时。"本笑道,想要甩开脸上湿漉漉的头发,"刚好错过了我头顶喷泉的好戏。"

水管工赶到后,老人把本和艾米送出走廊,并再三向他们表示感谢。

"刚才某人可真勇敢。"艾米对本说道,两人拿着一堆脏毛巾来到洗衣房。

"我们数学家以勇敢著称。"他调侃道。

"希望你也以谨慎著称,"她说道,"因为绝对不能让尼娜知道,她的宝贝客用毛巾被用来去清理污水,甚至就连我在沙发旁喝水,都会让她紧张。"

"我什么也不知道。"本笑着说道。

"好吧,我想你需要回家换身衣服。"艾米提议道。

但本现在还不想走。心中有一个声音让他留下来。

"可是……我现在正想喝上一杯,"本说道,"要一起吗?"

街角的一家小餐馆提供晚餐和酒水,艾米提议他们可以把这里想象成意大利。

"我让尼娜回来时给我的每个学生捎一个贡多拉小船钥匙链。"

她解释道,在两人吃完饭后。

"好主意,"本说道,"这口气真像我妈。她和我爸也都是老师。"

"所以,我让你想起了母亲大人?"艾米调侃道,这时服务生端上两杯热气腾腾的卡布奇诺,"女生都喜欢这种感觉。"

本以为他和艾米一直都在恪守友谊和暧昧的界限。难道艾米刚才是在存心越界?

这就是第一次约会的感觉吗?太过久远的记忆,本已经几乎无法想起。

突然他紧张起来,担心自己会把饮料弄洒,或是把卡布奇诺泡沫粘在嘴上。自己咀嚼意大利脆饼的声音会不会太响?这些久违的烦恼,细小而琐碎,这些让人心神不宁的不安感。

这种久违的感觉简直就是一种奢侈。

当尼娜和莫拉享受她们的海外之旅时,本也把自己卷入了一场冒险,和艾米开始了没完没了的约会。

他们在尼娜和莫拉的公寓中再次相见,让本可以完成测量工作,然后艾米陪他来到画框店,帮他挑选姐姐喜欢的样式。

短短一个多星期的时间,就这样在餐桌旁和公园漫步中,伴着清晨的百吉饼和夜晚的微醺悄然流逝。一天晚上,在本靠过来吻了她之后,艾米问他接下来还有什么节目。依靠难以置信的强大意志,本邀请她来到附近的咖啡馆,而不是回到自己的公寓。他还不能允许自己更进一步,至少现在这会让他感到内疚。

现在不行,艾米还被蒙在鼓里。

但在两人形影不离的日子里,有关绳子的话题从未被提起。艾米似乎满足于闭口不谈,而本当时不知道如何开口。

那晚喝完咖啡后,艾米掏出手机,开始翻阅最近的短信,而本的目光追随着她侧影的曲线。身为一名建筑师,他努力追求对称性,但当发现她的左侧脸颊没有与右侧脸颊一样长着一小片雀斑时,他却感到一种奇怪的兴奋。

"你看,"她举起一张意大利田园照片说道,"尼娜刚发给我的。美不美?"随后她双手捧着马克杯,发出一声满足的叹息,"你有没有想过搬到某个欧洲小村庄?离开疯狂的纽约,住在小木屋里,你可以骑车进城,人们彼此熟识,吃着新鲜的面包、果酱和奶酪度过你的余生。"

"实不相瞒,只是偶尔想想。"本笑道,"但你的计划听上去不错。"

"我敢说幻想总是比现实更美好,"艾米耸了耸肩说道,"这很奇怪,因为人们经常把'简单生活'的梦想挂在嘴边,或者对'简单的事情'念念不忘。但在我看来,仅仅隐居山林,远离喧嚣,并不能真正让生活变得更加淳朴。"

本心照不宣地点了点头。"至少你在吃着新鲜面包和奶酪的时候需要面对现实。"

艾米笑着说道。"尼娜和莫拉明天准备去维罗纳,度过这次旅程的最后一天,"她说道,"我现在满脑子都是罗密欧和朱丽叶。你听说过维罗纳有一个给朱丽叶写信的传统吗?"

"那个小说里的姑娘?"

"这个,算是吧,"艾米解释道,"每一年,上千名民众都会寄出一封收信人为朱丽叶的信,希望她为自己的爱情生活指点迷津。在维罗纳生活着这样一群人,他们自称朱丽叶的信使,替她回复每一封来信。亲自动手。"

"听上去责任重大。"

"我知道。我当然不觉得自己有资格对别人的爱情指手画脚。"她说道。然后她的脸上一反常态地浮现出一种恍惚的神色。一个念头,或是一段往事,显然在她的脑海中一闪而过。

"你看上去有些心不在焉。"本说道。

"哦,抱歉,我有时会这样。"艾米笑着说道,脸上露出一丝窘迫,"我只是想起了一个女人,她真的应该听听朱丽叶的忠告。"

"是你朋友吗?"本问道。

"不,不是。只是她的故事曾让我着迷。实在难以解释,其实我是在一封信中认识她的。这个女人名叫格特鲁德。"

这个单词差点儿让本掉下椅子,这个名字就像一股电流。格特鲁德。

这几个简单的字母唤醒了每一帧熟悉的记忆,仿佛艾米和神秘人"A"之间的相似之处自艾米和本相遇之日就开始慢慢地累积,最终拔地而起,成为无法忽视的存在。艾米和A都是曼哈顿的英语老师,住址都在上西区,而这封关于格特鲁德的信,一定就是他亲笔所写的那一封,不是吗?

本的心跳开始加速。这不可能。绝对不可能。这一切是真的吗?

"我刚想到,"本说道,"我还没问过你在哪所学校教书?"

"哦,康纳利学院,就在上东区,"艾米回答,"显然,它看上去可没有我这么寒酸。"

本张开嘴想说些什么，什么都行，但他一句话也说不出来，于是他赶紧举起杯子把脸遮住，想给自己一点儿时间冷静下来。但他差点儿被自己的咖啡呛到。

每个周日晚上，本就坐在艾米教书的学校里，然后在那里留下他的回信。一定是她，他心想。直觉不会撒谎，如果这一切不是幻觉。

理智告诉他，事情可能还有另一个答案，但直觉告诉他，没有别的可能。一定是她。

尼娜

在意大利的最后一天，尼娜和莫拉登上了从威尼斯开往维罗纳的列车，全程需要一个小时。

这趟一日游是艾米的提议，尼娜和莫拉都认为这座文学之都值得她们为之停留。维罗纳远没有威尼斯那么热闹，只有主广场的一个角落除外，前来朝圣朱丽叶故居的情侣、书迷和游客络绎不绝。

两个女人一路来到朱丽叶的庭院，她们穿过入口的拱廊。拱廊的内墙上覆盖着一层又一层随手写下的姓名，远远望去，就像一片乱七八糟的涂鸦，呈现出逐年增多的趋势，各种彩笔和深黑色记号笔的潦草字迹让人难以辨认，密密麻麻的符号斑驳了整面墙壁。但如果凑上前去，一个个姓名和签名便开始在眼前浮现："马尔科和阿敏"、"久利与西莫"、"安吉拉＋萨姆"、"曼努尔和格蕾丝"、"尼克与罗恩"、"M+L"、"泰迪到此一游"。

莫拉看了尼娜一眼，后者总是随身带着一支笔，她们找到一块空白的墙面，签下了两人的姓名首字母。然后两人走出拱廊，来到一个天井，这里已经聚集了一些游客，抬头瞻仰着那个家喻户晓的石头阳台，并纷纷和天井正中仪态端庄的朱丽叶铜像合影留念。

这对情侣几乎立刻沮丧地发现，抚摸这个年轻女孩的胸部是一种广受欢迎的习俗，就像别的地方触摸雕像的脚趾或鞋子以求得好运一样。

"打扰一下。"莫拉向她们身旁的一位女人搭讪，"大家为什么要这样？"她指着对朱丽叶的胸部上下其手的游客问道。

结果那个女人同样来自美国。"你是问我大家为什么都抓着她的乳房不放？我想是为了给自己的爱情带来好运。"

"就因为朱丽叶的桃花运泛滥成灾？"尼娜满脸疑惑地嘀咕道。

"好吧，这可太扫兴了。"莫拉表情痛苦，看着两个似乎为了追求爱情而奋不顾身的男孩。

于是两人绕过正在排队等待参观雕像的人群，走向朱丽叶身后的围墙，只见墙壁上挂满了上百张迷你便利贴，还有从日记本中撕下的锯齿状纸张，上面写满留言，因为每位初来乍到的游客在得知这个历史悠久的传统后，都会给这位充满悲情色彩的女主角留下一张便笺。

"这张很可爱，"莫拉说道，"'你的名字叫泰勒，可你是我的朱莱塔。我们在维罗纳，永远不相忘。'"

"你能告诉我这张写的是什么吗？"尼娜指着一张贴纸。莫拉打量着尼娜手指下的黄色纸片。

Se il per sempre non esiste lo inventeremo noi.

只见她眉头微微皱起，开始在脑海中搜索词语。"如果永恒不存在，"她说道，"我们就亲手创造它。"

下午，尼娜和莫拉沿阿迪杰河漫步，一路向佩雅托桥走去，那是维罗纳的一座主要桥梁。这座罗马时代的桥梁使用红砖和花岗岩混合建造而成，尼娜认为这两种不同原料的混合，同时将杂乱和优美的观感融于一身。

狂风掠过水面，行人纷纷抓紧自己的帽子。河面汹涌异常，白浪不断从桥下翻滚而过。

"这是朱丽叶的幽灵，"莫拉故弄玄虚道，"来找那些对自己的雕像上下其手的人报仇了。"

她们看到桥头围着一小群人，一个放着鲜花、蜡烛和一些玩具熊的简易神龛伫立在那里。

"看上去像是一块纪念碑。"尼娜说道。

当她们走近后，尼娜认出了画框中照片上的男人和女人。这个春天从桥上一跃而下的那对新婚夫妇。

"我们走吧。"尼娜说道,她不想唤醒悲伤的回忆。但每次回头看向水面,她总是不禁想到那对携手赴死的新人,还有那位溺水而亡的短命新娘。至少她的人生见证了一段伟大的爱情。莫拉在便利贴上看到的话是什么来着?也许我们可以创造属于自己的永恒。

"想什么呢?"莫拉问道,"这么安静。"

"你读过的那条意大利语留言,"她答道,"如果永恒不存在……"

莫拉笑着说。"那应该是西班牙语。"

又一阵风吹过,尼娜感到一股奇异的能量在体内升起。她停下脚步,转身面向莫拉,表情突然变得认真起来。

"你知道,我们约会的最初几周,我一直都在等你和我分手,"尼娜说道,"我无法想象,一个如此特别的人,如此……令人难忘……竟然会记住我的名字。"她停顿片刻,"两年后的今天,我们在这里,面对永恒并不存在的现实。面对人类的宿命。但我仍想和你一起创造它。"

莫拉很少陷入无话可说的境地,但在那一瞬间,她似乎变成了一个不会说话的哑巴。

"和我结婚吧。"尼娜忐忑不安地向她表白。

"我就知道,"莫拉终于开口,"其实……要不是你这么敷衍了事,我真想一口答应。"

尼娜如释重负,开心地笑了起来。"那么,可以再给我一次机会吗?"

莫拉向她笑着说道。"当然。"

本

自从卖掉位于新泽西州的家搬进他们所住的公寓后，本的父母一直在下曼哈顿保留着一个储物间，但本刚刚开始退休生活的母亲读了太多有关断舍离的书籍，这让她坚信，他们的陈年物件中至少有一半如今毫无用处。于是，周六下午，本前往市区，帮助父母整理储物间。

当他赶到时，他的父母已经开始在堆积如山的棕色密封箱子里到处翻找，不时将物品扔进硕大的黑色垃圾袋中。

"不想要的东西尽管扔掉或者捐给别人。"他的母亲说道。"所有不能带来快乐的东西？"本调侃道。

他的母亲调皮地伸手抓乱了儿子的头发，这一幕在本的童年记忆中时常发生。那时这种幼稚的行为让本不胜其烦，但现在本已经没有那么介意。

"我想你该理发了。"她说道，无法控制自己母性的冲动。"专心一点儿，好吗？"

本坐在一个没有打开的旅行箱上，开始归置一箱箱旧衣服，把要捐赠的衣服从那些无人问津的破烂中分拣出来。这种机械单调的工作让他的思想像脱缰的野马一样任意驰骋，他很快就想到了艾米，还有那些不为人知的秘密——关于他的绳子，和他们的通信。

然而，答案并没有自己出现。本喜欢艾米。他喜欢她灿烂的笑容、不对称的雀斑和对工作的热情，还有两人相处时的轻松，就像在信中一样。当然，本真正喜欢的是艾米外表之下的思绪、恐惧和梦想。那些她用文字诉说的内心独白。

本觉得，艾米或许也喜欢他。但是假如艾米喜欢的只是她在这周遇到的本，那个为邻居雪中送炭的英雄，而不是那个郁郁寡欢、自怨自艾的短绳笔友，又该怎么办呢？要知道后者也是本不可分割的一部分。

他抬头看着自己如今刚刚年过六旬的父母，正在整理他们共同生活的记录，那是几十年相濡以沫的记忆。无法承诺相伴一生的本，凭什么要求一个女人选择自己？

在和克莱尔分手前的几个月，在他三十岁生日前后，是本第一次真正从现实角度思考婚姻和父亲的身份，而不是只进行无关痛痒的假设。在克莱尔离开他后，在他得知自己绳子的真相后，一切他原本以为理所当然的未来规划——结婚、养家，以及在孩子的成长中和妻子一起慢慢变老——突然不再确定。

本痛苦地想，如果他的绳子从未出现，或者如果克莱尔从未打开他的盒子，那他的人生之路将会按部就班地进行下去，没有疑惑、犹豫。而如今犹豫不决让他备受折磨。

"哦，天哪，快看！"他的母亲从一个贴着万圣节标签的盒子里举起一套小小的南瓜服装。

本凑过来，检查着盒子里的物品：伍迪的牛仔帽、一把可以伸缩的光剑，甚至还有一撇乱糟糟的假胡子，那是他在一次前往西班牙的家庭旅行后，对安东尼·高迪长达一年的迷恋带来的产物。

"这些可以为别的小朋友带来很多快乐。"他的母亲笑着把所有东西放进捐赠箱里。

就在父亲准备压扁一个空盒子时，本一眼发现一张小小的贺卡贴在盒底。卡片的正面是一个大声喝着倒彩的卡通精灵，在内页上，他的父母写道，"不要害怕！我们会一直守护着你"。

"可能我们曾经有点儿多愁善感。"本的父亲说道。"只是曾经？"本调侃道。

但他的母亲用胳膊肘轻轻地碰了一下自己的丈夫。"嗨，那是一张不错的卡片，"她说道，"我们是认真的。"

当他的父母回到各自的旧物堆时，本低头看着自己膝头打开的贺卡，当年母亲用潦草的字迹写下了那句玩笑，他的双眼感到一阵莫名的刺痛。

母亲说得对。在本的记忆中，在父母身边他从未感到害怕。他只有被保护的感觉。

即使当他在莽撞的少年时代失手摔下自行车，躺在医院病床上，惴惴不安地等待 X 光结果时，一看到父母冲进急诊室的身影，他悬着的心立刻放了下来。尽管他们会在接下来的一个小时里责备他的粗心大意，但这并不重要。他们的出现，就能为他带来一种安全感。

所以，他怎么能够不求助于他们，在这人生中最可怕的时刻，在他最需要他们安慰的时刻？

没错，真相会对他们造成伤害，但是隐瞒真相难道不也是一种伤害？让他们感到儿子对自己不够信任？这就是他们不离不弃换来的回报？

"有件事，我要告诉你们，"本说道，"我看了自己的绳子。这就是克莱尔和我分手的真正原因。然后……它还剩下十四年时间，或者说加上五年仍不满二十年。"他挤出了一丝笑容，"这样听上去更舒服一些。"

一阵短暂的沉默，在时间的空白中，所有人都一动不动，没有说话，本担心自己给父母造成了无可挽回的裂痕，让有些东西瞬间变得支离破碎。

直到母亲探身把他拉向自己，用仿佛来自另一个世界的力量，狠狠地把他抱在怀里，只有特定的人在特定的时刻才能做到：那是父母对孩子的保护。自从大学时代起，本高大的身材总是和母亲形成鲜明的对比。然而不知为何，此刻她的身体仿佛把本包裹起来，就像抱着一个小孩，用整个身体把他包裹住。本的父亲把手放在儿子的肩上，温暖而厚重，恰到好处的力道让本不至于歪倒。

本这才想到，在告诉他真相的那个夜晚，克莱尔从没有触碰过他一次。回忆的画面是如此触目惊心。她的胳膊紧紧地抱住自己，努力保持镇定。然而，本的父母心中考虑的不是他们自己，此刻，他们只在乎自己的儿子。

本就这样坐着，坐在一个储物箱上，在母亲的怀抱中，父亲的手搭在他身上，在肢体的接触中，所有话语都在无声地流淌。

杰克

哈维尔离开几周后，杰克想要逃离他们的公寓，这里的每个角落都让他想起他们岌岌可危的友谊。争吵发生后，他们几乎没说过话，杰克终于明白为什么自己的父亲在母亲离开后带着他搬到新家，回忆可以让一个房间面目全非。

于是，周五晚上，在为华盛顿特区的新职位接受了为期一周的网络安全培训之后，杰克直奔中央车站，登上了开往纽约的下一班列车。

他在车厢尾部坐下，望着窗外，长年积累的手指印和陌生乘客的哈气让车窗外的景色一片朦胧。他迫不及待地想去纽约。他以前只去过这座城市几次，但他知道这是世界上唯一一个永远人潮汹涌的地方，无论何时何地。唯一可以确保让他隐姓埋名、最大程度地回归正常生活的地方。

两天来，杰克游荡在曼哈顿街头，借宿在朋友破旧的灰色日式床垫上，在潜水酒吧喝酒玩桌球游戏，试图破译地铁上不知所云的公告，和素不相识的陌生人擦肩而过。但他心中依然想着哈维尔。

每一架在头顶轰鸣的直升机都会让他想起自己的朋友，一位见习飞行员。尽管他睡在窗户大开的客厅，耳中充斥着警笛声、叫嚷声，还有垃圾袋被拖向路边时碎玻璃的声音，杰克的思绪还是飘回了华盛顿特区，回到了他们在军事学院的宿舍中。即使纽约也无法为他带来解脱。这座城市的喧嚣与骚动,无法淹没他如影随形的内疚,它时刻提醒着杰克,他还没有兑现自己对哈维尔的承诺,也没有赢得他的宽恕。

周末结束时,杰克走在街上,双手插在口袋里,为自己不成功的散心之旅垂头丧气。还没到晚上八点,但人行道上一片安静,只有几位行人匆匆走过,一位拉票人正在胆怯地索要签名,一名鼓手不断敲打着倒扣的水桶。

杰克看到两名少年正在向那位拉票人靠近,这个戴着眼镜的矮个子男人手中抓着一个剪贴板。少年的肢体语言中散发着咄咄逼人的傲慢,他们招摇过市的样子让杰克想到了在军事学院欺负自己的那伙人。少年大摇大摆地走向浑然不觉的拉票人,杰克加快了他的脚步。

男人只是试图向少年进行宣讲,只见他摆出一副无辜的笑容问道,"你愿意花一分钟时间支持韦斯·约翰逊吗?"

其中一位少年歪着头。"你是说那个短命总统候选人?"

"约翰逊议员已经证明他将成为全体美国人民的代言人,包括那些短绳群体。"拉票人回答道。

"我为什么要把选票浪费在那个短命鬼身上?这个短命的可怜虫应该乖乖地滚蛋。他可真会自讨没趣。"

一位少年从拉票人手中一把夺过剪贴板,贪婪地扫视着上面的名单。"居然还有人支持这号人物?"

一名路过的母亲,看到眼前的一幕,紧张地抓住孩子的手,带领她远离剑拔弩张的三个人,而杰克在附近徘徊、等待着。

"请把它还给我。"拉票人恳求道。

少年不怀好意地笑了笑，然后把剪贴板扔向人行道，塑料板砰的一声落在路面上。旁边的鼓手停止了演奏。

杰克可以看到拉票人左右为难的表情，他正在酝酿着最安全的行动。如果他弯腰去捡剪贴板，他的视线就要离开面前的少年，更重要的是，离开放着捐款箱的桌子。

杰克环顾四周。另一名相隔最近的目击者是一位年轻的孕妇，只见她正在远处观望，右手抓着手机，手指大概已经做好拨打"911"报警电话的准备，以防事态继续恶化。紧急关头，大家都在哪里，杰克心想。他向女人点了点头，而她也向后微微仰头作为回应，共同的担心瞬间拉近了两人的距离。

"还不把它捡起来？"少年问拉票人，与此同时，他的同伴开始向桌子靠近。

"你不准备还手吗？"学校球场边的奚落声依然回荡在杰克耳边，"可惜你的家人不在这里。可惜你的姑父不在这里。可惜你没有他们有种。"

杰克的愤怒瞬间爆发了。

"为什么你不能离他远点儿，让大家今晚都能睡个好觉？"杰克语气坚定，向前走去，为那个男人从人行道上拿回剪贴板赢得了短暂的空当。

"为什么你不能少管点儿闲事，蠢货！"

"我不是来打架的。"杰克说道。

"那就快滚。"

"除非你就此罢手，让这位先生继续工作。"杰克说道。

少年一脸讪笑。"你该不会和他们一样吧。两个短命鬼。"他恶狠狠地说道。

杰克既没有回答，也没有后退，少年稍稍偏了偏头，仿佛准备后退，随即他迅速转身，一拳打向杰克的下巴。

不可思议的是，杰克挡住了这一拳。

少年的同伴随后从侧面向他一拳挥来，然而杰克再次成功阻挡了他的攻势。

惊愕和愤怒之余，两人尝试继续进攻，但杰克依然成功化解。懊恼的男孩还不知道，此时杰克已经离开了纽约的大街。他已经和哈维尔回到拳台之上。正在和他最好的朋友，他的兄弟进行对练。他在潜移默化中记住了哈维尔的出拳动作，以及防守的要领。

杰克真的不想伤害两个孩子，但他发现自己无路可退，于是他对准两人的小腹各打出一记刺拳，力度不大，刚好可以传达战斗结束的信息。

看到两位少年向后打了一个趔趄，杰克才明白刚刚发生了什么，他对自己笑了笑。即使不在身边，哈维尔总能为他保驾护航。

两位少年落荒而逃，随后一位警官赶到现场。他正在为那名拉票人记录口供，此时那名显然拨打了报警电话的年轻孕妇向杰克走来。

"身手真不错。"她说道。

杰克的身体在肾上腺素的作用下还在不停颤抖，他感到手腕酸痛，然而比起大一那场野蛮斗殴带来的伤痛，这简直是小巫见大巫，当时他在全体新生面前被暴揍一顿，哈维尔不得不从厨房偷出冰块给他的脸消肿。

"谢谢,"杰克说道,"我平时不怎么……打架。"

"我叫莉娅。"女人笑道。

"杰克。"

"好吧,杰克,我正准备去参加今晚的讨论小组。所以,感谢你为我提供了一段可供分享的精彩故事。"

杰克注意到,女孩的毛衣上戴着一枚金色胸针,他从未见过这种样式:两条弧线互相缠绕,就像盘绕在赫尔墨斯节杖上的蛇,只是这两条弧线长短不同。

莉娅看出了他的诧异。"这是两根绳子,"她解释道,"一长一短,寓意团结。"

"是你自己做的吗?"杰克问道。

"是我弟弟送给我的,"她解释道,"我想 Ebay 网站上已经有人在卖了,它们显然迅速风靡起来。上周就连韦斯·约翰逊也戴了一枚。"

他的姑父一定对此深恶痛绝,杰克心想。

"你觉得这是他们凶相毕露的真正原因吗?"莉娅问道,"就因为这个人在约翰逊手下工作?"

杰克耸了耸肩。

"我不敢相信他们会对短绳人群说出这种话。"莉娅打了个冷战。

"好吧,希望下次他们信口开河之前能三思而后行。""谢谢你。"莉娅认真地说道。

她严肃的语气让杰克心头一震。"只是两个欠揍的地痞,或许是想弄点儿钱花,"他说道,"没什么大不了。"

"你路见不平，没有视而不见，"莉娅说道，"这很了不起。"

杰克想起了哈维尔在他们争吵时说过的话。这不只事关安东尼的傲慢，不再仅止于此。人们的生命正在陷入危险。他们的遭遇比杰克更加悲惨，而他却总是抱怨自己的家族，希望换一种活法。哈维尔曾经试图把他唤醒，把他拉出自己的世界。

一如往常，杰克曾对此熟视无睹，而哈维尔是对的。

杰克不知道是什么让自己改变立场，促使自己在街上挺身而出，但那晚他迫不及待地想要返回华盛顿特区，他感觉也许自己并非如此软弱。也许他只是需要合适的时机，远离家族、远离镜头、远离军队、远离所有他曾欺骗的人，远离所有他曾拼命取悦的人。

也许在和哈维尔共同生活的这些年中，拳击并不是他从朋友身上得到的唯一收获。

这种证明自我的感觉令人振奋，哪怕转瞬即逝。有生以来，杰克一直都过着唯唯诺诺、畏首畏尾的生活。他总是感觉自己一无是处。

而这次，他终于不再一无是处。

杰克知道，距离下次收到和安东尼、凯瑟琳同台的邀请只是个时间问题。也许，这次，他将不会如此恐惧。

本

周日早晨，在向父母说出真相的第二天，本醒来后发现自己还没有写回信。他还没有想好对艾米说些什么，今晚在她的教室有一场小组讨论。这是他照常留下回信的最后机会，装作什么也没有发生。

但想到这里，本看了一眼手机，上面的日期吸引了他的目光。

整整两个月了。

不到一个小时后，他已经登上地铁，前往市中心。他需要去一个地方。

自八月的那个午后以来，他就再也没去过那里，当时的公园中挤满了观众，空气中同时弥漫着崇拜和愤怒的情绪。

当接近公园入口时，本发现一小群人聚集在一座建筑的侧面，有几个人还在不停地拍照。本的心中迅速冒出一个疑问——他们是否和自己怀着相同的目的来到这里——这时他发现，他们正在给石墙上的涂鸦拍照。

当人群散去后，本看到了他们围观的东西：一幅黑白壁画上，传说中的魔鬼盘踞在潘多拉打开的盒子上。一切为时已晚，这个臭名昭著的盒子中隐藏的咒语、幽暗的烟柱和恶魔的面孔，已经被放归世界，沿着墙壁的边缘向上蔓延。眼前的画面让本心中一惊，他迅速转身走进公园。

他的身体仿佛在记忆的带领下本能地走向那天所站的位置。

当本走近之后,他惊讶地看到一位年轻的女人一动不动地站在人来人往的步道中央,仿佛陷入了沉思,只有脚踝处轻舞飞扬的长花裙边,才能为她静止的身体带来一丝活力。女人从包中掏出一束鲜花,蹲下身来把它们摆上人行道。

她离那天汉克倒下的地方只有几码远,仿佛当时她也在现场——也可能是顺着新闻报道中的线索找到这里。无论如何,本对她的来意确信无疑,他犹豫着要不要上前搭讪。他知道这座城市的规则,眉梢上挑是陌生人之间打破沉默的信号。而且,如果这个女人果真在为汉克哀悼,打扰她的悲伤是不是不太礼貌?

本一边慢慢地向她靠近,一边努力地推测她的身份。汉克没有任何姐妹,这也不是那位为他致过悼词的女人——阿妮卡·辛格大夫。也许是他的表亲、同事,或某位前女友。

"抱歉,打扰了,"本小心翼翼地说道,"这些是给汉克的吗?"

女人被他的声音吓了一跳。"是啊,这些花,"她说道,"你认识他?"

"是的。"本点了点头,"刚认识不久,我想。"

女人停了一会儿,歪着头一副若有所思的样子。"他是个什么样的人呢?"她问道。

本吃了一惊。他原本以为这个女人认识汉克。但她似乎对汉克一无所知。难道她是一位看过汉克报道的狂热崇拜者?

"哦,这个,他是我认识的最有趣的人之一。"本说道。看到女人好奇的样子,他最初的警惕开始散去,"我感觉,他从来不想麻烦别人,或者让人感到失望。他总想成为一个英雄。"本笑道,"幸运的是,他总能如愿以偿。"

"这就是我来这里的原因,"女人说道,"来感谢他。"

当然,本心想。一位眼中只有汉克医生的患者,对急诊室之外的他一无所知。

"他做过你的主治大夫,以前?"本问她。

"其实,没有,"她说道,一阵微风正好掀起了她黑色的长发,露出一抹鲜艳的粉色发梢,"他……把肺给了我。"

一瞬间,本感到呼吸困难。他不停地眨着双眼,盯着面前的女人,秋天的空气让她的胸腔膨胀而充实。

本不知道汉克是一名器官捐赠者,葬礼上无人提起。但这毫不意外,不是吗?一位英雄最后的谢幕。

"已经两个月了,这是我第一次能来看他。但我没有一天不在想他。"

"我相信,认识你,他会很高兴的。"本说道。

他突然想起了自己和莫拉的一次对话,关于人体冷冻和大脑备份,人们为了有朝一日死而复生所做出的种种交易和牺牲。但当看到眼前的年轻女人时,本想到了她的绳子,在那个八月之后增加的每一寸长度,都是一份来自汉克的馈赠,这个女人的生命仅仅因为汉克的存在得以延续,本意识到,让生命继续的方式不止一种。

"我还没见过自己的绳子。"她说道,仿佛看穿了本的心思,"最初,在得知手术方案前,我因为恐惧而不敢面对现实,我还让所有家人发誓不会偷看。但是现在,无论我的绳子有多长,每一天都感觉如此神圣。我不想在悲伤和惆怅中虚度光阴。我只想心怀感激。尽情享受生活。"

这个女人正在和本说话，却没看他一眼。她正注视着其他公园里的人——野餐毯上分享同一瓶酒的情侣、蜷缩在喷泉边的慢跑者、树下阅读的少年。

女人手包里的电话突然响了起来，她低头看向屏幕。

"哎呀，我得赶紧跑了，"她略带歉意地说道。但随后她抬头看着本，她唇角上扬，露出一个意想不到的微笑，"你知道，这只是一个习惯说法，因为实际上我还不能奔跑，无法真正地大口呼吸。刚刚那个电话是我朋友打的，"她解释道，"因为我已经术后两个月了，我们准备从散步开始，接着慢跑。然后，明年，我要参加半程马拉松。"

女人对未来的信心让本露出了笑容。"祝你好运。"他对她说道。

女人离开后，本注视着她摆在地上的那束桃红色玫瑰。往来的行人会不会对它们的出现感到好奇，并对它们是为纪念谁而浮想联翩？也许有些人已经知道答案。

在他走出公园返回地铁的途中，本再次路过那幅黑白壁画，但这一次，他没有畏缩不前。当看到潘多拉狰狞的面孔和她手中空空如也的盒子时，他发现壁画顶部画着什么自己在远处没有发现的东西。那一定是其他艺术家用鲜艳的蓝色涂料和细刷画笔进行的二次创作，本推断。

原作者只画了盒子内部的一小块空间，但就在黑暗的角落里，另一位艺术家在这个小小的空间里，写下一个单词，**希望**。

艾米

周一早晨,艾米在她的教室里发现了一封回信。

她惊愕地看到,收信人写着她的姓名,而不是首字母 A。她努力地回忆自己是否无意在上一封信中透露过自己的姓名。当她把信纸翻到背面,看到对方也签上了自己的姓名。

亲爱的艾米:

我听说过一个位于加拉帕格斯的岛屿,如今这个遥远的小岛上只生活着一百位居民。然而早在十八世纪,一些捕鲸者用一只空桶在海岸边建立了一个简易"邮局"。他们由此开创了一个传统,每艘途经小岛的船只都可以从邮筒中取出信件,然后把它们带回英格兰或者美利坚,或者任何他们扬帆起航的地方,为他们的水手兄弟传递邮件。时至今日,游客们依然可以把他们的明信片或信件留在桶里——无需邮票——然后拿出别人的信件,准确无误地交给收信人作为交换。我没有看到任何数据,但系统想必运转得出奇地好。

我不知道为什么要和你说这些,唯一的解释就是或许它让我相信,即便在最陌生的环境中,一封信依然可以找到命中注定的收信人。

冥冥之中,几个月前,我的信找到了你。

而听上去同样疯狂的是,我们找到了彼此。我发现四月以来自己每个周日晚上就坐在你工作的学校,参加一个面向短绳群体的互助小组（这个小组同样是我邂逅莫拉的地方，但我没有跟她说起过这些信，或是你的情况）。

二十多岁时，大部分时间我都在担心老板对我的设计有什么反应，或是自己的收入有没有达到预期，或是我最终拥有的生活是否能让自己成为让老同学刮目相看的大人物，而不是他们记忆中的那个书呆子。毫无疑问，这些事情——事业有成，收入不菲——依然不可或缺，但它们不是唯一重要的事情。绳子的出现让一切变得比以前更加清晰。

我现在明白，身为一个成年人，父母给了我两件美妙的礼物：他们亲身示范了一段忠诚恩爱的伴侣关系，他们为我营造了一段充满安全感、远离恐惧的童年时光。

我想自己也可以做到这些。成为爱人的亲密伴侣，把父母最伟大的遗产传递给自己的后代。

抱歉，艾米。我为这封信可能给你带来的震惊感到抱歉。抱歉，因为你曾请求我多写小事，或许没有什么比这更大的事了。但你同样说过我们可以发现属于自己的幸福配方。

一个陌生人最近告诉我，她不想在悲伤中虚度光阴。她只想尽情享受生活。我想那不失为一种不错的参考。

感谢你所做的一切
本

艾米慢慢松开信纸，信纸的边缘已经被她手中的汗水浸湿。

原来本就是一直以来给她写信的人。本就是那个被她安慰过，并向她寻求安慰的人。

本有一条短绳。

附笔——为了好好生活,追逐我想要的东西,我想再见到你。不再有任何秘密。

艾米感到一阵兴奋的眩晕,依靠不断眨眼才能抑制读信时几乎夺眶而出的泪水。她需要时间思考,梳理发生的一切。当天她的最后一节课已经结束,于是她早早地离开学校,坐上了她看到的第一班巴士。

艾米在车上坐下,努力保持平静,然而一股恶心让她浑身发抖。剩下的路程中她闭上双眼,巴士在车流中缓缓前进,刚一到站,她就冲下座位,跑上楼梯,心中庆幸自己回到了公寓。

艾米保存着所有来信,那时她还不知道这些信的作者就是本,她从梳妆台抽屉中取出所有来信,一封接一封重读。她双腿盘坐在卧室地板上,看着散落在地毯上的一页页信纸。每一页都装点着本工整的笔迹和一如既往的深蓝色墨水。

难道她早已发现了本的气息,隐藏在来信中的蛛丝马迹?

也许这就是她在两人相处时如此热切、如此主动的原因。这就是为什么她立刻感到了通常需要很长时间才能点燃的熟悉的温暖。她甚至刚过了几天就迫不及待地要跟他返回公寓,与习惯了慢热的她判若两人。

这就是本那天晚上没有顺水推舟的原因?这样他就能事先把真相告诉她?

艾米知道本让自己无力自拔。当本还只是个躲在文字后面无名无姓的影子时,他就已经让艾米无力抗拒。但他只剩下十四年的生命。这个他曾在信中提到的数字,艾米永远不会忘记。

她需要和本谈谈,但她还没有做好准备。她的胃缩成一团,五脏六腑已经翻江倒海。她想要大声尖叫,她想要放声大哭,她多么希望"B"还是一个无名的声音,继续扮演那个她可以写信寻求帮助的角色。

看着铺在地板上的所有来信,艾米的目光落在了本写给她的第一封信上。可是那本来不是写给她的,第一封信不是。他只是向宇宙发出了一条信息,而她选择做出回应。

几个月之前,她为什么要做出回应?她无法解释,无论是当时,还是现在。她仿佛被一股莫名的力量卷入其中,再也无法脱身。

她盯着第一封信,然后拿起手机,找到了那座第二次世界大战博物馆的号码。

"你好,我是艾米·威尔森,我是一名来自纽约的老师,然后,哦,关于你们收藏的一封信我想了解更多信息?"

"当然可以,是教学需要吗?"前台问道。

艾米痛恨撒谎,但她不知道真相应该从何说起。

"没错,"她说道,"我正在准备一个有关战争中的女性单元。"

当馆长的电话被接通后,电话一头的艾米对这封信进行了描述:"信中的士兵请求他的母亲告诉格特鲁德小姐,'无论发生什么,我心依旧。'我想知道的是他们后来的故事。"

"是啊,一个美丽的故事,"馆长用轻快的南方口音说道,"让我现在就来查一查。你介意稍等片刻吗?"

于是艾米先等了一分钟,很快又一分钟过去了。她不知道自己想听到什么答案。她只是感觉无法对自己的生活做出决定,除非她知道格特鲁德的结局。

"你好,你还在吗?"馆长问道,"我找到了那封信……遗憾的是,这封信的作者——士兵西蒙·斯塔再也没有回到家乡。一九四五年,他在法国阵亡。格特鲁德·哈尔佩恩,那个当时和他定下婚约的女孩,一直生活在宾夕法尼亚州,享年八十六岁。她似乎终身未嫁。"

艾米吁出一口气。

"我还有十几封类似背景的信件,"馆长说道,"需要转发给你和学生一起分享吗?"

艾米礼貌地接受了,她一边机械地复述着自己的邮件地址,一边心不在焉地想着,该不该把格特鲁德和她的士兵的真相告诉本。

经过一个不眠之夜,艾米意识到这一切让自己难以应付。她需要姐姐的帮助。艾米已经给尼娜发了短信,早在她和莫拉外出期间,她就对那个在她们公寓撞见的男人赞不绝口,从那时起他成了她挥之不去的记忆。

本依然占据着她的思绪,但有了不同的原因。

艾米对去尼娜家心存顾虑,担心她们的谈话被莫拉听到。所幸那天早晨尼娜先打来电话,询问下班后是否可以前往艾米的住处。

尼娜赶到后,还没等她走进公寓,艾米就开门冲了出来。

"我等不及想要听你的旅途见闻,"她气喘吁吁地说道,"但有件事真的不可思议。你永远都不会相信。还记得我跟你说过,那个几个月来一直和我通信的男人吗?是的,他显然就是莫拉的朋友——本。那个我在你们公寓里撞见的男人。那个我正在约会的家伙。"

艾米还站在那里,而尼娜在厨房桌子旁边的一把椅子上坐下,若有所思地皱起眉头。

"那个给我们画素描的家伙?"尼娜问道,"我……哦……你确定吗?你是怎么知道的?"

"他亲口告诉我的,"艾米说道,"在信中。"

"哦,天哪,真的吗?怎么会有这种事儿?"

"他和莫拉参加的互助小组,"艾米说道,"就在我们学校。"

尼娜缓缓地点了点头。

"都是你,你早该把他和莫拉认识的事告诉我,当我第一次给你发短信的时候。"艾米的声音中透着一丝责怪。

"你只是说在公寓撞见一位莫拉的朋友,然后出去喝了几杯,"尼娜回答道,"可你从没说过已经爱上他了!"

"我不……我不知道那是不是爱,"艾米争辩道,双臂紧紧交叉,"只不过是几封信而已。"

"听着,即便我知道所有秘密,也不能把别人的隐私到处张扬。"尼娜说道,"如果我告诉你,本有一条短绳,那我和高中时揭发我的那些女孩还有什么区别。"

艾米的胳膊垂向身边。"真讨厌每次都被你教训。""你和本说过这些吗?"

艾米摇了摇头,向后靠在吧台上。"我不知道怎么开口。我已经快要疯了。你说我该怎么办？"

"无可奉告。"

"哦，拜托，尼娜！以前在学校，我每次问你，你总是毫不犹豫地告诉我答案。"

"那无非是哪节体育课可以不去之类的小事。这次……非同小可。"

"我知道这次非同小可！"艾米说道，她朝脸部挥舞着手臂。每当焦躁不安的时候，她总是无法控制自己的肢体，"这就是为什么我不……我不认为自己应该和他继续保持联系，"她平静地说道，"无论见面，还是写信。"

尼娜瞪大了双眼。"你是认真的吗？"

艾米的视线转向地面，她无法面对尼娜的目光。

"就因为他在最后一封信中提到一些沉重的话题，关于成为一名合格的伴侣和生儿育女……"艾米缓缓地吸了一口气，"我知道这也是我向往的生活，而且……我喜欢本，"她说道，"但我不知道自己能否成为他需要的那个人。"

尼娜双手捧住额头，用拇指不断揉搓自己的太阳穴。

"你说话啊！"艾米向她祈求道。

"我只是有些不知所措，"尼娜说道，"其实我来这里是有事告诉你。"

"噢，"艾米说道，"什么事？"

"可是，没想到会以这样的方式告诉你……"尼娜的声音越来越小。她即兴求婚的消息本应是一个快乐的惊喜，但艾米目前的状态，让它瞬间化作一拨余震。

"莫拉和我就要结婚了。"尼娜说道。

艾米大吃一惊。"你说什么？"

"我在维罗纳向她求婚，我们只是觉得继续等待毫无意义，"尼娜解释道，"所以两个月后我们就要结婚了。"

"尼娜！两个月？太突然了吧。"艾米开始紧张地踱来踱去，"妈妈和爸爸知道吗？"

"我今天晚上就给他们打电话，"尼娜说道，"我想先告诉你！""可是……你想好了吗？"艾米问道。

"我知道感觉很突然，但这就是我想要的，"尼娜说道，"也是我们想要的。"

艾米苍白的脸上露出痛苦的表情。"你不觉得有点儿太快了吗？"

"你在说什么？"尼娜问道，"我们在一起已经两年多了。你觉得我们在玩过家家吗？"

"可你从来没说过求婚的事！我也不认为莫拉有这种打算。绳子出现之后更是如此。"艾米表情痛苦，她知道自己的话听上去一定很刺耳。

"没有计划，"尼娜冷冷地说道，"只是水到渠成。但你显然还在为本心烦意乱，所以也许现在不该讨论这些。"

"你知道我爱莫拉，但这一切发生得太突然了，"艾米说道，"我只是想确定结婚的决定不是你一时冲动。"

"她不是我在拉斯维加斯邂逅的陌生人，艾米。她是我爱的人。"

"我并不是让你离开她！"艾米可以看出，自己慌乱的脚步开始让尼娜烦躁不安,于是她停了下来,"婚姻大事非同儿戏。和一个短命鬼结婚就更加非同儿戏!"

艾米说完咬了咬嘴唇。她很少骂人,事实上她从没有过辱骂他人的冲动,那个词自己跳了出来。但它就像一记耳光,同时打在姐妹二人的脸上。

"我知道这非同儿戏,"尼娜火冒三丈,"她也不是短命鬼。我们还有八年时间。"

艾米知道在自己的感性面前,姐姐的理性总是占上风。但艾米不顾一切地想和她理论一番,帮助尼娜理解她的恐惧。

"我只是担心你被眼前的现实迷住了双眼,而无法对几年之后的将来做出真实的判断,"艾米解释道,"当你成为一位年近四十岁的寡妇,那时的情况可能会超出你的想象!"

尼娜冷冷地看着自己的妹妹。"自从我们打开盒子之后,我每天想的就是这些。"

"好吧,那么,孩子怎么办?"艾米问道。

"你知道我们不想要孩子。"

"我知道这是你现在的想法,可是你刚三十岁,所以你可能会改变想法。到那时你已经年近四十岁,而且孤身一人……"

"这就是生活!"尼娜咆哮道,"绳子出现之前,每个人都可以选择结婚生子。生活充满未知。尽管对命运一无所知,人们依旧信誓旦旦,无论是疾病,还是健康,都永不分离。"尼娜停顿片刻,"然而现在我们有了绳子,曾经让每对夫妻习以为常的风险突然就变得如此可怕了吗?"

尼娜说得没错,艾米知道。她知道自己正在胡搅蛮缠,但她现在不能示弱。她已经被自己的不安吞没,坚信她的姐姐需要她。"我只是想保护你!"她不依不饶地说道。

"好吧,这大可不必,"尼娜严肃地说道,"我从没指望过你。"

"得了吧,尼娜!不是只有你对别人牵肠挂肚、呵护备至。你一直这样对我,上帝知道,你也一直这样对莫拉,有时候,我们也想保护你!"艾米几乎喘不过气来。

"这不一样,"尼娜说道,只见她明亮的双眸严厉地注视着自己的妹妹,"你知道吗?我并不认为这是我的原因。这是因为本,你这个口是心非的胆小鬼。几个月来,你偷偷地给他写了这么多情书,然后又在现实中对他一见钟情,现在你却连一个机会都不肯给他!就因为害怕他比你先死。"

"这不公平。"艾米轻声说道。尼娜说得不对,她心想。这不是因为本。不可能。

"我只是不想看到你难受,"艾米说道,"你是我的姐姐!"

然而尼娜并没有就此结束对话。她猛地从座位上站起身来,椅子腿擦过地面时发出刺耳的尖叫。

"就因为你是只顾自己、不敢冒险的胆小鬼,并不意味着我也要做出同样自私的选择,"尼娜激动地说道,"我已经做出了自己的选择。"

艾米知道,争论现在已经结束了。尼娜正在发出最后通牒。她声音粗鲁,脸色凝重而阴沉。

"如果我的婚礼让你如此沮丧,"尼娜说道,"就不用参加了。"她离开时把房门在身后重重地摔上。

艾米愣了一会儿,看着紧闭的房门,不知道要不要去追尼娜。

但她无法奔跑,甚至不能移动。她身下的双腿变得绵软无力,她重重地跌倒在姐姐刚才坐过的椅子上。

她终于开始放声大哭。

WINTER

冬

杰克

在一家公司酒店套房的角落里,杰克正在对着一盘蔬菜沙拉挑挑拣拣,周围摆放着深浅不一的米色家具,他想让自己做好准备。

他身上的西装略显臃肿;在停止作战训练的几个月里,他的肌肉流失严重。透过窗户,他可以看到聚集在酒店外的一群抗议者,他们举着的标语上写着"支持短绳群体"和"阻止罗林斯"。

几分钟后,杰克将站在台上,站在红色和蓝色气球组成的拱门下。在他的姑父发表关于国家未来的演讲时,他的姑姑向台下的人群挥手致意,每一站的声势都似乎较之以前更加浩大。今晚的活动规模空前,并将在美国国家电视台进行转播。

杰克看到正在附近扶手椅上看报的父亲对自己有气无力地笑了笑。

"一会儿上了电视,你最好笑得开心点儿,"他父亲说着,翻了一页报纸,"也许你应该坐下来,放松一会儿,准备上台。别再围着吃的转来转去了。"

当杰克的父亲第一次得知杰克和哈维尔互换了绳子时，他感到如释重负，当然也暗中庆幸，因为他知道自己的孩子还有一段漫长的人生。但儿子的行为同样让他感到后怕。他对杰克的抱怨持续了几个小时，对自己的儿子的行为可能危及亨特家族的传统，并在这样的骗局中生活下去感到震惊。直到杰克向他的父亲提起了祖父卡尔当年在军队中的经历。兄弟情谊和战友间的忠诚总是最重要的部分。杰克告诉父亲，交换绳子是哈维尔唯一的心愿，这也是他同意交换的原因。他的父亲永远不会知道全部真相。

但杰克知道，谎言败露令整个家族蒙羞，依然是父亲挥之不去的噩梦。

"全世界只有三个人知道这件事，"杰克再三向他保证，"只有我、你和哈维尔。就是这样。而且我们都不会四处张扬。"

然而，凯瑟琳和安东尼一直身处聚光灯的包围之中，这让杰克的父亲难免感到焦虑。他害怕有朝一日，在不远的将来，真相将会不可避免地浮出水面。

但杰克终于在自己孤独的成长经历中找到了意义。他从小就被教育要照顾好自己。所以，当这一天到来时，杰克会找到应对的方法。

杰克今天唯一的工作就是站在舞台的角落，扮演一位配角。但他另有打算。

杰克知道，现在无论做什么，都无法否定自己早在六月提议交换绳子的自私动机；无论今晚说出什么惊天内幕都不能掩盖他几个月来的沉默无语。但也许这足以让他兑现向哈维尔许下的诺言。

一名戴着墨镜的高个子保安把头探进房间。"亨特先生，杰克，都为两位准备好了。"

杰克的父亲从椅子上起身。"我的西装怎么样？"他问杰克，"起皱了吗？"

"没有，先生。"杰克说道，听到父亲请自己帮忙所带来的欣慰之情，无论多么微不足道，几乎让杰克对自己的计划产生怀疑，他知道自己的父亲也会成为众矢之的。但事已至此，他已经无路可退。

在直升机里，杰克想到了酒店外的示威人群，他们现在还在高喊口号。他想到了八月的集会，一个名叫汉克的男人在抗议活动上献出了生命。他还想到了哈维尔注定早早死亡的宿命，作为一名天生的战士，哈维尔几乎被剥夺了为国效力的权力。总有一天，那也将成为一种无声的抗议。

杰克被赐予了一根长绳，比汉克或哈维尔的长很多。至少他现在可以加入他们的行列，拒绝对眼前的不公视而不见。就像那个女人——莉娅曾经对他说过的那样。和哈维尔的争执让他身心俱疲、自顾不暇。但这场战斗比安东尼、杰克、哈维尔、汉克，或那个拿着剪贴板的拉票男人，或纽约的小混混都更加重要。现在它让他们所有人都黯然失色。

杰克和父亲走出直升机，与等候的舞台经理会合。杰克把手指伸进口袋，偷偷地掏出一个两根线互相缠绕造型的金色小胸针。他跟随舞台经理一路穿过走廊，别针在他汗津津的手掌中被翻来覆去，当舞台耀眼的灯光出现在他眼前时，杰克终于把它按在了自己的西服领口。

安东尼的巡回演讲刚刚进行了几分钟，意外的一幕就发生了。

杰克冲上前去，从姑父手中夺过麦克风，台上的每个人和台下的观众一片愕然，就连他自己也有些意外。当话筒被他攥在手中时，一切都在瞬间凝固，两秒钟的极度紧张，来不及喘息的人们纷纷屏住了呼吸，整个现场都在观望中等待着。

安东尼似乎也在等待着。他和凯瑟琳、杰克的父亲全都茫然无措，不知道该如何是好。正当他们的大脑努力处理眼前发生的一幕时，杰克开始了自己的演讲。

"安东尼是我的姑父，"他说道，"我就是他跟你们说过的那个短命军人。"

杰克的话从口中争先恐后地一涌而出，在被不可避免地打断之前，他想尽量多说一些。安东尼和凯瑟琳依然注视着他，哑口无言。或许他们不想自讨没趣，索性让他多说一会儿，让这段插曲看上去不像一次自作主张的意外。

"但事实上，我的姑父根本不关心我，或者任何短绳群体中的人！"杰克说道，"让我们勇敢地对他说'不'！没有人因为他们的绳子变得与众不同。没有人的生命是多余的存在。我们都是人，不是吗？"杰克几乎是在对着话筒哀求，"但安东尼·罗林斯只关心选举的输赢！不要再被他吓倒！不要再让他腐蚀——"

杰克的身体猛地被从话筒支架前拽走，他的双臂差点儿被扯断，一名保安将他拉下舞台，观众席上笼罩着一股令人窒息的寂静，只有杰克被拖走时脚上的漆皮鞋划过抛光地板的吱吱声回荡在现场。

二十分钟后，杰克坐在后台的椅子上，被两名安东尼安全团队的成员看守着，就像一个被禁足的孩子。

在头顶的显示屏中，杰克看到安东尼正在为刚才的插曲道歉，并完成了演讲，随后和妻子一道走下舞台，口中不住地对观众说着"感谢"二字。

杰克斜靠在椅子上，看到姑姑和姑父正在向后台走来，他们还没有发现他。杰克的父亲紧随其后。

安东尼的竞选经理带着紧张的笑容迎向他们。"二位在台上的表现棒极了。演讲效果很好。你们的临场应变堪称专业。"

但安东尼刚一走出镜头，铁青色的脸上就堆满苦笑。"这小子在哪儿？"

"我们把他关在后台。"经理说道。

安东尼突然转向凯瑟琳和他的内兄。"你们谁知道这件事？"

"不，当然不知道！"凯瑟琳不满地说道。杰克的父亲用力地摇了摇头。

"这小子是疯了吗？"安东尼大叫道。

"我不，不知道，"凯瑟琳语无伦次地说道，"也许他只是想借此表达对其他短绳人群的认同。"

安东尼眯起双眼，然后走向杰克，凯瑟琳、杰克的父亲和那个竞选经理加快脚步紧随其后。

看到姑父向自己走来，杰克从椅子上起身，他夹克衫上的金色胸针在后台灯光的照射下熠熠生辉。

安东尼径直走向杰克，一把抓住杰克的西服衣领，用力地摇晃着。"你小子有病吗？"他尖叫着，杰克满脸都是飞溅的唾沫。

凯瑟琳、杰克的父亲和那个经理不约而同大声惊呼。

"安东尼！"

"放开他！"

"请冷静，先生。"

只有杰克一言不发，盯着姑父愤怒的双眼，听着自己的心跳声在耳膜中咚咚作响。杰克以为安东尼甚至会对他大打出手，直到杰克的父亲和姑姑把他拉开，努力地让他平静下来。

杰克的父亲直起腰来，用俯视的目光看着安东尼。"那是我的儿子。"他大声说道。

"是吗，他该死的演讲会让我和白宫失之交臂！"安东尼怒不可遏。

"你不会忘了亨特家族在你竞选运动中扮演的角色吧，"杰克的父亲说道，"所以，把你的手从我家人身上拿开。"

安东尼瞪着杰克的父亲，丝毫不甘示弱。

"而且，我们可能都有些反应过度，"杰克的父亲接着说道，"观众知道杰克有一条短绳，那种压力可以让任何人情绪失常。我相信他们能够理解。"

凯瑟琳把手放在丈夫的胸膛上安抚他，带着受伤的表情把目光投向自己的侄子。"你为什么要说这些可怕的话，杰克？"

杰克知道，在那一刻，他的姑姑和自己站在一边，但他感到一股自信涌上心头。他不屑地盯着自己的姑父。"你就是想让全世界知道我是个短命鬼。"

竞选经理不动声色地赶在安东尼回应之前抢先说道。"先生，我们真的要走了。还有三个专访等着我们,时间已经不多了。"

"好吧。"安东尼几乎是从牙缝中挤出了这两个字,接着最后一次对自己的侄子皱了皱眉,"让这小子滚蛋。立刻。"

艾米

艾米从未感到如此孤单。

她和尼娜之间从未发生过如此激烈的争吵,她们从未这么长时间互不理睬。自从那晚在厨房发生的事情之后,已经过去了一个月,尼娜的婚礼在日历上悄然临近,艾米想找个人聊聊,任何人,疏解一下自己的心结。但她羞于透露这些细节,尤其是自己的父母,他们可以透过表面的悲剧发现背后的好事:他们的长女收获了一段伟大的爱情,并得到了轰轰烈烈的回应。所幸,尼娜似乎也没有告诉任何人,因为没有任何家人询问艾米为什么没有收到婚礼邀请(那年的感恩节,尼娜和莫拉的父母一起度过,把艾米一个人扔给了她们的表亲)。

当她坐在学校课桌后时,姐姐的话不断回荡在艾米耳边。在课余时间,她的教室变成了一个令人窒息的幽闭空间,吃下的每一种食物都会在她的胃里翻江倒海。她感到内心正在不断遭到啃噬,她希望那只是争执后未消的余怒,但她知道答案不止于此。

那种感觉是内疚。

即使在她们恶语相向之后，尼娜依然是她唯一的姐姐，她的老朋友，她最大的知己和顾问。现在尼娜就要结婚了。艾米却无法到场。

她如何能原谅自己，知道自己错过了尼娜生命中最重要的一天？知道都是自己的胡言乱语惹的祸？

她记得有一天，尼娜放学后哭着回家，把自己和母亲关在卧室里，而紧闭的房门外，艾米坐在地毯上，背靠墙壁，等着姐姐出来。她紧紧地闭上双眼，祈祷尼娜远离痛苦，幻想着对所有伤害过她的女孩进行报复。

那晚，当尼娜终于平静下来时，艾米告诉她，什么也不用说。

"我只在乎你是我的姐姐，我爱你，"艾米说道，"我们之间的任何事情都不会因此改变。我很抱歉你只能独自经历这些，这可能会让你的人生更加艰难……我想你明白我的意思。"

尼娜的皮肤又红又肿，但她的表情平静而坚定。"也许会更加艰难，"她说道，"但至少对得起自己。"

对艾米来说，当时对尼娜的支持是如此自然，她可以毫不犹豫地站在姐姐身边。为什么她现在不能这样做呢？

也许尼娜的指责是对的，那不是真的与她有关。也许艾米感觉到的内疚与本有更多关联。

几周过去了，她一直对他的最后一封来信置之不理。本一定恨她，她心想。她不顾一切地想给他回信，但她还不知道该说些什么，她担心自己仓促的回复会让两人之间的感情毁于一旦。

艾米努力地回忆自己对尼娜的所有质问：你想清楚了吗？你考虑过痛苦吗？这样做值得吗？

也许，这些脱口而出的问题的背后隐藏着一个原因。

在本坦白身份之后，她已经问过自己所有的问题。

但艾米依然无法接受自己对本的感情，她和尼娜的争执依然像一块压在心头的巨石，令她痛苦不堪。

课间时，艾米打开笔记本电脑，查阅电子邮件，意外发现一位老师向全校员工推送了一条 YouTube 视频："二十一岁南非学生有关绳子的动人演讲。"

起初，艾米不知道自己该不该看。绳子已经打乱了她的生活，让她们姐妹的关系陷入岌岌可危的境地。但她还是点击了链接。画面中，一个年轻女子在一个看上去像是校园的地方站在人群面前进行着演讲。这段视频已经获得了接近三百万的浏览量。

"在南非，以及世界各地，"女孩说道，"我们已经告别了种族隔离大行其道的时代，但我们依然没有抛弃偏见和排斥的陋习。不平等的幽灵只是戴上了一张新面具，不公平的痼疾只是换上了另一套伪装。几十年来，痛苦依然如故。我们为什么不能打破这种循环？

"几个月后，我就二十二岁了，我会收到自己的盒子。我们中的许多人，我的同学，还要等上几年。看，还是不看。这是你的选择。但这不是我们面前的唯一选择。

"现在，我们有机会做出改变。绳子依然是一种新生事物。我们依然在学习如何面对它。这意味着我们可以重新开始。拒绝一成不变的传统。保证不再重蹈覆辙。我们可以心怀共情和理解迎接未来。向制造分裂、对立和身份优越的势力发起反击。只有我们——还没有收到盒子的我们——才能决定自己希望继承的世界，无论绳子给我们留下多少时间。"

学生们一边吹着口哨一边为女孩鼓掌。

"一位朋友和我分享了一段来自美国的视频，"她继续说道，"一个男孩在一场集会上发表演讲。他说没有人因为他们的绳子变得与众不同，我们都是人。我呼吁每个人以此为榜样，向自己生活中的不公正说'不'。让他们看到我们所有人的心紧密相连，我们的命运息息相关。"

女孩小小年纪就表现出惊人的镇定、热诚和雄辩，令人刮目相看，艾米心想。这段影像的拍摄距离之近，足以让艾米看到女孩衣服上小小的金色胸针。

我们可以重新开始，艾米重复道。

或许和尼娜重新开始还为时不晚。她还没有错过婚礼。

现在，艾米比以往任何时候都想要变成那个晚上在尼娜门外守了几个小时的高中女孩，那个坐在书店地毯上和尼娜一起读书的女孩，那个把她贴满便签的小说寄往全美各地的女孩。艾米想要成为尼娜的妹妹，两人永不分离。

本

本再次失望地回到教室，艾米依然没有回信。但他不能放弃希望。现在还不行。他看着已经七个月身孕的莉娅，她小小的身躯几乎无力支撑大大的肚子，他的心中不禁升起一丝希望。

莉娅小心翼翼地在教室的椅子上坐下，这时她的弟弟及其丈夫从她身后冲进门来，莉娅见状大声惊叫，只见他们手中拿着一打黄色的气球。

"什么情况？"莉娅问道。

切尔西捧着一个巨大的巧克力蛋糕一阵风似的走了进来。"你以为我们会忘了给你进行准妈妈派对[1]，是吗？"只见她兴冲冲地把盘子放在莉娅面前。

"生命赋予我们的每个美丽瞬间都值得为之庆祝，"肖恩说道，"各位正在见证一个美好的时刻。"

剩下的一个小时变成了欢乐的时光。特勒尔加入了新的短绳约会软件"共度余生"，一边在潜在配对者照片中滑来滑去，一边征求大家的意见。莫拉和尼哈尔对安东尼·罗林斯在自己侄子那里遭受的羞辱津津乐道。切尔西则试图说服莉娅和自己一起参加下一季"单身汉"的试镜，这部剧集最近被拆分成两个独立的系列：《"单身汉"：长绳篇》和《"单身汉"：短绳篇》。

"来吧，"切尔西恳求道，"你的年龄和腰围都没超过二十八。这是他们最中意的候选人群。"

"也许我以前……"莉娅低头看着自己圆滚滚的肚子。

"你很快就能恢复身材，"切尔西宣布，"代孕妈妈可是最好的剧情背景！我打赌你会成为粉丝的最爱。"

---

[1] 在婴儿出生一两个月前举办的特殊派对，准妈妈会收到各种婴儿用品和礼物。——译者注

这个夜晚弥漫着一种特有的伤感气息——作为所有人心照不宣的事实，莉娅将缺席这对双胞胎生命中的大部分时间——但不可否认的是，某种美好将贯穿其中，正如肖恩所说。莉娅是幸福的。她的家庭是幸福的。他们就是证明，本心想，盒子的出现并没有让地球停止转动。人们的生活依然继续向前，新的生命不断诞生。

"我想让你们陪着我。"莉娅说道。

"陪着你生孩子？"切尔西问道，一副不可思议的表情。

"好吧，当然不是在产房里。"莉娅笑着说道，"但是，产后可能需要。"她把手掌轻轻地搭在自己的肚子上，"我这么做当然是为了自己的家人，但我想在某种意义上也是为了我自己……为了我们大家。也许这只是激素的作用，也许是因为我可以感到小家伙们今天一直使劲儿踢我，但我终于感到改变即将来临。也许我们都会安然无恙。"

整个房间的人都心领神会。

到目前为止，他们都已经看过那段网络视频，画面中一位来自南非的年轻女孩呼吁自己的青年同胞与这股新生的偏见势力进行斗争。

受到她演讲的启发，"同一条绳"（#StrungTogether）的标签开始风靡全球，人们在这个标签下分享各种感人事迹：某家公司承诺雇用更多短绳员工。一所大学提前举行毕业典礼，让一名短绳学生和同班同学一起获得毕业证书，甚至在一座加拿大的小镇上，人们鼓励短绳居民公开自己的身份，以便他们的邻居可以提供帮助。本想起了一个帖子：假如我们知道身边的服务员、的士司机和老师来自短绳群体，我们会不会向他们释放更多善意？我们会在行动之前犹豫不决吗？标签"同一条绳"——已经被一些记者和政客视为一种"运动"。

那天晚上，本站在尼哈尔身边。

"我想自己可能会接受我父母关于重生的说法。"尼哈尔告诉他。

"是什么让你回心转意？"本问道。

"也许和莉娅有关。看到她即将出生的双胞胎，不知道他们从何而来，"尼哈尔说道，"我是说，显然我们知道他们的肉体来自哪里，但他们的灵魂呢？那就像一种灵肉分离的状态，一种更加……永恒的存在。说不定他们在前世出生，也在那里死亡，而现在他们正在这个世界获得重生？"

本想到了十月在公园里遇到的那个女人，她正在用汉克的肺呼吸空气。两个人真正融为一体，尽管他们从未见面。

"我认为一切皆有可能。"本表示同意。

尼哈尔笑了。"至少，在经历了这一切之后，我敢说，来生我们每个人都将以该死的皇室身份王者归来。"

小组讨论结束时，本发现自己和莫拉坐在一起，像往常一样，而大家正在分享最后的蛋糕。

"你考虑过要孩子吗？"莫拉问他，同时笑着瞥了一眼本的运动衫，"你已经穿得像个奶爸一样了。"

本笑着看向莉娅，只见她正捧着自己的肚子，和自己的弟弟相视而笑。从在储藏室的那天开始，本就总是想到这个问题。当然，他想到了孩子将来的班级舞会、毕业典礼和婚礼现场。所有他无法见证的场景。每当想到这些，他依然可以感到胸口一紧，一团黑暗的苦涩在心中横冲直撞，也许这就是他的宿命。但他最近发现了所有那些可以让自己获得平静的场景——那些他可以看到的场景，如果将来他有了自己的孩子。

开学的第一天。舞蹈表演。篮球比赛。

在后院滑雪。不给糖就捣蛋。在秋天采摘苹果。

当父母第一次抱着孙子的时候，他们脸上的表情。

"也许我可以成为一名父亲……"本说道，"但是，嗨，我不是那种可以安定下来，走进婚姻的人。"

"哦，别这么说！"莫拉缩了缩脖子，"这让我听起来很老。"

然而本一眼就能看穿她假装害怕的样子。他看得出来她很开心。

本想到了之前所有的小组讨论，所有在悲伤中共同度过的周日夜晚，所有他们怀着恐惧和愤怒分享过的故事，所有发生在他们眼前的暴力事件。这个夜晚让本想起了自己的大学教授，在讲解牛顿第三定律时，他将双手按在黑板上，演示黑板对他的推力。每一个动作，都会产生一个反作用力。力的作用永远是相互的。

而现在，本终于见证了反作用力的出现，几个月的痛苦煎熬终于换来了阳光灿烂的日子。今晚，204教室中，弥漫着这种感觉。

莫拉

尼娜花了一整天计划婚礼——花店、酒席、糕点、婚纱——星期六的日程被所有待办事项挤得密不透风,以配合还有几个星期就要到来的婚礼。

那天早晨,当莫拉拿着手机走进厨房时,尼娜已经开始在炉灶上烹饪炒鸡蛋,一心只想早点儿出门。

"特勒尔刚刚来电话,"莫拉说道,"据说今天下午华盛顿特区有一个大型集会。他和尼哈尔准备租辆车一路南下。"

"这该是本月第三次集会了吧?"尼娜问道,"杂志社的所有人都在谈论这件事。那个女孩的视频真是功不可没。"

"据说这只是马丁·路德·金雕像旁的一场小规模示威,与附近的罗林斯募款活动同步进行,"莫拉解释道,"但是这场'同一条绳'运动在网上已经人气暴涨,目前应该会有数千人参与其中。"

"真是不可思议,"尼娜一边翻炒着鸡蛋,一边说道,"可惜我们去不成了。"

"那个……其实……"莫拉咬着嘴唇说道。

尼娜把锅铲放在平底锅旁的一张纸巾上。"你是想问我们能不能取消今天的安排?"

"我知道现在说这些不合适,但我真的想去。"莫拉说道。

"你知道我一个人赶在最后一刻完成所有预定有多辛苦吗?""我知道,我感谢你所做的一切。可是我没说要取消婚礼,"莫拉说道,"今天的任务只是采购和试吃而已。"

尼娜叹息着摇了摇头,这时她才发现炉子上的鸡蛋已经开始冒烟。她迅速熄灭火苗,抓起铲子,开始从锅边刮下糊成一片的焦脆蛋清。

莫拉盯着她默默擦洗的背影。在和妹妹艾米争吵之后,几周来,尼娜的情绪发生了小小的波动——尽管尼娜从未打算和任何人说起。

"你没话要说了吗?"莫拉问道。

"我不知道你想让我说什么。"尼娜转身面向莫拉,"我以为今天将是我们感情的一个里程碑。值得庆祝的一天。但显然,这只是我自作多情。"

"我不是这个意思,"莫拉说道,"我只是觉得这次集会真的很重要。"

"难道我们的婚礼就不重要?"

"当然不是!"莫拉大叫道,"但今天只是一个派对。这次集会关系到……我的人生。"

"你的处境让我心痛,"尼娜说道,"但你已经为你的小组付出了太多精力。你参加过很多抗议活动。也许你可以休息一天,享受一下不同的生活。"

莫拉停了一会儿,深吸了一口气。有时让她感到沮丧的是,尼娜无法站在她的角度看待一切。

对尼娜来说,她们的感情仿佛意味着一切。她们的订婚戒指就是永恒的证明,尼娜可以无视绳子的存在爱着莫拉,她并不在乎她的余生所剩无几。她们正在组建的家庭是尼娜的首要任务。当然,这对莫拉来说也意味着一切。但有时莫拉只是要得更多。

莫拉需要超越她们生活的小圈子，需要外面的世界像尼娜一样看待她。她希望作为一个值得被爱的人，一个平等的人被世界接受。

"天哪，我希望今天就能休息，"莫拉说道，"但我不能。在我的整个人生中，我不得不时刻确保自己不会看上去怒气冲冲、咄咄逼人或者自暴自弃，因为那会有损黑人族群的形象；确保自己不会看上去太敏感、太愚蠢、太温顺，因为那会有损女性的形象；而现在我从来不能表现得内心脆弱、感情用事、睚眦必报，因为那会有损短绳群体的形象。我一刻也不敢松懈！"她颤抖着长出了一口气，"你知道我花了多少时间寻找，寻找一种创造价值的感觉，那种感觉就像是我没有虚度任何光阴。"

尼娜慢慢地点了点头，回味着莫拉说过的话。"你应该去，"她最终说道，语气真诚，"这里的一切都交给我吧。"

"你确定吗？"莫拉问道。

"是的。我保证，下次我一定会陪你一起去。"

他们把车停在国家广场附近后，莫拉和朋友加入了近两万人的队伍，散布在马丁·路德·金纪念碑的底座周围的人群涌入了附近的草坪，草地上方光秃秃的树枝早已掉光了铁锈色的枯叶。草地中央，一大群人正在长达七英尺的巨大横幅下欢歌笑语，横幅上写着"所有绳子，无论长短。"

六支新闻团队对这一事件进行了报道，或许是因为有流言称安东尼·罗林斯那个背叛他的侄子可能来到现场。但不断攀升的关注度——"同一条绳"运动已经在网上掀起一股新浪潮——依然无法让莫拉确定这足以阻止罗林斯在下个夏天获得提名。每当看到任何枪击事件的报道，或者重大交通事故的残骸，莫拉就会开始祈祷肇事者不是一位短绳分子。她的互助小组成员似乎对风向的转变坚信不疑。热搜标签人气飙升的每一天，每个对短绳群体表示支持的公众人物，每一篇采访南非学生的新闻报道，都在向她的小组同伴证明，他们的生活只会变得更好。但莫拉清醒地知道，最好不要盲目自信，或是冒着沾沾自喜的风险。她知道事态总会急转直下，除非大家坚持不懈地进行斗争。

当莫拉结束了集会上漫长的一天回到公寓后，她蹑手蹑脚地关上身后的房门，摸黑向客厅走去，一路经过了本的三幅素描，这些素描就像她明信片一样挂在墙上。尼娜很喜欢这些画，看到它们的那一刻，她几乎热泪盈眶，尽管莫拉准备的惊喜被她的求婚喧宾夺主。

当莫拉转向厨房的方向时，借着尼娜留下的一盏灯，她看到一张贴在冰箱上的纸，那是尼娜的字迹：

希望集会顺利。里面有一个蛋糕样品。相信我，你会喜欢它的。

你是我的骄傲。

XO

莫拉不后悔自己的选择。她很高兴自己去了华盛顿特区。但更让她心存感激的是，她永远可以回到这里，回到自己的家，回到尼娜身边，至少尼娜可以接受莫拉身不由己的苦衷，即便尼娜并非总能感同身受。

莫拉往冰箱里看了一眼,她看到一块巧克力蛋糕正躺在透明的塑料盒中,线条丝滑的糖霜让她蠢蠢欲动。她刚拿起盒子,就看到了藏在下面的另一张纸。

你是对的。我们不需要一个精心准备的派对。我们需要的只有彼此。我不想再等下去了。如果还要吵架,我宁愿和我的伴侣吵。

周一,你愿意在市政厅嫁给我吗?

莫拉关上冰箱,一言不发,在震惊之余心花怒放。她悄悄地溜进卧室,小心翼翼地从自己的毛衣上角解下那枚小小的两根绳子互相缠绕的金色胸针,脱下衣服扔进收纳篓。然后她轻手轻脚地掀开自己一侧床垫上的被子,钻了进去,熟睡的女人已经把整个被窝变成了一个温暖的空间,这个女人两天后将成为莫拉的伴侣。

莫拉知道,她的父母可能更喜欢教堂,或者乡间庄园的草坪,但她一生中的所作所为大多都与父母的心愿南辕北辙。在尝试了一份又一份工作,辜负了一任又一任女友之后,至少她最终安定下来,为自己找到了合适的归宿,嫁给了一个真正让父母满意的人。("尼娜看上去很有头脑。"她的父亲在他们见面后这样说道。)

莫拉其实很高兴在市政厅举行婚礼。那种场合不会给人一种过于高高在上的感觉,不用走过长长的过道,也不用在圣坛前下跪。莫拉从来不认为自己应该举行一个循规蹈矩的传统婚礼。

民事程序在纽约婚姻管理局内进行,这座大型灰色建筑位于曼哈顿市中心，周围布满了各色市政机关大楼。纽约移民局、税务局和地检署悉数分布在距离纽约婚姻管理局一个街区的范围之内，但就在它隔壁的邻居是纽约卫生局，那里保存着这座城市所有居民的出生和死亡记录。莫拉发现了一种奇怪的巧合。卫生局记录生命的开始和终结，而就在隔壁的婚姻管理局，新婚夫妇宣誓彼此相亲相爱，共同品尝生死之外的人生百态。

进门之后，莫拉觉得纽约婚姻管理局就像一个高级车辆管理所，一面墙是长长的沙发，一面墙是成排的电脑，头顶是巨大的电子屏幕，当新婚夫妇在那里看到自己的指定号码时，意味着此刻轮到他们在后面的包间登记结婚。"**如果出示绳子即将终结的证明，从领取结婚证到举行婚礼之间的 24 小时等待期可以取消**"，入口处的海报上赫然这样写道。

莫拉可以看出，尼娜面对这里俗不可耐的售货亭有点儿不安，这种售货亭除了售卖纽约市的旅游用品，还会兜售鲜花、面纱，甚至戒指等应急婚礼用品。也许，有那么一瞬间，尼娜甚至为两人在冲动之下来到这里感到后悔。

但无论她们的目光落向哪里，都能看到无处不在的爱。穿着燕尾服的男人和披着婚纱的女人，身穿牛仔服、头戴棒球帽的二十多岁的年轻人，还有一群身披薄纱的小家伙在跑来跑去。有几对新人像莫拉和尼娜一样独自前来，但大多数人都是在宾客的簇拥下赶到这里，他们的相机把整个大厅变成了一片闪光灯的海洋。

尼娜在米色蕾丝的衬托下显得简洁而优雅，而莫拉选择了一条浅金色裙子，为她的容貌平添几分闪亮。

"我想你可能是这里最美丽的新娘。"尼娜摸着她的脸颊,对她说道。

在她们的号码出现于屏幕上后,莫拉和尼娜在主婚人面前就座。这是一位留着胡子、戴着眼镜的秃顶男人,他臃肿的棕色西装几乎把整个人都包住了,他以一种每天只主持一次,而不是几十次仪式的仁慈对待每一次登记。排在她们后面的一对新人——穿着红色花裙子、戴着花冠的女人和一个打着红色领带的男人——慷慨地同意担当见证人,他们并肩而立,两根小拇指紧紧相扣。

莫拉对这一刻从未心存幻想。当然,在绳子出现之前,她偶尔会对随时可能发生的求婚疑神疑鬼——在某个格外脆弱的时刻,她甚至在尼娜梳妆台里码放整齐的衣服中寻找蛛丝马迹——但一切都在三月发生了变化。从那时起,即使在两人最亲密无间的时刻,即使置身意大利的鹅卵石小巷和安静的喷泉营造出的浪漫氛围中,莫拉也从未想过尼娜会向她求婚。绳子出现后这一切就无从谈起了。

而莫拉从来不会提出那个让尼娜感到被动的要求。想到和尼娜一起过着没有名分的生活,她没有感到丝毫羞耻。莫拉不需要婚姻中的另一半来成就自己的完整。但是,一旦尼娜提出这个问题,一旦这种可能性突然走进现实,当这个散发着家的感觉的女人站在她面前时,莫拉心想,结婚未尝不是一种不错的选择,为她本已千疮百孔的生活注入一种稳固和持久的感觉。也许,尽管绳子偷走了一切,但依然为她留下了触手可及的寄托。

当主婚人宣布莫拉·希尔和尼娜·威尔森结为伴侣后,这对新人返回主厅,出门走上一条安静的街道。尼娜紧握着莫拉的手,一起前往街区尽头的一家餐馆与家人和几位好友碰面——这是尼娜花了一个周末精心策划的重头戏。

在一间烛光摇曳的私人包厢内,尼娜和莫拉的父母与艾米坐在一起,几位与尼娜要好的同事,莫拉的一些大学相识,几位当地亲友,以及莫拉的互助小组成员围坐在另外三张桌子旁。

在绳子出现前,莫拉一直认为婚姻有点儿不可理喻——在涉世未深的年纪,就信誓旦旦地承诺与某个人共度余生。当然,在有些人眼中,她与尼娜的婚姻才是不可理喻。然而,这家餐厅的所有人,这些亲朋好友,在最后一刻取消了他们的计划,重新安排了他们的生活,只为今晚来到这里。为了表示他们对这一疯狂行为的支持,是他们让这个房间充满了爱。

饭菜上桌后,尼娜走到一个角落,莫拉正在那里和一位表亲聊天。"还有一件事。"她说道。

莫拉微笑着,用假装疑惑的眼神望着她,当音箱里传来小提琴的演奏声,莫拉突然发现四张桌子中间布置了一块小小的空地。这是尼娜酝酿已久的计划。

惊讶不已的莫拉任由自己被从椅子上拉起,投入尼娜的怀抱,此时纳特·金·科尔的歌声回荡在周围的空气中。

"真不敢相信你为我做了这么多,"莫拉贴着尼娜的脸颊低声说,"这一切。"

"如果有人配得上它,那就是你。"

这对新人在略显局促的临时舞池翩翩起舞,紧紧相拥。

正因如此，宝贝，不可思议
是谁如此令人难以忘怀
想必我也令人念念不忘

艾米

  艾米身边的人纷纷起身，走向那片舞池，只留下艾米独自坐在桌旁，欣赏姐姐和莫拉在人群中穿梭的舞姿。她无法相信自己差点儿就和眼前的一切擦肩而过。幸亏她满怀懊悔和歉疚及时赶到尼娜的门前。仅仅几天后，尼娜就在电话中告诉她，正式婚礼已经取消，取而代之的是在市政厅登记结束后的一次晚餐。

  艾米努力地把目光集中在跳舞的人身上，不再盯着坐在房间对面的本看个不停，其他来自本和莫拉互助小组中的人也坐在那里。艾米一直紧张地不敢靠近他，她认为本正在等她主动开口，这合情合理。毕竟是她对他的告白置之不理。

  她已经酝酿好了要对他说的话，一些继续做朋友之类的客套话，但是当她看着本和一个身穿粉色连衣裙的黑人孕妇以及一个美黑肤色，头发挑染了紫红色的金发女郎一起有说有笑时，艾米感到一股莫名的不安，他居然在和别的女人开怀大笑。她感到一阵脸红心跳。艾米心想，自己简直不可理喻。看在上帝的分上，她是一个二十九岁的女人，而不是醋意大发的黄毛丫头。

艾米原以为自己已经下定决心，为了安全起见，永远不再对本付出感情。

但也许她错了。

歌声还在继续，她还有机会。可是本愿意跟她说话吗？

她深吸了一口气，向他的桌子走去。

"如果打扰到你，我很抱歉，"艾米怯声说道，"不知道你愿意和我跳支舞吗？"

短暂的停顿后，本笑了，一股释然像阳光一样温暖了她的身体。"当然。"他说道。

他们一起来到房间中央，本主动伸出胳膊，轻轻地揽过她的腰。本率先做出了尝试。

"我还以为你再也不会理我了。"他眯着双眼，眉梢上扬。

他在跟她开玩笑，想到这里，艾米松了一口气。

"不是你的原因，是……我……尼娜和我大吵了一架，"艾米解释道，"说实话，过去几个星期我为了这件事焦头烂额。"

"哦，"本说道，他的脸上写满了真诚和关心，"一切都还好吧？"

"都过去了。"

"所以现在可以说说你和我。还有我的信。"

"你是怎么发现的？"艾米问道。

"这个，各种蛛丝马迹，比如你和你的住址，还有工作的地方，当你提起那封关于格特鲁德的信，一切都真相大白。"他说道，"尽管我知道这确实有些冒险，要是我认错了人，那真正的

'A'一定会感到莫名其妙。"

艾米笑了,她可以感觉到本的胳膊紧紧地搂着自己。作为回应,她迎了上去。

"抱歉,我不太会跳舞。"他说道。

"哦,拜托,我最近一次跳舞还是和学生们一起,这些孩子好像忘了他们的老师正看着他们。"

"所以你不得不强行分开那些激素过剩的可怜孩子?"

"有时,是的,"她承认道,"但如果像她俩一样,我就不会……"艾米冲尼娜和莫拉扬了扬头,只见两人正在人群的边缘旋转着。

"她们看起来开心极了。"本说道。"完全陷入旁若无人的状态。"

本耸了耸肩。"本来就该这样,对吗?"

他看向艾米的目光是如此亲切、如此真诚,以至于她想要从他的目光中挣脱出来,一会儿就好。她把身体靠得更近,直到她的下巴凑到他的肩膀上方,她的目光稳稳地落在后面的墙壁上,此时音乐在他们四周飘荡。

艾米想到,那个神秘的笔友曾经让自己浮想联翩,神奇的是,她现在就在他身边,感受着他的体温,呼吸着他的古龙香水。在本身边艾米感到全身放松,无拘无束,仿佛他们曾经是一对配合默契的舞伴。

艾米闭上双眼,努力地想象未来,就像她在律师、诗人和其他几个前男友怀里常做的那样。

她想象自己和本来到中央公园,坐在湖边的长凳上;她想象两人一起用滚轮为光秃秃的公寓墙壁刷上油漆；她仿佛看到自己一身白衣，握住他的双手，在医院的病床上露出笑容，两人一起亲吻她怀中襁褓的婴儿。

她可以清楚地看到每一幅画面，以往白日梦境中模糊不清的场景早已不知去向。它就在眼前，几乎触手可及。那是一种心满意足的感觉。

和她以前对男人的想象不同，本的缺点没有被无限放大。让艾米畏缩不前的问题不是本性格中的瑕疵，错不在他，而在他的命运。

艾米眨了眨眼，她看到自己站在一片草地上，身边还有两个一身黑衣的小孩，画面一转，她在一间狭窄的厨房里哭泣，这次孤身一人，锅碗瓢盆和午餐盒散落在她面前的柜台上。

艾米无疑已经把他的最后一封信读了十遍。她知道本的心愿，知道他迫不及待的心情。他值得拥有这一切。

当然，他从未明确表示想和她共同实现任何心愿，但她是几周前他刚刚亲吻过的人，现在正在和他相拥而舞，这一切瞬间感觉过于沉重和突兀。她在一阵眩晕中感到有些力不从心。

"抱歉，我想出去透透气。"说罢，她放开本，慌忙地向后门逃去。

来到屋外，艾米坐在路边，在夜晚的寒意中揉着胳膊。街边的政府办公楼大多已关门打烊，因此四周一片寂静。

从本身边落荒而逃，让她感到自责和羞愧，但她不知道自己还能不能回到屋内，她所看到的美丽幻想是否能够抹去如影随形的黑暗结局。

　　街道对面,一对老夫妇从艾米眼前走过,只见他们手挽着手,不停地说着悄悄话,密谋反抗这个世界。她突然想到,两人好像似曾相识,但昏暗的灯光让她难以分辨。

　　毫无疑问,艾米希望和本成为这对夫妇,成为自己的父母,成为尼娜和莫拉。

　　"当你告诉我婚礼的消息时,我当时想说的是,你很坚强,"就在几天前,艾米向她的姐姐哭诉,恳求获得她原谅,"你是如此坚强,尼娜。莫拉也是。你选择为了爱情不顾一切,这一点让我佩服。我只希望你能让我回到你的生活中去,这样我就能守在你们身边。因为我知道这很困难。但我同样知道这才是正确的选择。"

　　艾米也想坚强起来。她不想成为自私的懦夫或是虚伪的小人,成为那些尼娜所厌恶的人。她更不想成为本信中写到的那种人,把短绳人群逼上绝路,让他们感到生无可恋。这些人就是导致成千上万人涌上街头抗议的幕后黑手。

　　如果这就像她的姐姐口中所说那么轻松:给别人一个机会。然后顺其自然。你有什么可以失去呢?

　　一切,艾米心想。尼娜会怎么做?

　　不仅如此,本和莫拉还有其他短绳人群会怎么做?他们每天是如何获得力量的?

　　艾米记得尼娜曾经对她说过的话:你对自己的力量一无所知。也许尼娜是对的。但是艾米身边的人似乎都能独当一面。而她甚至不敢打开自己的盒子。

艾米用膝盖顶住胸口,连衣裙的蓝色布料从双腿垂下,几乎拖到了人行道上,她用胳膊抱住蜷曲的膝盖,努力地做出选择。

这时耳边传来了什么声音。

起初很微弱,但声音越来越大,从她周围的寂静中脱颖而出。

当我还是个懵懂的女孩
我问妈妈:"未来是什么样子?"

"这不可能。"艾米低声自言自语道,还不敢相信自己的耳朵。
她迅速起身,试图找到歌声的源头。

"是美貌,还是财富?"
请听她的回答

这段旋律来自街道的尽头,艾米开始朝着声音的方向跑去,鞋跟敲打着地面。她赶到街角时,刚好发现了一个骑着自行车的背影正在慢慢地远去,他紫色的夹克在风中温柔地飞舞。

万事不可强求
顺其自然吧,一切顺其自然

艾米站在街角,目瞪口呆地喘着粗气。

随后她开始放声大笑。尽情大笑,直到她几乎感到尴尬为止,尽管四周空无一人。

当她恢复平静后，一阵冷风吹过，掀起了她的裙角，她感到精神一振，眼前豁然开朗。

艾米知道她必须回去。

她需要找到本。

顺其自然吧，一切顺其自然

安东尼

安东尼和凯瑟琳是最后离开大楼的人。作为纽约短暂竞选活动的一部分，他们刚刚在市政厅办公室与市长会面，在杰克当众做出蠢事之后，他们正在努力控制不利影响进一步扩大。

事件发生几天后，杰克大声疾呼的镜头开始在网上流传，并在节目中反复播放，安东尼气急败坏的样子衍生出几十个令人哭笑不得的网络表情。至少罗林斯夫妇已经为这个灾难性的月份做好了准备。然而，几乎每一位政治家或富有的捐款人都有一个惊人相似的故事，离经叛道的子女或孙辈加入对手的阵营，成为家族不睦的难言之隐。

"你应该听听我的侄子和侄女对我的评价。"他们总是笑着说道。杰克涉世未深的叛逆也许会在三十岁以下摇摆不定的选民中引起共鸣,但安东尼的核心票仓最终受到的影响微乎其微:忧心忡忡的中老年美国选民感到,杰克在台上表现出来的愤怒和反复无常,对他们平静而漫长的生活构成了威胁。

因为不想引起围观——无论是索要合影的粉丝还是兴师问罪的抗议者——安东尼和凯瑟琳把他们在市政厅的会面安排在下午五点,这样当晚他们离开办公室时,大部分职员都已经下班离开。

在城市的这片区域,黄昏后的街道空无一人,在他们出门搭乘市内公交的路上,只看到一个陌生的身影,一名身穿蓝色连衣裙和高跟鞋的年轻女子若有所思地坐在路边。凯瑟琳心想,这个可怜的女孩难道是刚刚被人爽约,或是在附近聚餐时落了单。谢天谢地,她好像没有认出他们。

公交车迟迟没有出现,于是他们在街角等候,心中升起一丝不快,这时安东尼的手机亮了起来,是第二天的新闻样稿。他的支持率自六月来首次出现下滑。

凯瑟琳发现丈夫唇边漾起不易觉察的皱纹。"怎么了?"她问道,想要越过他的肩膀一探究竟。

"没什么,"安东尼说道,"民意调查有些波动。"

"又是推特惹的祸,是吗?"凯瑟琳问道,"那个女孩的胡言乱语竟然被他们夸大为一场运动?"

"只是热门话题,还谈不上运动,"安东尼说道,"没有组织,那只是一些煽情的网络故事。"

"好吧,他们已经成功组织了几次集会,"凯瑟琳提醒道,"现在有小道消息称,他们正在尝试筹备关于短绳觉醒之类的……大规模活动。"

"一些零星的抗议和几个小孩的演讲无法消除人们根深蒂固的恐惧，"他说道，"全美大会已经蓄势待发。留给他们的进攻时间不多了。"

安东尼浏览着文章的剩余部分。约翰逊议员的民意调查自九月公布短绳身份后首次迎来显著上升，尽管他的支持率依然低于入秋之前的峰值。

"你看。"安东尼指着受访者的一段话说道。

毫无疑问，罗林斯侄子在舞台上的表现令人感到不安，但这无法抹杀他已经取得的成绩。坦白地说，这为我们树立了一个反面典型。

安东尼笑了笑。"我相信很多人也有相同的感受，他们只是不说而已。众所周知，网络舆论和闲言碎语未必总能代表背后的选情走势。"

安东尼和凯瑟琳平静了许多，这时一首熟悉的旋律向他们飘来。

当我长大后，坠入爱河
问我的爱人，未来是什么
"彩虹会不会和我们永相伴？"
爱人对我说

他们发现一个人正骑着车迎面而来，音乐就来自车上的一台音响。

"纽约就是一个如此奇怪的地方。"凯瑟琳嘲笑道。

但安东尼坚信，胜利就在眼前。谁会在乎一篇文章怎么说呢？他正在飞向太阳，对坠落无所畏惧，他的翅膀被赋予了更加强大的力量。

他向自己的妻子伸出胳膊。"想跳舞吗？"他问道。

"你疯了吗？这是在大街上。"

"我们要为就职舞会排练一下。"

凯瑟琳笑着接受了邀请，她抓住丈夫的手，骑车人刚好经过，向他们做出一个脱帽致敬的手势。

万事不可强求

顺其自然吧，一切顺其自然

"我们可比你的前任体面多了，"凯瑟琳兴奋地说着，转身投入丈夫的怀抱，"你还记得前第一夫人的裙子有多惨不忍睹吗？"

顺其自然吧，一切顺其自然

杰克

他们已经离开学校七个月了,新年晚会上的每个人几乎还是被廉价啤酒灌得烂醉,就像他们过去四年里的每天一样。只是这次他们戴着闪亮的眼镜和节日的帽子。

站在朋友位于华盛顿特区的公寓客厅里,这是自哈维尔前往亚拉巴马以来,杰克和哈维尔第一次同处一室,杰克立刻感到了他的变化。

哈维尔看上去自信满满,正在绘声绘色地和大家分享自己第一个月飞行训练的故事。他看上去甚至比杰克记忆中还要高出一截。

"当时,毫无征兆,飞行员突然倒转机身,连续做了两个翻滚。我旁边的家伙吐得一塌糊涂,那天剩下的时间里,我一看到食物就感到恶心。"哈维尔笑着说道,"但显然,我们会习惯的。"

哈维尔焕然一新的生活让杰克感到震撼。他的朋友正在天空翱翔,学习如何执行危险的任务,而杰克却在电脑前做着四平八稳的文职工作(尽管他的日常工作中行政内容似乎多于实际操作,他的"短绳身份"是他获得任何高级授权的障碍)。

"嗨!"一位声音打断了大家,只见说话的人正低头看着自己的手机。"韦斯·约翰逊刚刚发布了一条新视频。"

"他退出竞选了吗?"一个女孩问道。

"他为什么现在退出?""他依然落后罗林斯。"

"是的,但很多人都对罗林斯满腹怨言。"男孩抬头看着杰克,突然想起了他的身份，"无意冒犯，兄弟。"

杰克摆了摆手，仿佛在说没关系。

"我正在看他的竞选网站。"另一个声音说道。

杰克和哈维尔加入了围观的人群。

韦斯·约翰逊坐在一张皮质扶手椅上，这里似乎是他的居家办公室，举目皆是家庭照片和镶在镜框中的学历证书，书架上堆满了各种传记。

"我就长话短说，让大家都能回家享受假期。"约翰逊说道，"我知道有人呼吁我退出竞选，但我在这里向各位保证，我依然坚定地致力于这场竞选。我在走访途中发现了一项新的事业，我保证永远不会停止为所有美国短绳群体，以及任何受到政府迫害而遭到边缘化对待的受害者而战。"

他身体前倾地坐着，靠向镜头。"我知道，自从盒子出现以来，我们仿佛一直都在重蹈覆辙，但今晚我有话要说，是因为只有在这一刻，在新年到来之际，憧憬崭新的开始和更好的未来是整个世界共同的心声。我依然一如既往地对我们伟大的国家和人民充满希望。我同样一直关注着"同一条绳"运动的故事和声音，我请求你们把所有能量、同情和勇气——最为重要的是，所有希望——倾注到这场运动中来。我保证，这场战斗还没有结束。"

约翰逊致辞结束后人群鸦雀无声，直到一个派对上的醉汉口齿不清地吐出一句："我爱死这个家伙了。"

"但听上去他自知败局已定。"

"不会吧！你没听说下个月的大型"同一条绳"运动吗？据说它正在席卷整个世界。我听说约翰逊也参与其中。"

"那听上去就像一个为短绳人群量身定做的大型宣传噱头。"有人翻了个白眼,"到头来还不是雷声大、雨点小。"

"好戏还在后面呢。别着急。"

"我不知道,"一个男孩说道,他转向杰克,"虽然你姑父是个浑蛋,但至少他意志坚定。他真的可以化腐朽为神奇。而且,他敢于面对血淋淋的现实。你必须尊重这些。"

杰克的脚在鞋子里不自在地扭来扭去,幸好房间对面有人大喊"干杯",人群迅速散去。

自从杰克最后一次参加竞选活动以来,几个星期过去了。他的姑姑亲自传话,不欢迎杰克参加今后所有的活动,宣布了他被抛弃的命运。杰克偶尔仍会见到父亲,只要安东尼不在旁边,但他已经意识到,他现在失去的这个家族并不是自己真正的归宿。而且,以后再也不是。也许当祖父卡尔在世的时候,亨特家族仍然代表着勇气和国家,但现在有了安东尼和凯瑟琳的掌舵,它变得唯利是图,为了赢得胜利不择手段。哈维尔才是亨特家族悠久传统的真正继承者,他将自己的一生都献给了军队,尽管不公的命运留给他的时间已经所剩无几。

在她最后一次离开杰克的公寓之前,凯瑟琳依然试图为自己的丈夫开脱。

"听我说,杰克,我知道这对你来说一定难以接受。"她说道,"但你必须相信我,你姑父知道并非所有短绳人士都是害群之马。他只是努力保护我们不受那些极端分子的伤害。"

国民卫士安东尼。长绳人群守护神,这个为美国带来安全的人,将开启铁腕统治的时代。

最近形势发生了变化,这一点毫无疑问。或许杰克在他姑父集会上的小插曲起到了一些作用。但安东尼依然势不可挡,杰克心想,无论多少人在键盘上输入热门标签"同一条绳",无论这个神秘的活动如何声势浩大,无论约翰逊看上去多么满怀希望。

不可思议的是,那场狡猾而卑劣的表演——安东尼在六月亮出了自己的绳子——六个月以来疯狂发酵,枪击和爆炸唤起了民众的恐惧和无助,曼哈顿的枪声为安东尼赢得了英雄的礼遇,韦斯·约翰逊的短绳让他看上去不堪一击,惊魂未定的长绳人群在安东尼的蛊惑下重振士气,而那些短绳同胞却沦为了时代的注脚。

这场立足未稳的新运动如何抵抗时代的滚滚洪流?

派对上的其他人都在喝着龙舌兰,没有人注意哈维尔和杰克。

"我本想打电话的,"哈维尔说道,"但我们的日程被安排得满满当当。这是我几个月以来第一次休假。"

"听起来一切顺利。"杰克说道。

"是啊。"哈维尔笑了,"我说,你姑父没被你干的好事气死吧?"

"我想他已经对我这个侄子彻底死心了,"杰克说道,"但至少他再也不拿我的绳子说事儿了。"

哈维尔点了点头。"你知道,你曾说过你连我的一半都不如,可是……你在集会上的表现确实让人刮目相看。"他大笑着说道。

空气中依然漂浮着那场争吵留下的碎片,让他们的对话弥漫着一丝从未有过的尴尬,杰克不知道他们之间还能不能回到从前,重拾那份曾经轻松平和的友谊。

"嗨,这附近是不是有一家老式酒吧?"杰克问道,"想去喝杯啤酒吗?"

两人悄悄地拿起外套,溜出前门。

就在几个街区之外,坐落着一家老式潜水酒吧,那里有着深色的木墙和暗绿色的包厢,天花板上悬挂着各式各样的军事用品。这里几乎只有退伍军人才会光顾,每当杰克和哈维尔穿着制服或一身传统军校装扮走进酒吧时,都会受到热烈的欢迎,有人脱帽致敬,有人举杯致意。哈维尔身上穿着陆军夹克,所以今晚也不会例外。

酒吧内的人群比平时稀少,大多是头戴军帽的老兵,还有一些身着迷彩服的年轻士兵。

头顶的电视屏幕中,主持今晚娱乐节目的名人正在回顾这即将结束的一年。

"好吧,将今年称为重要的一年可能有些轻描淡写,"一个衣冠楚楚的男人半开玩笑地说道,"希望新的一年不会带来任何新的'惊喜'。"

杰克和哈维尔在一个包厢坐下,两人花了一个小时的时间追忆他们的校园生活——差点儿挂掉的科目,不敢搭讪的女孩,屁股被教官猛踹的训练日和那让人坐立不安的疼痛。脑海中的回忆似乎比那段逝去的日子更加遥不可及,杰克不知道这是不是成长,生命的时钟是否在长大成人后就加快了脚步。

杰克终于提起了那场争吵。"抱歉,过了那么久我才开始行动,"他说道,"总算做了点儿什么。"

"我们要做的还有很多,"哈维尔说道,"但当时我对你发火的原因有很多,很多伤害,并不全是你的过错。也许我应该对交换绳子和随之而来的压力承担更多责任。你没有强迫我做任何事。这是我们共同的决定。"

"可是你不后悔吗?"杰克问道。

哈维尔喝了一口啤酒,思考着这个问题。

"我爱每一位训练搭档,我尊重每一位教官,所以一直把他们蒙在鼓里真的很难。但如果不这样做,我就无法来到这里,"哈维尔说道,"我就再也无法等到拯救别人生命的那一天。"他笑着摇了摇头,仿佛自己也感到不可思议,"无论结局如何,我想自己永远都会对你心存感激。"

"好吧,就像你说的,不只是我。这是我们共同的决定。"

终于酒保的喊声开始在屋内回荡。"十!九!八!七!"十几张陌生的面孔互相交换着热切的眼神,一起加入倒数的行列,"六!五!四!"

杰克从口袋里掏出两个从派对现场偷偷带走的小卡祖笛,并将其中一个递给哈维尔。

"三!二!一!"

两位好友吹响了他们的小卡祖笛,身旁的人群齐声欢呼:"新年快乐!"

这时,在酒吧最远处的角落,一位年纪最大的先生开始唱歌,跑调的歌声中带着一丝怯意,但他的真情流露吸引了每个人的注意。

旧识该相忘，时光难再追？

很快，所有人的声音和老人一起，汇成了一股高亢的音浪。

旧识该相忘，昔日情难了？

听着自己的歌声，杰克想起了姑姑和姑父，他们一定就在几英里之外的豪宅中，推杯换盏，畅饮香槟，他还想起了韦斯·约翰逊，也许他正和家人一起，享受几个月旅途劳顿之后的闲暇时光，等待着胜利女神的垂青。

我们在溪流中荡起双桨，从日出到日落
我们之间的大海在咆哮，友谊地久天长

杰克想到了自己最好的朋友哈维尔，在忘记歌词的地方深情地哼唱旋律，为了新的一年举杯庆祝，尽管时光的流逝并不总是一件值得庆祝的事情。

杰克不知道哈维尔是否已经原谅了自己，也许他在舞台上的演讲为时已晚，无法赢得哈维尔的原谅。只要杰克不问，他就不用面对答案。杰克此时只希望哈维尔知道他的愧疚，知道他正在努力。

让我们为善良的人干杯
友谊地久天长

本

整个世界似乎都已经联合起来。

每个人都在等待着见证这一刻的到来，好奇的情绪在人们的热议中和推特上持续了几个星期。

三天前刚刚公布的活动地点遍布二十多个国家，就像一幅挂在旅行者家中的地图，每块大洲的版图上都能看到拇指钉的踪迹。"同一条绳"运动中的不同声音第一次汇聚成一首世界大合唱，每个人都想知道幕后组织者是谁，可他依然深藏不露。硅谷先驱和口无遮拦的名人，还有著名非政府组织、当地市长以及白帽黑客都成为人们窃窃私语的怀疑对象。很多人想知道韦斯·约翰逊是否在暗中推波助澜。那个网络视频中的女孩又是怎么回事？这个谜团只能让人们陷入更深的惊叹。

那天本的互助小组全体出动，还有尼娜、艾米和尼哈尔的一个朋友，所有人肩并肩地站在时代广场上，几周前这座城市刚刚在这里集体庆祝新年的到来。天气很冷，但似乎没人在意，此刻成千上万人聚集在广场上，人群纷纷对着双手哈气，焦急地跺着双脚。

纽约时间早上九点刚过一分钟——这是美洲大陆的清晨，欧洲大陆和非洲大陆的正午，亚太地区的夜晚。时代广场上的所有屏幕一片漆黑，随后所有数字面板上开始闪烁着"同一条绳"的字样。人群一片欢声雷动。

当本看到曼哈顿的屏幕亮起时，他瞬间想到了其他国家，而他不知道的是所有国家正在观看同一段影像。伦敦皮卡迪利广场，东京涩谷十字街头和多伦多永吉·登达仕广场上的液晶广告牌无一例外。墨西哥城索卡罗广场、开普敦绿色市集广场和巴黎巴士底广场周围的屏幕和建筑外墙也在同步投影。脸书、YouTube 和推特正在现场直播。就连谷歌的主页在那一瞬间也被占领，它彩虹色标志的字母之间出现了两条互相缠绕的绳子。

"今天，在世界各地，我们要向那些短绳同胞的贡献致敬，"视频正式开始，醒目的白色字体就像午夜天幕中的点点繁星，"以下只是一小部分。"

"在手术台上挽救了两百个病人的生命。"

"独立抚养三个儿女。"

"获得双博士学位。"

"奥斯卡获奖电影导演。"

"编写一个苹果手机应用程序。"

伴随着每一次致辞，每一次胜利，掌声越来越大。

"和高中女友喜结良缘。"

"创作一部小说。"

"保卫我们的祖国。"

"竞选总统。"

本环顾自己的小组成员，想象着每个人对这段视频作何感想。尼哈尔曾作为学生代表致毕业辞，莫拉新婚不久，卡尔是一位舅舅，莉娅怀着她弟弟的孩子，特勒尔正在制作一部百老汇演出，切尔西是大家的开心果。汉克，当然，曾是一位白衣天使。还有其他细节，本对这些人还不够了解，尽管他们已经在 204 教室共同度过了一段时光。他们各自在爱情的围城里进进出出，从事着枯燥而充实的工作。他们是儿子和女儿，是兄弟和姐妹。他们是朋友。

"我们爱你！"一个声音在本身边喊道。

"同一条绳！"另一个声音大叫。

这让本始料不及。

他本以为自己会听到政府官员和演员、艺人的陈词滥调。他本以为他们会呼吁大家忍辱负重。他本以为自己会看到短绳逝者的照片。他本以为这将是压抑和悲伤的一天，伴随着漫长的沉默时刻。就像置身于一个大型追悼活动的现场。

但现实完全不同。

现场洋溢着沸腾、喧闹和欢快的气氛。俨然一场生命的庆典。在每块场地、每个国家和每个公共广场，人们探出窗外，走上阳台，爬上屋顶，敲打着栏杆，拍手叫好。

在一个没有战争、恐惧和分裂的世界里，他们依然没有忘记如何团结起来。

莫拉

第二天早晨，莫拉很快就会发现一切都是近乎可笑的完美巧合。也许一切是命运的安排，让他们在手忙脚乱之前，尽情享受时代广场上那个充满喜悦的瞬间。

视频刚刚结束几分钟，街道上和头顶窗户里依然不断传出尖叫和欢呼，人们继续沉浸在狂欢的大潮中，这时莉娅脸色苍白。

"你没事吧？"莫拉问她。

"我感觉羊水破了。"

莫拉立刻招呼大家用身体把莉娅围在中间，在拥挤的人堆中艰难前进。但密集的人群和无动于衷的庆祝者让他们寸步难行。本匆忙拨通了莉娅弟弟和父母的电话，莫拉看了一眼自己可怜的孕妇朋友，只见她正在努力坚持，此时一阵阵宫缩开始在她体内涌动。

"快带我离开这儿！"莉娅哀求道，"我可不想在硬石咖啡馆里生孩子！"

"大家快点儿！"莫拉大喊，"她要生了！"

不知在提心吊胆中过了多久，大家对当天被堵在时代广场上的具体时长各执一词，他们终于挤出了人群，卡尔拦下一辆的士。

车停稳后，本和特勒尔小心翼翼地把莉娅抬上的士后排座位。

"没有人陪我去吗！"她大喊道。

大家面面相觑，看着朋友们六神无主的表情和写满恐慌的眼神，莫拉迅速钻进的士后座，把目的地告诉了司机。

一路上，莉娅拼命地不让自己发出尖叫，凌乱的发丝已经被前额的汗水黏住。尽管没有化妆，她的双颊还是泛出一片粉色的红润，莉娅看上去真年轻，莫拉心想。她还是个女孩。让她经历这样的痛苦似乎是命运的不公。

"保持呼吸。"莫拉冷静地说道，不太确定自己的话是否正确。

"有人打电话给我的……啊……"莉娅断断续续的声音变成一阵呻吟。

"你的家人全都在路上。"莫拉一边回答,一边抚摸着莉娅指节泛白的手,那只手似乎已经与她的安全带融为一体。

"为了宝宝,一切辛苦都是值得的,"莉娅呻吟着,把双手放在自己的肚子上,"他们是我的心头肉。"

这个女孩的自信让莫拉为之动容,她已经浑身洋溢着母性的光辉。莉娅此刻痛苦不堪的样子似乎并无动人之处,但莫拉心中依然跳动着一个念头。她和尼娜或许错过了什么。

在痛苦褪去的短暂瞬间,莉娅低声说道:"我很高兴可以为弟弟做这件事。他一直对我很好……他一定会是个好爸爸。他们俩都是。而且无论如何,"莉娅低头看向自己的肚子,"我将成为他们生活的一部分。"

但这短暂的美好被一阵急促的宫缩打断,莉娅紧紧地抓住莫拉的双手。

"快到医院了,"莫拉说道,"马上就有止疼药了。"

莉娅用力地摇了摇头。"不要用药。"

"你疯了吗?"

"我想亲身感受。"莉娅喘着粗气说道。

"你可是要生两个孩子啊!"

"我只想知道传言是不是真的。"

"是不是真的很疼?"莫拉问道,"我想你已经知道答案了。"

莉娅勉强挤出一丝笑容,她的嘴唇已经开裂。"听别人说,"她说道,"生孩子的时候疼得死去活来,但生完以后,就会忘得一干二净。"

所幸当莉娅和莫拉赶到医院时,莉娅的家人已经到了,莫拉被攥了一路的双手终于获得了解脱。她走向候诊室,按摩着已经失去知觉的手指,这时她惊讶地发现整个互助小组都在这里。切尔西正坐在肖恩身边,她的烟熏妆有点儿花了。特勒尔不知从哪儿摸出一瓶香槟,正向尼哈尔炫耀着自己的壮举。就连脾气不好的卡尔也来到了现场。

莫拉看到尼娜站在本和艾米身边,三个人在早晨的突发事件后依然惊魂未定。

"真是惊心动魄的一天。"尼娜说道。

"莉娅怎么样了?"本问道。

"她还没有完成任务,"莫拉说道,"但她比你想象中坚强。"

漫长的等待在咖啡因和肾上腺素催生的兴奋与焦虑沉闷的奇特组合之间来回摇摆。当一阵啼哭声传入候诊室时,莫拉正端着咖啡往回走,眼前的一幕让她停下了脚步:特勒尔正在纸杯中注入香槟,肖恩和尼哈尔正在击掌庆祝,切尔西正欢蹦乱跳,靴跟踩得地板啪嗒作响。

这时莫拉才意识到,这群陌生人已经组成了一个不可思议的家庭。他们曾经共同为汉克的遇难悲伤不已,此刻,在莉娅的两个小生命降生之际,他们又一同欢呼庆祝。

"你回来了!"尼娜笑着说道,"你差点儿就错过了。"

但她没有错过,莫拉意识到。她在的士里已经见证了莉娅留给孩子的爱,最纯真也最炽烈的母爱。莫拉什么也没有错过。她依然充满活力的双臂正紧紧地抱着怀中的尼娜。

几分钟后,门砰的一声打开了,莉娅的弟弟走了出来。"一个男孩,一个女孩!"他宣布道,脸上写满了惊喜。

多美妙啊,莫拉心想,出生在这样的日子,在这个全世界大团结的光明时刻。

候诊室里的众人——沉浸在微醺的喜悦中——欢迎这对双胞胎加入他们的行列,他们是新生的地球居民,这个世界上快乐和痛苦的两极从未相隔如此遥远。

当莫拉抽身来到莉娅的康复病房时,莉娅抬头看着她,眼含泪光。"谢谢你陪在我身边。"她说道。

"这是我的荣幸。"莫拉说道,看着双胞胎中的一个躺在莉娅的臂弯里。同样筋疲力尽的两人,享受着彼此的依偎。莫拉几乎可以从莉娅蜷缩的身体和面向婴儿的姿势上读出答案,但她还是感到好奇。

"传言是真的吗?"莫拉问道。

莉娅露出了顽皮的笑容,仿佛隐瞒了一个天大的秘密。

S P R I N G

又一春

艾米

艾米一直在浪漫的小说情节里憧憬着自己的爱情童话。但本在尼娜和莫拉婚宴上的样子让她意识到，生活从来都不像书中的故事或她虚构的梦境那样光鲜亮丽。她就是无法不顾一切，转身离本而去。

即便几个月后的今天，她依然记得他们约会的每个细节。就在婚礼后几天，艾米答应了本鼓起勇气再次发出的约会邀请。他们在中央公园东南角见面，这个季节的第一场雪仍然令人望眼欲穿，随后他们向北穿过池塘和动物园，逐渐向西转向湖边。这是初冬时节难得的一天，阳光明媚，微风不惊，艾米和本坐在水边的长凳上，看着圣雷莫双塔高高耸立在光秃秃的树梢上，几乎感觉不到一丝寒意。在艾米眼中，这是整座城市最美丽的建筑之一。

"塔顶科林斯神庙的灵感其实来自一座雅典纪念碑。"本说道。

"就没有你不知道的八卦。"艾米笑着说道。

"建筑可是我的本行，"本说道。随后他身体前倾，举起一根学究气十足的手指，用装模作样的英伦口音说道，"你知道中央公园有近万条长椅吗？其中大约一半都被人'领养'了。"

"我猜'领养'一条长椅要给公园捐不少钱吧？"艾米问道。

"一万美金左右。"本大笑道，"但你可以给长椅挂上一块标牌，写上自己想说的话，这可太酷了。"

艾米转过身查看他们的长椅上是否也有标牌。

"哦，这些湖边的长椅最受欢迎，"本说道，"几年前就被抢购一空了。"

果然，艾米在她背后的木板顶端发现了作家 E. B. 怀特的一段话，它被刻在一张薄薄的金属片上：**早上醒来，我不知道该去拯救世界还是享受人生。真是让人头疼的一天。**

在两人公园约会后的几周里，艾米和本尽情享受着属于他们的二人世界。本带她参观他最喜欢的建筑和地标，艾米带他逛遍了所有她最爱的书店。她陪他参加时代广场上举行的"同一条绳"活动，他在职业日现身她的课堂，他和学生的融洽关系让艾米羡慕不已。

书信往来拉近了彼此的距离，因此两人一见如故，丝毫没有情侣开始约会时特有的紧张不安。他们知道这段刚刚开始的关系中蕴藏着非同寻常的风险，但艾米感到自己充满了与尼娜婚礼上如出一辙的急切渴望。她和本的未来——无论是短暂，还是长久——依然充满未知。她只知道自己想抓住这个机会，看看会有什么结果。

当然，艾米没有忘记自己最初的彷徨和挥之不去的恐惧。她担心对本而言自己不够坚强，担心自己无法一直扮演那个信中的姑娘，担心自己有时还是那个焦虑不安、笨手笨脚的女人，忍不住害怕未来，害怕心碎的结局。

艾米内心的冲突同样被本看在眼里。当他邀请艾米和自己的父母共进晚餐时，为她留下了拒绝的余地。

"他们想见见你，"他说道，"我也想让你见见他们，但如果你感觉不舒服，我们可以慢慢来。无论如何，我都不想让你感到勉为其难。"

艾米心想，他选择勉为其难这个词的言外之意，显然不仅仅指这一顿饭。

但她还是同意了，她心中早有此意。她坐在本父母对面的餐桌旁，互相分享着各自的课堂历险记——一坨口香糖无情地夺走了艾米四英寸长的头发；本父亲的三副眼镜先后葬身于学生的脚下；愤怒的家长两次威胁让本的母亲丢掉工作，指责她误人子弟。

在本的母亲切咖啡蛋糕时，艾米注意到她向儿子递了个眼色，艾米记得这和三年前初见莫拉时自己飞向尼娜的眼神如出一辙。这一眼的意思是：我喜欢这姑娘。她适合你。

这是一种蕴含着兴奋和喜悦的眼神，最重要的是充满希望，艾米意识到，这不再仅仅是她和本两个人的事了。她知道，本经历了一番挣扎，才最终在秋天向父母坦白了真相。因此艾米不知道在本的父母眼中，自己是否就是他们全部希望的寄托——他们唯一的儿子将来的幸福，他们看到孙子的梦想。

艾米一度感到害怕，不知道自己是否能够承载他们的渴望，她轻松的内心开始摇摇欲坠。直到她惊讶地听到本的父亲当晚第一次提起绳子的话题。

"我想告诉你，艾米，我很高兴本的母亲和我早已退休。我不羡慕你现在还要教书，为孩子们的问题和担忧操心。"

"其实按规定，我们不能在课堂上谈论绳子的话题，"艾米解释道，"说实话，这对我来说很难接受。有时我感觉自己在学生面前不是满口谎言，就是由于无法深入交谈而让他们大失所望。我甚至无法用敷衍了事的答案对他们的问题给予象征性的尊重。"

"好吧，听上去你还没有忘记初心。"本的母亲说道，"你的学生真正关心的是，如果他们感到恐惧、痛苦或挣扎，你是否会成为他们的依靠。你不用说话就可以让他们明白。"

本的母亲的话让艾米意识到，这就是她对本的感觉。她一直向本展示着自己的美好和不堪，甚至在她的第一封信中也是如此。本的父母怀有希望，这并不重要，也不会带来额外的困扰。艾米爱上了本，执着于和他们一样的幻想。

当甜点在一轮字谜游戏中开始融化时（本和艾米凭借本对《黑客帝国》中红/蓝药丸的印象获得胜利），艾米让自己再一次陷入同样似曾相识的满足中，与她和本在婚礼上共舞时的亲密和轻松如出一辙。

她感到一种平静，甚至安详的感觉。一种与勉为其难截然相反的感觉。

春天到了，艾米和本已经开始为同居生活做准备，当本约艾米下午在中央公园见面时，她知道这一刻终于来了。

于是她穿上最心爱的裙子，出门向公园走去，希望步行可以缓解自己的紧张情绪。

艾米冒出一个奇怪的念头，当她下一次走上这些街道时，一切都将与以往不同。她将和自己爱着的男人订婚，这个人甚至在艾米知道他的姓名之前就已经俘获了她的芳心。

艾米感到由衷的幸福。因此，当她突然发现自己站在范·吾尔西这栋建筑的铸铁大门外时，心中为之一惊，不知道自己是不是下意识中一路向它走来。

她在这栋建筑前停下脚步，像往常一样，抬头看着这座庞然大物：文艺复兴时期的外墙，一排排敞开的窗户引来阵阵微风，雄伟的拱门中可以看到内部的庭院。

在注视着范·吾尔西的时候，艾米如梦方醒。这里永远不会成为她的家。

从一开始，艾米就知道本想在郊外的小别墅中安家，就像他儿时的记忆中一样。在那里，后院的斜坡刚好可以用来滑雪。对艾米来说，这是个很棒的主意。但她也知道，如果自己和本结婚，生儿育女，总有一天，她将成为一个单亲妈妈，仅凭自己的教师薪水抚养孩子，谁知道那时他们将在何处安身？

也许当孩子们离家去上大学后，艾米就会搬回曼哈顿。她会把自己空荡荡的家——到那时，会变得更加冷冷清清——搬到一座更加廉价的公寓。

值班的门卫刚好不在，于是艾米凑近大门，窥探着里面修剪整齐的花园。此时花园空无一人，艾米突然意识到，无论自己何时路过，这个庭院总是空荡荡的。事实上，她从不记得看到有人坐在喷泉边，或是在弧形白色长椅上品尝咖啡，更别提看到任何在这个私人天堂中怡然自得的情侣或家庭。

毫无疑问，上百位租户幸福地生活在大门内的世界，这座建筑似乎突然间显得如此冷清寂寥，尤其是与她身后永远人来人往的百老汇大街人行道相比，她和本经常手牵着手从那里走过。

"你好，女士。有什么可以效劳？"

门卫从街角冒了出来，用狐疑的目光看着艾米。

"哦，抱歉，我只是随便看看。"她说道。

"您是准备入住的租户吗？"他问道。

艾米愣了一下，看了一眼空空荡荡的庭院，那里曾经滋养着她八年来纽约生活的幻想。

"不，"她温柔地说道，"我不是。"

门卫向她微微点头，她转身离开这座建筑，离开了这场不属于她的梦境，此时她的脑海中装满了新的遐想。她一定已经为即将到来的求婚幻想了十处不同的场景：站在弓桥上，漂浮在湖中小船上，坐在莎士比亚花园里。然而，以她对本的了解，这些公共场所都不可能。那应该是一个隐秘的角落，一个只有他知道的有故事的地方。

就在艾米沿着大街前去赴约时，脑海中响起一阵旋律，一首让他们走到一起的歌曲。顺其自然吧，一切顺其自然。有些事我们就是无法控制，她心想。

但除此之外呢？

我们每天做出的所有选择？我们选择成为的人和爱的方式？每一个打开盒子或永不打开的决定。

艾米在姐姐的婚礼上做出了选择：返回屋内，回到本的身边。她即将做出选择，她即将告诉他答案。

还有那些他们选择共同创造的生活，他们选择共同追逐的梦想。

本

一个星期天下午，本离开公寓，走进第一抹春色中，树木开始在呼吸中醒来，草地和附近餐车的清香在微风中飘荡。那天他的互助小组为了赶上纽约公共图书馆即将举行的展览而早早地聚会，没有像往常一样等到晚上。展览由几位"同一条绳"运动的重要成员发起，作为去年三月绳子出现至今的周年纪念。一件用五百条真实绳子制作而成的雕塑，成为这次临时展览的主题展品。

这是"同一条绳"运动涉足艺术领域的首次有组织活动，同时也是第一场有关绳子的大型主题展览，对这一仍在不断发展的现象展开回顾。也许未来几年，展览会越来越多，本心想。因为盒子和置于其中的绳子无法销毁，世界各地的博物馆承担了收集并保管这些永久文物的神圣使命，从任何有意捐赠的个人手中征集这些生活的遗物。那些没有进入博物馆的绳子则在老家具、壁炉架和许愿箱里找到了它们新的落脚处。许多盒子取代了骨灰盒的位置。还有些盒子最后被埋入主人的墓穴，有的已经打开，有的则成了永远的秘密。

在开往图书馆的地铁上，本想起了自己的互助小组，在汉克遇难后组员相继离开，切尔西加入了一个短绳住宅交换网络，目前正住在一栋墨西哥海滨别墅里，而特勒尔搬到了旧金山。他在某天早晨醒来后涌起一股重新开始的冲动，一周之后他就动身横穿美国，为自己即将开始的全短绳阵容音乐剧全美巡演进行预热。

本瞥了一眼地铁上方的滚屏广告：一家减肥公司，一种治疗勃起功能障碍的药片，一张《单身汉》长绳和短绳系列的首映海报，背景铺满了玫瑰花瓣（切尔西的试镜申请令人遗憾地石沉大海）。

"我等不及要看下一季了。"本身边的女孩兴奋地说道。

"我知道。我肯定两部都看。"她的朋友附和道，"我担心短绳系列对我来说可能太伤感，但没准儿更刺激，实话实说。"

九个月前，这番对话可能会让本的心中充满恐惧、悲伤或是愤怒，但是现在这已经成为他生活中的插曲，两人的对话淹没在车厢的喧嚣中。

本并没有变得对一切麻木不仁。主流权威人士关于安东尼·罗林斯即将在七月赢得提名，并最终于十一月问鼎白宫的预测深深刺痛了他。就在第一轮州内初选之前，那个行刺安东尼未遂、开枪误杀汉克的女人被判处终身监禁，这无疑会为安东尼的选情带来利好。她是接二连三的短绳袭击事件中唯一接受审判的幸存者，因此，也许她的刑期对于之前所有的罪行来说都是一种正义的象征（安东尼的竞选团队不遗余力地将被告人塑造成一名短绳恐怖分子，让枪击事件成为舆论的焦点，在选民中制造恐慌情绪）。

安东尼已经稳操胜券——目前为止。本很失望，但还不至于绝望。真正持久的变化需要时间，本明白，而不仅仅是一个个华而不实的瞬间。但不断吸取经验的"同一条绳"运动每天都给人带来耳目一新的感觉。一月的活动之后，人们继续在"同一条绳"的话题标签下分享各自生活中短绳群体的贡献。各种TED演讲、筹款活动和讨论小组层出不穷。短绳群体和"同一条绳"活动家的介绍几乎占领了每一本杂志。短绳角色甚至开始频频出现在影视作品中。视频中的南非女孩在那年春天迎来了自己的二十二岁生日，并决定不打开自己的盒子。很多人准备追随她的脚步。

至少本感到自己的未来突然充盈起来。几个月后，他将为纽约上州那座光鲜亮丽的科学中心剪彩，为这个持续近两年之久的工程画上圆满的句号。他已经向那个为他带来灵感的女人求婚了，不可思议的是，她也有着同样的感觉。他的父母喜不自禁。或许他已经在短暂的人生中找到了更好的自己，就像互助小组的传单曾经向他承诺的那样。

当本起身走出地铁时，他不禁感慨，从那些盒子出现至今，整整一年过去了。三百六十五个日日夜夜。他的世界如今已经发生了翻天覆地的变化：地球绕着太阳转了一圈，这么多人走进他的生活，让他无比牵挂。

在巨大的大理石图书馆中，本站在莫拉身边。两人注视着那座近十英尺高的树木雕塑，树枝上没有一片树叶，取而代之的是长短不一的绳子。在树下的平台上，镌刻着五百个姓名。

"尼娜的杂志为这位艺术家做了一个简介，"莫拉说道，"据说这是他用别人的绳子完成的作品，但他自己的盒子还没有打开。他说，如果绳子很短，他在仓促之中无法产出佳作；如果绳子很长，他可能会失去创作的动力。"

在画廊的另一个角落，莉娅和尼哈尔正在观看一部循环播放的视频，画面中的艺术家正在接受专访，这个四十岁出头的男人穿着一件文化衫，脖子上挂着一个沉甸甸的金属吊坠。本走到他们身边时，正赶上视频重新开始播放。

"这件作品的创作灵感产生于我在日本旅行期间，"雕塑家回忆道，"我前往丰岛旅行，在那里，一位名叫克里斯蒂安·博坦斯基的艺术家同行于二〇一〇年创作了一件名叫'心跳档案'的作品，收集了来自世界各地的人类心跳声。我想用绳子进行一次类似的创作。对许多人而言，我们的绳子，就像我们的心跳，是一种只有自己或少数挚爱之人才能接触的个人隐私。因此，我想用这五百条绳子创造一个公共记录，这五百个生命，来自不同的国家、不同的城市，他们的绳子长短各异。但对我来说，重要的是每个姓名、每段绳子都被平等对待。观众将永远无法知道每段绳子背后的面孔和与之对应的姓名。

　　"那棵树，当然，就像一个完美的构造。它是生命之树，也是智慧之树。它提醒着我们，每个人终将长眠地下，滋养着世间万物。

　　"人类有一种与生俱来的冲动，为我们的存在寻找某种永恒的象征。我们在学校的课桌随手写上'到此一游'的字样。我们把它画在墙上，我们把它刻在树皮上。到此一游。我想通过这件作品传达同样的信息，让世界知道这些人曾经来过。作为这些生命——无论他们的绳子是长是短——曾经存在过的真实证明。"

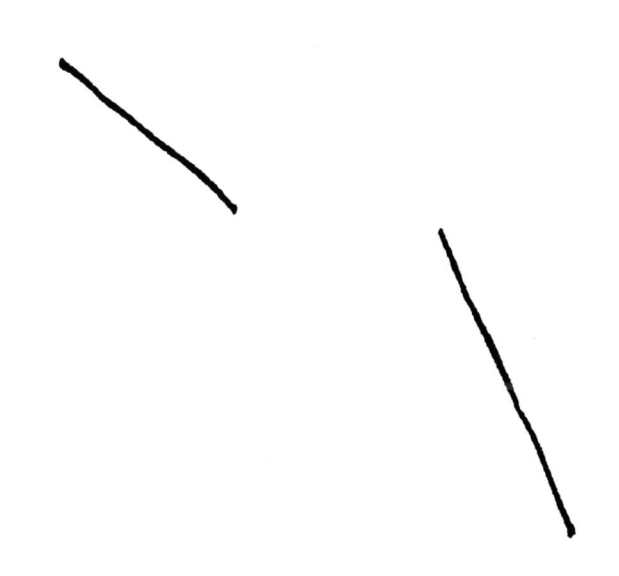

SEVERAL YEARS LATER

多年以后

哈维尔

事实证明,哈维尔是一名出色的士兵,他不仅赢得了战友的尊重,还受到由衷的爱戴。他时刻准备面对一切。

即使现在,独自面对即将走到尽头的生命,他也做好了准备。

他留下一封给父母的信,解释了那个为他打开事业之门的谎言,并把它藏在行军床下,他知道自己走后,人们在整理遗物时一定会发现藏在这里的秘密。他花了几个月时间斟酌信中要说的话,而他不能让父母在忍受丧子之痛的同时还被蒙在鼓里。他们应该知道交换绳子的真相,知道那是他们的儿子做出的决定。但哈维尔从未在信中提到杰克的名字,希望这足以保护他的秘密。

每天早晨出门之前,哈维尔都要伸出手指轻轻地触碰床垫下的信封,进行例行公事的检查。

一天下午,哈维尔正在和搭档雷诺兹上尉散步,无线电中传来了指挥官的呼叫。他们需要对一名飞行员和两名医疗人员展开紧急搜救,一架飞机刚刚在敌占区被击落。机上三名乘员成功弹射,目前推测没有生命危险。

哈维尔和雷诺兹迅速收拾装备，向直升机走去。"空降分队在哪里？"雷诺兹问道。

"报告，长官！"两名空降救援队员从直升机后冒了出来，随时待命。哈维尔钻进雷诺兹右手边的副驾驶舱，一位飞行机师和两名空降救援队员已经坐在后排。

直升机升空后，无线电中传来任务简报的声音。"搜索目标为两名男性和一名女性。一位我方飞行员和两位无国界医生组织志愿者。"

天空阴云密布，无法从空中确定幸存者的方位并抛下绳梯，因此机组被迫降落。雷诺兹和机师留在直升机中，哈维尔和两名空降队员徒步进入一片稀疏的林地。

算他们走运，哈维尔心想，树林比荒原更容易藏身。

经过二十分钟的跋涉，士兵们找到了幸存者，他们躲在粗大的树干后面，脸上和四肢满是泥土和血污。

两名男性都受了伤——飞行员被烧伤，其中男医生的一条腿血流不止——女医生正在为两人处理伤口。

哈维尔通过无线电向雷诺兹和基地指挥官报告："发现三名幸存者。完毕。"

两名空降队员跪在地上查看幸存者的伤势，哈维尔向女人点头示意。

"我是哈维尔·加西亚上尉，"他说道，"你出色地完成了任务，姑娘。"

"阿妮卡，"她说道，"阿妮卡·辛格医生。"

"让我们带你回家，辛格医生。"

飞行员还能走路，尽管跌跌撞撞，但受伤的医生就连站起来也需要别人帮助。一行六人准备撤离，医生的身体重重地压在年轻空降队员的肩膀上，这时无线电中传来指挥官的声音。"我们收到情报，周围有敌对势力出没。收到请回复？"

"收到。"哈维尔说道。

阿妮卡和另一名医生愣在原地，不知所措地看向士兵。

"我们速度太慢。"年长的空降队员说出了自己的担忧，"我们目标太大。容易暴露。"

"还有两名伤员。"阿妮卡补充道。

话音刚落，远处就隐约传来卡车发动机低沉的轰鸣声。

哈维尔看到两位医生依然挂满汗水的脸上写满恐惧，也可能是泪水。他们只是平民，他心想，他们来到这里是为了救死扶伤，改变世界。

"我来掩护你们，"哈维尔提议道，"我可以跑向相反的方向，放几声空枪转移他们的注意，然后绕道和直升机会合。"

"不，我不同意。"年长的空降队员说道。

"这是我们最好的机会。"飞行员面露难色。

"他不会有事的，"年轻的空降队员说道，"他没有这么短命，不是吗？"

年长的空降队员想要大声呵斥搭档玩世不恭的态度，但他知道，年轻人说得没错。班里大部分人都这样想。该死，他曾经也有过同样的想法。但他亲眼看到一个朋友相信自己刀枪不入，径直走进简易爆炸装置区域，结果付出了失去双腿的代价。都是该死的绳子,这位空降队员心想。因为它们,每个人突然变得有恃无恐。

直到他们遍体鳞伤。

"你不同意,我不会走,"哈维尔说道,"但我已经准备好了。"

年长的空降队员无法接受抛下战友的现实,但他不能对两名需要照顾的伤员视而不见。他不相信他们可以带着两个一瘸一拐的伤员,徒步穿越超过一英里的路程而不被发现。

"好吧,"他终于不再坚持,"你是个好人,哈维尔。"

雷诺兹透过树林的缝隙看到了他们的身影。只有五个人。

"我的副驾驶呢?"他大叫道,空降队员把两位伤员抬进直升机后座。

"他随后就到。"年长的空降队员说道。

其他人纷纷爬上直升机,雷诺兹已经做好了起飞准备。但哈维尔迟迟没有出现。

令人窒息的一分钟过去了,又过了一分钟。

这时他们听到了发动机的声音。

"该死。"雷诺兹感到一阵不安传遍全身,但他依然等待着。

轰鸣声越来越大。受伤的医生开始呻吟。获救的飞行员呼吸变得急促起来,飞行机师的手指紧张地敲打着自己的膝盖。年长的空降队员从后排座位上凑上前去。"别忘了我们还带着两位平民,雷诺兹。"

但他依然无动于衷。"我不会丢下哈维尔。"

发动机的声音现在更近了。

年轻的空降队员不想惊动两位医生，他小声说道："我们现在就是一个停在地面上的活靶子，雷诺兹。"

"我必须等到最后一刻！"他大喊道。

这时，雷诺兹想起了指挥官对他说过的话：相对于它们造成的伤害，绳子带来的真正福音——每位士兵都知道自己的阵亡时间，可以做出相应的选择——是任何士兵都将不会孤独地死去。

如果他现在离开，雷诺兹心想，把哈维尔丢在敌占区，至少哈维尔有一条长绳。至少他可以幸免于难。

附近激烈的枪声打破了周围的寂静。

"上帝啊，雷诺兹！"一个声音大喊道。

他不能再等了。

"我们会回来找他的。"雷诺兹说道，更像是告诉自己，而不是别人。

哈维尔在地面上听到了直升机从头顶呼啸而过的声音，他唯一的希望飞走了。

但那不是他真正的救赎。那只是一种幻觉。直升机也许可以让他的生命延长几个小时，让他来得及和家中的父母进行最后的告别。但五年来，每次结束和家人的通话时，他都会说出那三个字，现在他想说出同样的话。唯一重要的三个字。

于是哈维尔最后一次压住自己的伤口，一颗流弹从那里钻了进去，接着，他抬手在自己的帆布背包里四处摸索。费了一番功夫之后，他终于找到了。一块破旧不堪的祷告牌，边缘已经被他手指上的血迹染红。

他把它紧紧地抓在手中，这块祷告牌从格特鲁德传给了她的爱人，从西蒙传给了他的朋友，从祖父卡尔传给了他的孙子，从杰克传给了他——一块曾经在他眼中可有可无的祷告牌。

哈维尔大声朗读着所有之前佩戴者都曾读过的祷文。这样他就不会孤独地迎接死亡。

杰克

美国军方为哈维尔的死感到震惊，这名士兵拥有公认的长绳身份，尽管他们还不清楚哈维尔的真实行为和动机，但高层迅速认定，哈维尔在毕业到最终派遣期间有隐瞒真相的嫌疑。绳子从不骗人，人却可以撒谎。

几位军官在转交了他们儿子的遗物后和加西亚夫妇取得联系，要求他们在美国军方找到最佳处理方式之前不要向媒体透露任何信息。

哈维尔不是第一个在"STAR"计划之后阵亡的短绳士兵，因为大量士兵最终都被特批入伍。然而，哈维尔之死首次引发了对蓄意隐瞒身份的质疑。哈维尔的父母被允许按照退伍军人的规格安排葬礼，但不能公开谈论他们的儿子在军队中的具体职能，尤其是他被批准参加战斗一事。

在收到遗物后不久，哈维尔的父母就把一封信交给杰克，身为哈维尔朋友的雷诺兹上尉在哈维尔的宿舍发现了它，随后原封不动地交给他们。

刚看到第二行，杰克就潸然泪下。但他坚持向下读去。

爸爸妈妈：

我知道你们此刻的震惊和心碎，我为自己给你们带来的痛苦道歉。但我想告诉你们，我别无选择。

五年前，盒子出现之后，我和一位好朋友决定交换我们的绳子，这样我就能带着长绳身份参军入伍，去迎接更大的挑战，到最需要我的地方去。

我想在世界留下自己的印记，为人们带来真正的帮助，就像你们经常教导我的那样，把别人放在第一位。我不能因为一根短绳前功尽弃。

我成功了。

一年前，我发现一个迷路的男孩无意中闯入前沿阵地，我在不幸发生之前一把拉开了他。现在我经常想起那个男孩，想起他黑色的卷发和骨瘦如柴的胳膊，就像以前的我一样。也许你们也会想念那个小男孩吧。

我祈祷你们获得安宁，因为我们终将再次相见。总有一天，我将和其他家人一起等着你们。正是那种信念——你们给我的信念——让我一路坚持下来。

我讨厌对我的国家和我的家人说谎。但我不认为自己的行为是一种欺骗。我想它让我找到了真正的自我。我不再仅仅代表哈维尔。我是美国陆军哈维尔·加西亚上尉，我希望成为你们的骄傲。

爱你的，
哈维尔

哈维尔的父母认为杰克就是信中提到的好朋友，于是杰克向他们说出了真相，至少是一部分真相。他没有提到自己交换绳子的动机，也没有承认整件事其实都是自己的提议。他不想让哈维尔信中的故事被人断章取义。

但哈维尔的父母不知道如何处理这封信。他们完全不知所措，在悲痛的折磨下，他们已经筋疲力尽。他们担心哈维尔信中的自白被发现后可能引发的后果。杰克知道，美国军方高层掩盖哈维尔之死的真相，只是在为罗林斯总统争取时间。他的姑父正在竞选连任，此时没人希望听到一位年轻的拉丁裔短绳士兵故意欺骗美国军队，逃避政府基本国策的流言。杰克担心，他的朋友付出生命代价的伟大牺牲将被掩盖、被抹去，以维护他姑父脆弱的声誉。杰克不允许这一切发生——无论真相大白后他将面临什么后果。

杰克把自己的担忧告诉了哈维尔的父母，还有他们的儿子如何鼓舞自己为所有短绳群体进行斗争。也许现在他就能做到，杰克说道，"把我和哈维尔的故事公之于众吧。"

三人知道，将调包事件公之于众将面临重重阻力，但隐瞒真相又让人良心不安。哈维尔的父母并不感到羞耻。他们一如既往地为自己的儿子感到骄傲。

带着他们的祝福，杰克开始了自己的计划。

四年前，杰克申请调往纽约，在他的姑姑和姑父搬入白宫后，他急于逃离华盛顿。他在自己小小的网络指挥基站结识了几位电脑科学家，还和几个漂亮女孩约过会，她们明知杰克的短绳身份，还是对他趋之若鹜，只为嫁给这个被命运诅咒的总统侄子，满足自己对成为曾经的第一夫人杰奎琳·肯尼迪的畸形幻想。杰克已经宣誓参加"同一条绳"在这个城市的活动，他和哈维尔父母每年都会给对方寄几封信，他们的来信总是让人无比振奋。

与姑父为敌的快感逐渐散去，尤其在总统竞选尘埃落定后，无论是工作还是娱乐都无法给杰克带来更多成就感。他再次陷入了曾经无所事事的状态。失去了家人的期望作为支撑，他的世界一夜之间失去了重心，他曾经渴望的普通生活如今变成了一潭死水。

然而此刻，拿着哈维尔父母来信的复印件，杰克再次找到了生活的方向。

他来到约翰逊基金会位于褐石大厦的总部门前。在总统竞选失利后，韦斯·约翰逊议员创立了一个非营利组织，为短绳人群提供资源，推动社会平等。（尽管"同一条绳"运动取得了巨大的进展，但依然有很多困难需要克服，因为事实证明，对短绳人群的偏见已经根深蒂固，难以铲除。）

几年来，杰克一直关注着约翰逊基金会的新闻，这个团队致力于为众多领域中面临歧视的短绳人群提供法律支持：工作招聘、学校录取、贷款申请、医疗保险和子女收养。名单似乎越来越长。他们最近发起了一项新的倡议，支持短绳人群获得选择死亡方式的权力，推动立法帮助那些走到生命尽头的人有尊严地迎接死亡，在家人陪伴下平静地去世，而不是面对命运的摆布坐以待毙。

当杰克来到约翰逊基金会时，一位助理带着他走上楼梯，来到新任媒体主任莫拉·希尔的办公室。

"请坐，亨特先生。"莫拉随意地靠在办公桌前，双腿交叉在脚踝处，杰克在一张皮椅上坐下。

"不得不说，我很好奇总统的侄子找我有何贵干。"她说道。

杰克向她礼貌地点了点头。"我代表我的朋友，美国陆军哈维尔·加西亚上尉登门拜访。他刚刚在一次行动中不幸阵亡。"杰克拿起面前的玻璃杯喝了一大口水，突然感到口干舌燥。

"哦，上帝，听到这些，我很难过。"莫拉说道。

杰克清了清嗓子，打起精神。接下来的话是杰克第一次说给一个陌生人听。"事实上，五年前我们都是陆军少尉，当时'STAR'计划刚刚宣布。我的朋友哈维尔有一条短绳，而我有一条长绳，但我们都知道，他天生就是一位战士，注定要成为真正的英雄。于是我们交换了绳子，他代替我被派往海外。"

莫拉睁大双眼，用手揉了揉自己的后颈。"我的天哪。"

杰克把一直放在文件夹里的扫描件递给她。"这是哈维尔的信，写在他阵亡之前。"

杰克看着莫拉不慌不忙、认真阅读着信中的每一句话。有几次她张开双唇，仿佛有话要说，但还是没有开口。

杰克希望这封信找到了正确的地方。六个月来，这个基金会为安东尼角逐总统宝座的主要对手——一位立场鲜明的宾夕法尼亚议员——提供了强大的支持。罗林斯的支持率已经受到重创，特别是去年的内幕曝光之后：对他行刺未遂的枪手去世后，人们在她的牢房内发现了字迹潦草的告白。五年前,世界错怪了她。让她走上绝路的不是她的绳子。她从未打开自己的盒子,也没见过里面的绳子。她只是一个伤心欲绝的姐姐,三十年后依然痛不欲生,害死弟弟的凶手春风得意的样子点燃了她的怒火。这个女人当然知道,她无法杀死安东尼——她在电视上见过他的长绳——但她依然想让他受到惩罚,让缺席已久的正义得到伸张。当一个无辜的人——汉克——被流弹击中,她失去了前进的意志,内疚让她陷入了永远的沉默。

枪击事件的真正动机曝光后,弹劾总统的呼声此起彼伏,但没有证据表明安东尼比公众知道更多内幕。他矢口否认女枪手同父异母兄弟的死亡和自己有任何直接关系,默许他的竞选团队对这个女人的污蔑。他只是和舆论一样,认为她的行为应该归咎于她的短绳。

然而如今,最新民意调查结果显示,安东尼的连任形势不容乐观。只需再放上一枚筹码,就能让胜利的天平发生倾斜。

"你为什么把信带到这里?"莫拉问道。

"我想让你向媒体爆料,"杰克说道,"包括我的姓名,证实我就是和哈维尔交换绳子的人。我希望这能成为压倒罗林斯内阁的最后一根稻草,让人们看到他的政策带来的危害,阻止像哈维尔一样勇敢和忠诚的人公开为国家献身是多么愚蠢。这也是为了实现他的梦想。正是哈维尔的勇气,让他在最后一次任务中和他的战友成功营救了三名幸存者。从死神手中夺回了他们的生命。"杰克停了一会儿,"但这不仅事关军队。这事关所有无路可走的短绳人群,因为人们充满恐惧、偏见或无知。我希望每一个读到哈维尔故事的人能够看到，短绳人群拥有和长绳人群同样的价值。他们应该获得同样的机会去证明自己的价值。"

当然，杰克知道，哈维尔的信无法让安东尼和凯瑟琳之流，还有那些为他们打开权力之门的人回心转意。这显然无济于事。然而，也许这会是一个开始。

"承认这些会让你惹上一大堆麻烦，"莫拉说道，"你想好了吗？"

"是的。"杰克坚定地说道。他已经和自己的原生家庭形同陌路，现在他要选择自己要走的路。

"那么很荣幸为您效劳，"莫拉说道，"我想哈维尔的故事应该被更多人听到。"

杰克和莫拉握手后，把信留给了她，他出门来到人行道上，抬头仰望天空。哈维尔成为一名飞行员已经四年了。谁知道他曾经多少次穿过云层翱翔在这片天空？

杰克希望哈维尔，无论现在置身何处，能对这充满讽刺的时刻会心一笑。五年前，安东尼·罗林斯曾经无情地利用哈维尔的绳子换取事业的进步，而如今同样一根绳子将有望为他的政治生涯画上句号。

那周举行的追悼会规模很小，只有哈维尔的家人、杰克和两位临时请假的战友参加。

杰克站在已经盖上的棺木旁，只见上面覆盖着一面美国国旗。这时一个女人来到他身边。"你的朋友是一位非常勇敢的士兵。"她说道。

这个女人迟到了，在仪式结束后，她悄悄地来到房间后面。她的脸让杰克感到似曾相识。"那天他救了我们所有人。"她低声说道。

杰克这才意识到，她一定就是两位无国界医生中的一位，加西亚夫妇口中哈维尔生前营救的目标。阿妮卡·辛格，他确信无疑。那次行动的所有参与者据说都签署了保密协议，但雷诺兹上尉还是把哈维尔的英勇事迹告诉了他的父母。

"这不公平，"杰克说道，"命运总是捉弄善良的灵魂。"

这时阿妮卡转身看着杰克，眼中充满了慈祥和认可，他知道，那是母亲看着儿子时才有的目光。

"你知道，你的朋友哈维尔让我想起了我曾经认识的一个男人，他的绳子同样不应该这么短。但他和哈维尔都在自己有限的生命中找到了与众不同的价值。他们的事迹将被时间铭记，甚至世代流传。"她说道，"换句话说，他们将永远活在我的心中。"

尼娜

周年纪念来了又去，岁月荏苒，转眼绳子来到这个世界已经将近十年时间了。

有人最终对盒子心怀感激，这让他们有机会告别，不用为来不及说的话后悔不已。有人在绳子神秘的力量中找到了安慰，这让他们相信，深爱之人的生命其实并没有因为一截短绳而缩短。一切都是命运的安排，从出生那一刻开始，生命的长度似乎在冥冥之中已有定数。这也让亲人的离世变得更容易接受，人们深信，死亡并不取决于某个决定，无论做还是不做，都无法改变最终的结局。因为绳子的出现，人们不再纠结于住在不同的城市，吃下不同的食物，或是改变驾车回家的路线以求让结局有所不同。失去依然令人痛苦，当然，依然毫无意义，但摆脱了各种假设的困扰几乎意味着一种解脱。他们的人生只能拥有命中注定的长度。

但这无法让短绳人群感到欣慰，因为他们是命运不公的直接受害者。对于那些长绳人群而言，这才是一种安慰，因为失去亲人之后，生活还可以继续。

莫拉的父母邀请尼娜在葬礼上发言。

这是尼娜第一次致悼词，她几乎用尽了全身的力气才放开母亲的手，离开第一排教堂长椅上的座位，站在前来哀悼的人群面前。

尼娜迅速扫视房间，想要寻找一张面孔，作为自己发言时目光的落点。前几排没有合适的人选：莫拉的家人都在低声啜泣，她不想看到本和艾米，两人或许正在想象多年以后自己无法逃避的那场葬礼。于是尼娜看着后排的陌生人开始了她的演讲，坐在那里的也许是莫拉此生无缘再见的同事或旧识。

尼娜说起了莫拉的热情、无畏和智慧，还有她令人印象深刻的社交能力。她回忆了莫拉如何得知约翰逊基金会的存在，并立刻辞去出版社的工作，加入了议员的团队——她人生的第六份工作，第一次让她产生一见如故的感觉。她终于在与基金会共同致力于保护短绳同胞的工作中茁壮成长,找到了释放能量的出口。

尼娜不想提起最后的时光,不愿谈论莫拉心脏中未被发现的罕见病变,她不想谈论结局。于是她讲了一个故事。

"我们一起走过的时光,很容易让人觉得失去是一种不幸。但真心相爱的十年难道不比厌倦、疲惫和痛苦与日俱增的四十年更胜一筹吗?当我们想起书中那些无与伦比的伟大爱情时,长度不是我们评判的依据。其中许多爱情甚至比我和莫拉的故事更加短暂。但我们的故事——我们各自的故事——深刻而圆满,尽管它的长度令人遗憾。这是一段完整而美妙的经历,尽管我获得了比莫拉更多的章节,但她的篇章让人爱不释手。这是我余生中将会一遍又一遍反复重温的人生篇章。我们一起走过的十年,我们的故事,是一份来自命运的馈赠。"

后排的面孔开始逐渐模糊,于是尼娜抓起皱巴巴的纸巾擦了擦双眼,低头看着眼前的演讲稿。那是她答应要替莫拉说的话。

"按照莫拉的习惯,她甚至给我留下一段话,让参加葬礼的各位最后一次听到她的声音:'告诉大家,我一直想成为一名探险家。我总是争先恐后,第一个跳入冰冷的河水,第一个品尝奇形怪状的食物,第一个登台演唱。现在我即将成为第一个遇见未来的人,第一个发现未来世界的样子。我保证认真生活,等着和你们分享我的旅途见闻。'"

葬礼后几周,尼娜最终离开父母的住处,独自返回家中,准备为自己的书收尾。这本从绳子和与之相关的动人经历中获取灵感的故事集,已经耗费了她将近三年的时间。扉页上赫然写着

"献给莫拉，简单而善良"，但尼娜不愿告别手稿，不愿将它交给自己的编辑。

于是那天夜里，尼娜重温了每个故事。

一位出生时携带乳腺癌基因变体的女人，收到了一条意想不到的长绳，如今成为乳腺癌研究的领军人物。一位在帮派横行的街头长大的二十三岁青年，在自己的长绳中看到了逃离命运的希望，如今管理着一个面向问题少年的公益项目。一位短绳登山者背着自己的盒子登上了珠穆朗玛峰。

莫拉在这份中也拥有自己的角色。这个就职于约翰逊基金的女人用她发起的公众觉醒运动和她对一位年轻短绳士兵牺牲的深入报道，在最高法院敲响了"STAR"计划的丧钟，留下了一份让她始料未及的伟大遗产。

莫拉会让她出版这份手稿的，尼娜心想。试着放手。就是现在。

尼娜还记得自己和莫拉的最后一次对话。"你总是不慌不忙，像一块石头，一副胸有成竹的样子，"莫拉说过，"所以，现在我要你为我坚强起来，好吗？你不能崩溃。艾米和本需要你，他们的孩子需要你，你的生活需要你。答应我，你依然是那块石头。一切都在你的计划之中。"

但尼娜现在只有两个计划：出版书稿和熬过下一年。明天，她将开始第一个计划。今晚，她想要单独和这些故事，和莫拉的故事再待一会儿，在和世界分享它们之前。

艾米

和所有夫妻一样，本和艾米也会争吵。

她会埋怨他不倒垃圾，不知道洗碗机的正确用法。他有时也会质疑她的谨小慎微，坚持认为他们的孩子——威利和米姬——已经过了骑自行车需要辅助轮保护的年龄。

他们翻着白眼，抬高嗓门吵架，但每次争吵总能带来意外的安慰，在这堂为人父母的婚姻必修课中，他们发现自己的生活——除了不同寻常的挑战——还可以拥有如此普通而美妙的日常。

本希望一切都能快些发生。在威利出生之前，他就为郊区的一栋房子交了首付。他和艾米的两个孩子，正在迅速成长。他们的第一次蹒跚学步，第一次咿呀学语，第一拨兴趣爱好……尽收眼底。他们很快就学会了钢琴指法和投篮动作。本和艾米尽一切可能为他们今后的生活留下回忆，关于他们四个人的家庭回忆。本在幼儿联赛中担任两个孩子的球队教练，陪他们去上绘画课。艾米给孩子们朗读睡前故事，带着他们遨游在遥远的世界中。艾米和本的父母都搬到了附近，对他们的孙子和孙女宠爱有加，房间里摆满了玩具和零食，尼娜成了自己和莫拉曾经调侃的"怪阿姨"，每个月都邀请孩子们进城，在她的公寓体验夜不归宿的感觉。

每当本和艾米在忙碌的日子中停下脚步，环顾他们的房子时，眼前的一幕正是本曾经不敢相信的情景——他们美满的家庭生活记录。书架上曾经整齐地摆放着艾米心爱的小说，如今塞满了儿童图书。里维埃拉的法兰西之夏和圣彼得堡冬天的明信片，分别见证了威利出生前的两次旅行。本在他们全家的第一个感恩节上打碎的蓝色餐盘。各种生日和节日留下的滑板车、游戏拼图和电子键盘。画框中装裱着本参与设计的建筑蓝图，以及三位学生给艾米的来信，如今他们都已经长大成人，扮演着教师的角色。此外，桌子里还藏着一本剪贴簿，里面收藏着他们写给对方的每一封信。

收到本的诊断结果，本和艾米并不感到意外。他们早有准备。本早就知道，他不会住院接受治疗。他要留在家中，陪在妻子和儿女身边，就像他们计划的那样。

尼娜问妹妹本死后是否打算搬回城市，艾米想象着自己在没有本的房子里生活的样子：冰箱里塞满了一盆盆炖菜，邻居每次路过她家的草坪都面色凝重地不停摇头。但这依然是那座搬家时本执意把她抱进屋去的房子，尽管那时她已经怀有五个月身孕；这依然是那座他曾经花了整整一个周末在后院竖起一座秋千的房子。她不能离开他们的家。

一天晚上，尼娜与本和艾米坐在厨房的桌子旁，本正在完成自己的遗嘱。让尼娜意外的是，本靠在椅子上，看着她们说自己感到心满意足。让他满足的是，自己的盒子在年轻时就被打开；让他满足的是，他和艾米、威利和米姬共同度过了人生中最快乐的时光；让他满足的是，自己不会在手忙脚乱中和家人告别。

本上楼睡觉后，只剩下姐妹两人，尼娜问艾米，她是否也对自己的决定感到心满意足。

"或许我的内心依然期待变化,"艾米说道,"但我不会付诸行动。我总是沉浸在自己的世界中,幻想着所有可能的未来和各种不同的结果。但自从威利和米姬出生以来,那种幻想就再也没有出现过。我想母亲的身份更容易让人安于现状。"

"因为你一不留神他们就会把手伸进烤箱?"尼娜问道。

"没错,就是这样。"艾米笑道,"但不止这些。我经常幻想自己的生活存在无限可能,但现在我知道眼前的一切就是我命中注定的人生。每次我亲吻他们胖嘟嘟的小脸,或是看着本把他们举到自己背上时,都会产生这种感觉。"

艾米沉默片刻。"当然,拥有像你一样的长绳,是上帝最大的恩宠,"她接着说道,这时她拿起手机看了看屏幕,那是一张本和孩子们在上个万圣节时玩不给糖就捣蛋游戏的照片,"但我还是有一种受宠若惊的感觉。"

威利和米姬的大学储蓄账户、房子的按揭贷款、本的最新遗嘱——一切都已经安排妥当。从本和艾米的父母、尼娜到威利和米姬都做好了安排。

然而,警察局的来电让所有人猝不及防,他们从警察口中得知了本和艾米在高速公路上遭遇车祸的噩耗,当时本结束了和医生约定的会面,正和艾米驾车返回家中。

"我对你们的不幸感到痛心。"话筒中传来警官的声音。这场不幸让所有人始料未及。

事故发生后的次日早晨,彻夜未眠的尼娜强忍悲痛,跌跌撞撞地来到妹妹的衣柜前,取出了艾米放在里面的盒子,十四年过去了，依旧原封未动。尼娜已经知道了里面的答案，但她想亲眼看到妹妹从未面对的真相。

那是艾米的绳子。

艾米的绳子和本的一模一样。

尼娜小心翼翼地从盒子中拿起绳子，捧在手中，轻轻地贴在胸口，泪水夺眶而出。

尼娜

孩子从来都不在她的计划之内，但尼娜毫不犹豫地收养了威利和米姬。尽管只有十一岁和九岁，但他们的想象力和目光，总能让她想起艾米。有了他们，尼娜感觉妹妹仿佛永远都不会离开自己。

她知道艾米想让孩子们住在原来的房子里，于是尼娜卖掉了曼哈顿的住所，搬进了妹妹郊外的房子，本的父母和她的父母就住在附近的公寓，这样威利和米姬永远不会感到孤独。

尼娜知道自己永远不会停止想念他们——艾米、莫拉和本。但她要兑现自己的承诺。她不能崩溃。为了威利和米姬，她现在需要坚强。她要继续制订计划，为了她们三个。

一年时间过去了，尼娜和孩子们组建了一个新的三口之家，顺利地开始了新的生活。

每隔几周,尼娜都会带威利和米姬去纽约旅行,三人不是参观博物馆,就是直奔动物园,尼娜还会让孩子们在法奥·施瓦茨令人眼花缭乱的货架间钻来钻去,探索这个让人大开眼界的玩具王国。

还有几次,也许是看完百老汇晚间演出后,她们通常留宿在上城区一家外墙散发着学院派建筑风格的酒店中,那是本在这座城市最后的项目之一。长达一年的修复工作让这座百年酒店焕然一新,从一颗年久失修、伤痕累累的珠宝,被改造成一座弥漫着浓厚历史底蕴的宫殿。本特意将这家酒店作为自己最后的作品。如果尼娜没有记错,他此举是为了赋予这座建筑"第二次生命"。如今他的孩子也和这座酒店一样重获新生。

一个宁静的夜晚,在自然历史博物馆研究了一整天恐龙化石之后,尼娜带领两个孩子穿过街道,进入中央公园。在重重树影中,最后一束日光从枝头穿过,三人在艾米的长椅前停下脚步。

尼娜在长椅上坐下,威利和米姬冲向附近的游乐场。尼娜伸出手来,皮肤上松弛的细纹泄露了她已年近半百的秘密。她的手指划过一块光滑的金属牌,那是艾米用九年来悄悄攒下的积蓄,送给本的结婚十周年纪念礼。牌子上刻着:

亲爱的 B:

无论发生什么,我心依旧。

——A

看到孩子们欢笑着,在秋千和攀爬架之间跑来跑去,尼娜为他们适应环境的能力感到惊叹。艾米和本会为他们感到骄傲——这对可爱、好奇、活泼的小家伙,是他们生命的延续。

每逢这种时刻,尼娜都会感到庆幸,艾米从未打开自己的盒子,从未体会过困扰着莫拉的愤怒和痛苦,从未看着孩子圆润的脸蛋,为无法看到他们长大的念头而饱受煎熬。

有时尼娜甚至不知道,如果艾米提前看到了自己的绳子,威利和米姬还会不会来到这个世界。对艾米来说,在没有本的情况下独自抚养孩子已经勉为其难。如果她得知自己也将不久于人世呢?或许正是艾米对绳子漠然置之的态度,才让这两个小家伙成为姐妹二人宝贵的礼物。

当然,尼娜一直努力成为艾米那样的母亲,贴心而慈爱,但她也对莫拉会是怎样的母亲充满好奇,莫拉的幽默无畏和舍我其谁的精神是尼娜希望孩子们学习的品质。她的妹妹和妻子都拥有一种对生命的渴望。尼娜想到了T恤、手提袋和海报上随处可见"及时享乐"的字样。这句流行语如今比以往更加深入人心,在这个时代,短绳人群普遍被贴上了危险和颓废的标签,人们对他们的坚强和包容视而不见。

尼娜看着威利和米姬迅速和游乐场上的另外两个孩子成为朋友,四个小伙伴轮番爬上黄色塑料滑梯,伴随着兴奋的尖叫向下滑去。尼娜总是百思不解,孩子们可以迅速建立坦诚的关系,而成年人却对钩心斗角乐此不疲。

尼娜的手指缓缓伸向脖子,摸到了莫拉的胸针,那是两条金线,莫拉死后,她就把胸针挂在了母亲给她的项链上。每当陷入沉思时，她总是用拇指摩挲吊坠，就像护身符一样。很少有人像尼娜一样整天把那枚胸针戴在身上。它大多出现在特殊场合或政治活动上，例如每年十月举行的"粉丝带"活动。早年势不可当的恐慌情绪如今已经基本平息。事实证明，危言耸听的大规模短绳群体暴力浪潮从未出现。曾经不遗余力地鼓吹威胁论的前任总统罗林斯，如今只是偶尔在新闻中抛头露面，兜售自己的回忆录或是发表演讲。

尽管约翰逊基金会和"同一条绳"运动付出了不懈的努力，非法身份歧视现象依然时有发生。当然，对短绳人群的偏见作为一种个人隐私，或许变得更加模糊、更加隐蔽，永远无法被彻底铲除。针对个别极端事件的零星抗议活动依然时有发生，莫拉一定会感到高兴，尼娜心想，看到他们没有成为沉默的羔羊。

尼娜看着一起玩耍的四个孩子，他们之间迅速建立了友谊。她想知道，此刻不谙世事的他们，是否能够牢牢地抓住这份天生的与世无争和完好如初的恻隐之心，直到长大也不放手。这当然是艾米、本和莫拉对他们的期望，也是尼娜将努力让他们做到的。

一个年长的女人挨着尼娜在长椅上坐下，从手包中抽出一本杂志看了起来。尼娜认出这是刊有杰克·亨特专访的那一期，声名狼藉的总统和他家喻户晓的侄子。尼娜永远记得他在需要帮助的时候找到了莫拉。在莫拉的帮助下，他将自己和一位军中好友交换绳子的内幕公之于众，此后杰克享受了几年小有名气的日子。文章叙述了他的种种经历，被剥夺军衔，最终浴火重生，仿佛告别了曾经的羁绊。接受采访时，他正在一家帮助创伤后应激障碍老兵的非营利机构工作，他的妻子怀上了他们的第二个孩子。

杰克·亨特怀着孕的妻子出现在杂志封面的角落里，依稀让尼娜想起了莫拉的老朋友莉娅，那个"同一条绳"运动首次集会时，差点儿在时代广场分娩的女人。威利和米姬仍会定期在后院和莉娅的双胞胎玩耍，他们的年龄只相差几岁，那时候，尼娜和莉娅的弟弟就会在平台上注视着眼前的一幕，共同守护着各自对姐妹的思念。

一天，尼娜心想，这些孩子终将为人父母，当他们的孩子出生时，世界对盒子出现之前的记忆将所剩无几，那时尼娜将和当年的长绳人群一道成为无声的回忆。而那些从天而降的盒子，会像她从祖父母口中听到的第二次世界大战一样，成为人们只能在课本和小说中回味的惊天巨变。在书店中阅读的姐妹，在画板上涂画高楼大厦的害羞男孩，在酒吧放声歌唱的女人，这些饱含深意的画面某天也将成为一种成长的见证。

然而，人类还会打开盒子吗？

尼娜的同事都在谈论最近的盖洛普调查——一项有关绳子的最新调查。决定对绳子视而不见的人数首次迎来显著上升。越来越多的盒子被置之不理，尤其是那些刚刚出现的盒子。根据推断，这可能成为一种趋势，标志着人们思维的转变。但尼娜在想这会不会是一种信号。在经历了长达十五年的混乱和恐惧之后，世界看透了绳子的本质——生命本就长短不一。也许，正因如此，绳子的长度无关紧要。生命的开始和结束或许早已注定，命运的预言已经写入绳子，但生死之间的人生依然充满未知，等待着书写和创造。

当然，人们依然还会不断追问，盒子从何而来，它们为何而来。它们的出现只是为了让每个人知道生命短暂，从此不再虚度光阴？还是它们觊觎人类世界，酝酿着更大的改变？有人预测，当所有人都打开盒子时，它们真正的力量才能得以显现。还有人开始相信，打开盒子并不是命运的初衷，盒子的出现本身就是生命的馈赠。

尽管她的余生还很漫长，尼娜心想，也许自己可以把每天当作人生的最后一天，无惧未来，大胆尝试。

她从未想过自己会成为两个孩子的母亲，而孩子们是一束穿破黑暗的光芒。谁知道她的未来是什么样子？也许某位朋友介绍的约会对象会成为她最终的归宿。也许她会在自己的书中加入新的故事。也许她会带着威利和米姬到某个地方冒险。也许她会带他们去看整个世界。

但现在，在中央公园的长椅上，尼娜只想让自己头脑放松，专注于当下。她起身和孩子们一起在游乐场上玩耍，紧紧地抓住他们的小手，一圈又一圈地转个不停。

在她们北面几个街区之外，在公园的边缘，在声音几乎无法到达的地方，一个男人正骑着一辆自行车，身后绑着一台音响。他双腿的动作比以前更加吃力，车轮的转动也更加缓慢。但清晰的旋律一如往常，他周围行色匆匆的人群像往常一样心不在焉，他们纷纷驻足张望，寻找着歌声飘来的方向。